# Tod bei den Grashütten

## Eine Geschichte über Gottes Gnade und menschliche Bestrebung

AF237540

## Rudolf Duerksen

Für meine Familie

Nicole Duerksen-Widmer, meine Ehepartnerin,

ohne die mein Leben leer wäre,

Rafael Enrique und Myrielle Duerksen-Tremblay

mit Olivia, Maliya und Emmalyn,

Micael Jerome und Janelle Mae Duerksen-Freed

mit Didi Celokuhle

mit unendlicher Dankbarkeit.

Und im Andenken an unsere Eltern:

Heinrich und Sara Duerksen-Kroeker,

Pierre und Suzanne Widmer-Rychen,

die alle für uns einen Pfad schufen, auf dem wir unser Leben gehen können

und der uns in den Dienst führte.

Bibliografische Information der Deutschen Nationalbibliothek:
Die Deutsche Nationalbibliothek verzeichnet diese Publikation in der Deutschen
Nationalbibliografie; detaillierte bibliografische Daten sind im Internet über
http://dnb.dnb.de abrufbar.

Autor:  Rudolf Duerksen
Übersetzung aus dem Englischen: Annegret Horsch
Korrekturen:Nelli Dürksen
Umschlag Illustration: Lanto 'oy' Unruh, ein junger Enlhet Künstler der in Yalve
Sanga lebt und arbeitet
Umschlaggestaltung für die deutsche Ausgabe: Frank Loevenich
Satz und Layout für BoD: Rudolf Dück Sawatzky
Herausgeber: Verlagsagentur JustBestEBooks.de Rudolf Dück Sawatzky.
25451 Quickborn, Deutschland

Herstellung und Verlag: BoD – Books on Demand, Norderstedt,
EAN 9783751994187

## Inhaltsverzeichnis

# Anerkennung

Ein herzliches Dankeschön an alle Menschen, die mit uns gearbeitet haben und weiter mit uns arbeiten. Diese Geschichte ist genauso Ihre Geschichte wie unsere, und vielleicht sogar noch mehr.

An alle Straßenkinder in Asunción, die uns erlaubt haben, einen Teil unserer Wege zusammen zu gehen. Es gibt viele Namen, viel zu viele, um sie hier zu nennen. Ihre Geschichten sind es wert, erzählt zu werden – jede von ihnen. Sie haben uns immens beeinflusst. Ihr habt uns mehr gegeben, als wir euch geben konnten, und das ist *kein* Klischee.

An die indigenen Völker des Chaco. Ihr seid voller Freundlichkeit und freundschaftlicher Beziehungen. Hier sind tiefe Lektionen zu lernen. Vielen Dank für die Freundschaft, das Mentoring und die wahre Bedeutung tiefer Beziehungen.

An Nicole, Rafael und Micael, die das Manuskript mehrfach gelesen und wertvolle Beiträge geleistet haben. Besonderer Dank geht an Nicole, die mich zum Schreiben anregte und die das Manuskript als erste gelesen hat.

Besondere Erwähnung verdient Hans Dürksen, mein Bruder Hans – Lehrer, Erzieher, Jugendleiter und Akademiker. Eine feine Persönlichkeit mit einem ausgeprägten Sinn für Humor. Er ermutigte und unterstützte meinen Vater beim Schreiben seines Buches und übernahm die endgültige Bearbeitung. In den letzten Jahren hatte Hans es unternommen, sein eigenes Buch zu schreiben. Viele hatten schon darüber geschrieben, wie sie das alte Land verließen und in einem fremden Land neu angefangen haben. Aber Hans sagte, dass die erste Generation, die im neuen Land geboren wurde, nicht viele ihrer Gedanken und Erfahrungen zu Papier gebracht habe. Er wollte diese Lücke füllen, aber nur ein paar Seiten später behinderte Parkinson seine Bemühungen und er musste aufgeben.

Er war nicht nur mein Bruder, sondern wir waren auch Freunde und waren einst sogar Geschäftspartner. Wir wurden am selben Tag getauft. Ich möchte seine vielen Beiträge für Familie, Freunde und Gemeinschaft voll anerkennen.

An Hans Teichrieb, ein Lengua-Führer, enger Freund und mein Mentor während meiner Zeit in Yalve Sanga. Wenn es jemals eine wirklich bikulturelle Person gab, war es Hans Teichrieb. Als Vollblut-Lengua war er bis zu seinem neunten Lebensjahr von einer Siedlerfamilie mit dem Familiennamen Teichrieb erzogen worden. Seine leiblichen Eltern hatten das kleine Baby im Busch zum Sterben liegen gelassen. Aber Gott sorgte für ihn und hat die Familie Teichrieb geführt, dass sie ihn als einen ihrer eigenen aufnahmen. Und Hans überwand die Auswirkungen von Unterernährung und Dehydration.

Im Alter von neun Jahren wurde er wieder mit seinem Volk vereint, wo er seine eigene Kultur und Sprache lernen musste. Später vertraute er uns an, dass er in seinem Inneren nie wirklich Lengua geworden war, aber mit Gottes Gnade akzeptierte er, dass er zu seinem Stamm zurückgekehrt war und lernte sogar, es als Gottes Vorsehung zu betrachten, ein Anführer seines Stammes zu werden – einer, der von allen akzeptiert wurde. Er ist jetzt beim Herrn, aber die Erinnerung an ihn lebt weiter.

An Else Dürksen, meine Schwägerin. Sie war die erste Nicht-Dürksen, die in unsere Familie kam, aber sie bemühte sich besonders, ein Teil von uns allen zu werden. Sie saß am Sterbebett meines Vaters und sah zu, wie sich sein Gesicht in ein breites Lächeln verwandelte, als er starb. Ihr Kommentar später war: "Ich hätte nie gedacht, dass Sterben so gut sein kann".

Sie war die erste, die sich unserer Familie anschloss, und sie war die zweite, die von ihr ging. Ihre letzten Jahre waren von körperlichen Schmerzen geplagt, aber sie trug immer dieses Lächeln im Gesicht, während sie jeden Besucher mit ihren exquisiten Koch- und Backfähigkeiten begeisterte. Sie wird immer einen Lieblingsplatz in meinem Herzen einnehmen und ich bin mir sicher, dass dies auch bei vielen anderen Menschen der Fall ist – sei es bei Siedlern, Indigenen oder Paraguayern. Else, immer die selbstlose Person.

Einer meiner Lehrer an der Zentralschule pflegte zu sagen: „Wer seine Wurzeln nicht kennt, weiß auch nicht, wohin er wachsen will ", oder „Wer nicht weiß, woher er kommt, kann auch nicht wissen, wohin er geht." Ich weiß nicht, ob dieser Spruch so schlechthin allgemein Gültigkeit hat. Es steckt aber eine große Weisheit dahinter. Aus der Landwirtschaft wissen wir, dass ein guter Boden notwendig ist, um gute Wurzeln zu entwickeln. Unsere Wurzeln zu kennen und einen guten Boden für gutes Wachstum zu schaffen, ist unser aller Aufgabe.

Das vorliegende Buch ist eine deutsche Übersetzung von Frau Annegret Horsch vom ursprünglich im Englischen erschienen Buch "DEATH AT THE GRASS HUTS – A STORY OF GOD'S GRACE AND HUMAN ENDEAVOR". Ich danke Frau Horsch ausgiebig für die sorgfältige und akkurate Arbeit. Die Übersetzung einer Geschichte bedeutet ja nicht nur die korrekte Übersetzung der Wörter von einer Sprache in die andere, sondern es muss ja gleichzeitig auch der Inhalt, sozusagen der Geist und die Absicht des originalen Textes erfasst werden. Frau Horsch ist das gelungen. Vielen Dank!

Nelli Dürksen machte die Korrektur. Sie hat viel Sorgfalt und Mühe angewandt um dieses Buch in deutscher Sprache dem Leser zugänglich zu machen. Dafür bin ich Ihr sehr dankbar.

In diesem Buch erzähle ich meine Lebensgeschichte, so wie ich sie sehe. Andere mögen die Dinge anders sehen oder bewerten. Dafür gebe ich gerne Spielraum.

Bei den Erzählungen ging es mir immer um zwei Dinge. Einmal das Ereignis selbst und dann aber auch darum, Empfindungen und Darstellungen so darzubringen, dass auch nicht beteiligte und nicht eingeweihte Personen etwas von dem nachempfinden können, wie es war, als erste Generation im Chaco aufzuwachsen. Ich wollte die Geschichte hinter der Geschichte zum Leben bringen. Wie wohl mir das gelungen ist, bleibt dem Urteil des geneigten Lesers überlassen.

Bei Ereignissen, die ich selbst nicht miterlebt habe, aber die als Erzählungen anderer Leute sehr einschneidend meine Kindheit, mein Aufwachsen im Chaco beeinflusst haben, habe ich beim Schreiben versucht, mich in die Lage derer zu versetzen, die das Ereignis direkt betraf. Als Beispiel darf der Überfall der Ayoreos auf die Stahl-Familie dienen. Sie mögen sich daher auch nicht immer in allen Einzelheiten mit dem, was vielleicht in Protokollen und anderen Schriften aufgezeichnet ist, decken.

Ich wollte dabei vor allem darauf achten, für meine Kinder und Großkinder eine Bühne zu schaffen, auf der sie das Heranwachsen in einer Mennonitenkolonie im Chaco von damals sozusagen miterleben konnten. Auf dieser Bühne wollte ich auch die Gnade Gottes und Sein Handeln deutlich auftreten lassen.

Ich habe einen Versuch gemacht, auch Nicht-Eingeweihten den Zugang zu Ereignissen und Erlebnissen aus meinem Leben, und damit das Leben vieler der ersten Generation in den Kolonien, zu ermöglichen. Und das reut mich nicht, sondern war mir eine Freude.

Wir alle brauchen Wurzeln. Wir alle haben Wurzeln. Es liegt an einem jeden von uns, den Boden zu schaffen, damit Wurzeln stark und tragfähig werden.

Rudolf Duerksen

Sommer 2020

# Kapitel 1

## Heinrich

### Eine gewagte Flucht

Es war ein drückender Tag. Es hatte 40 Grad im Schatten und es war noch nur 10 Uhr am Vormittag. Nicht, dass ich diese Temperaturen nicht gewohnt wäre. Ich war 13 und hatte es in meinem kurzen, aber intensiven Leben nicht viel anders gekannt.

Meine Gedanken zogen mich zurück zu den Geschichten, die meine Eltern so oft erzählt hatten. Wie schwer es für sie gewesen war, ein neues Leben zu beginnen, mit nichts als den Kleidern am Leib, nachdem sie aus dem Land geflüchtet waren, das das Vaterland ihrer Eltern und Großeltern für mehr als 150 Jahre gewesen war. Es gab für sie kein Zurück mehr.

Die Wahl war schwer gewesen: Alles, was einem lieb und teuer war, liegen zu lassen, um das Leben der Familie zu retten, oder zu versuchen durchzuhalten. Jedoch war beim Durchhalten keine Sicherheit. Das Leben und das Eigentum konnten draufgehen.

Ich kannte die Geschichte gut - den Kampf, Russland unter drohender Verfolgung und sehr möglichem Tod zu verlassen. Eines Sommerabends hatte der 19-jährige Heinrich am Abendbrottisch seine Meinung geäußert. „Ihr Lieben", sagte er, „es wird gemunkelt, dass man uns nach dem Leben trachtet, und wir sind sicherlich nicht die einzigen. Und auch wenn wir nicht getötet werden, werden wir ganz sicher alles an die marodierenden Rebellen verlieren."

„Papa, ich glaub nicht, dass wir uns halten können!", beendete er. „Wir müssen fliehen."

Es wurde still am Tisch, wie nie zuvor. Papas Blick bohrte sich tief in Heinrichs Augen, als suchte er etwas Verlorenes. Wenn er es nur finden könnte, würde was Heinrich gesagt hatte vielleicht wieder verschwinden. Mama und die jüngeren Geschwister sahen erschrocken drein. Alle schauten sie voller Angst auf Heinrich. Aber die gesprochenen Worte gingen nicht weg. Schwer hingen sie in der Luft.

Mama begann leise zu weinen. Dann schaute sie in die Gesichter ihrer Kinder und wusste sofort, dass der Moment gekommen war, wo sie als Anker für alle da sein musste, wo sie alle Halt finden konnten. Sie wischte eine Träne weg und mit einem zaghaften Lächeln fragte sie: „Hat es euch geschmeckt? ", und fügte hinzu, „Ihr wisst, dass ich gerne für euch koche."

In Gedanken fragte sie sich jedoch, ob das Leben, wie sie es gekannt und geliebt hatten, nun endgültig vorbei war. Auch für eine erfahrene Seele waren die Worte, die Heinrich da soeben gesprochen hatte, zu plötzlich gekommen.

Johann und Katharina Duerksen, Eltern von Heinrich

Papa starrte immer noch Heinrich an, während sich tiefe Falten auf seiner Stirn zusammenzogen. Mama kannte Papa gut. Er war ein Mann weniger Worte, aber freundlich, nachsichtig und immer der Versorger. Sie kannte die Bedeutung dieser tiefen Falten in seinem Gesicht. Sie wusste, dass es ein längeres Gespräch mit Heinrich geben würde. Flink scheuchte sie die jüngeren Geschwister zum Tischabräumen auf und schickte sie dann auf ihre Zimmer. „Ich werde gleich bei euch sein, um mit euch das Nachtgebet zu sprechen. Lest inzwischen schon eure Bibel", sagte sie, indem sie sie in Richtung der Schlafzimmer schob.

Mama wusste, dass sie die jüngeren Kinder nach dem, was Heinrich am Tisch gesagt hatte, nicht zu lange allein lassen konnte. „Papa", sagte sie, „ich kann die Kleinen in diesem Moment nicht allein lassen, aber hör dem Heinrich zu und dann besprechen wir alles, wenn die Kinder schlafen."

Heinrich hatte tiefen Respekt vor seinem Vater und wählte seine Worte vorsichtig. „Papa", sage er, „du weißt, dass ich immer mit den Arbeitern, den Bauern zusammen bin und dass sie uns treu sind. Ich spreche ihre Sprache und sie vertrauen mir. Du weißt, dass viele Landwirte in anderen Teilen des Landes schon getötet wurden, wenn nicht wegen ihres Glaubens, dann wegen ihres Grundstücks und Eigentums. Diese Arbeiter erzählten mir, dass die Rebellen sehr bald in unserer Gegend sein werden. Die Arbeiter sagen auch, dass sie alles, was sie können, tun werden, um uns zu verteidigen, aber die Rebellen sind viele. Papa, wollen wir wirklich, dass die Arbeiter für uns sterben?"

Die Worte Heinrichs schnitten tiefer in Papas Seele, als ein glühendes Messer es je könnte. Das Land, die Leute, die Jahreszeiten und die Lebensweise - alles um ihn herum war so Teil von ihm geworden, dass es schwer geworden war, eines vom anderen zu trennen. Was Heinrich eben gesagt hatte, wurde ihm in diesem Moment unerträglich. Er suchte in seinem tiefsten Inneren, aber es war keine Antwort zu finden. Eine unheimliche Stille senkte sich über das Zimmer, eine Stille, die für Heinrich fast unerträglich war. Hatte er töricht gehandelt? Hatte er zu früh gesprochen oder zu direkt? In seinem Herzen war er überzeugt, dass er das Richtige tat, aber der Schmerz im Gesicht des Vaters machte ihn unsicher.

Nachdem Mama dazugekommen war, schaute Papa Heinrich fest an. „Du weißt, mein Sohn, dass ich dich liebe und respektiere. Aber ich glaube, dass wir noch etwas Zeit für eine Entscheidung haben."

„Papa, Zeit ist etwas, was wir eben nicht haben. Wir müssen morgen hier weg ", antwortete Heinrich.

Damit wollte Papa aufstehen, aber Mama fasste sanft nach seinem Arm. „Papa", sie sprach mit zitternder Stimme, „Gott und die Familie sind das einzige, woran wir wirklich festhalten müssen, also lass uns das alles vor Gott im Gebet ausbreiten, bevor wir uns schlafen legen."

Papa nickte, faltete seine Hände und begann in gebrochener Stimme zu beten: „Gott, wir brauchen dich …", begann er und dann konnte er nichts mehr sagen. Mama fuhr mit Tränen fort: „Gott, wir brauchen dich jetzt wirklich."

Als es Morgen wurde, hatte Mama ein herzhaftes Frühstück für alle gemacht. Sie hatte keine Ahnung, dass es das letzte Frühstück der Familie in dem Heim, das sie ihres nannten, sein würde.

Papa, Mama und Heinrich hatten in dieser Nacht keine Minute geschlafen. Papa nahm die Bibel, um das Kapitel für den Tag zu lesen. Er begann mit den ersten zwei Versen, hielt ein Weilchen an und nachdem er den Rest des Kapitels gelesen hatte, legte er die Bibel nieder und schaute auf in die Gesichter seiner Familie, besonders Mama schaute er an. Er sah müde aus, aber irgendwie in Frieden mit sich selbst.

„Liebe Familie", begann er, „bevor ich bete, habe ich euch allen etwas zu sagen. Was Heinrich uns gestern gesagt hat, war hart, aber ich glaube jetzt auch, dass es so geschehen wird. Ich habe letzte Nacht mit Gott gekämpft, wie es Jakob damals am Brunnen getan hat. Und wie bei Jakob hat dieser Kampf seine Spuren bei mir hinterlassen. Ich habe auch wie Jakob Gott gesagt, dass ich den Kampf nicht aufgeben würde, bis er mir seinen Segen gibt. Und gesegnet hat er mich. Er hat mir Frieden gegeben."

Der Tag war ein Tag des Abschiednehmens von Nachbarn und Freunden. Mama wies die Kinder an, leichtes Gepäck zu schnüren, da sie nicht wissen konnten, wohin die Flucht sie bringen würde. Als es Abend wurde, nahm die Dunkelheit der endlosen Steppe ihre Silhouetten auf und schützte sie beim Verlassen dessen, was bis dahin ihr Heim gewesen war.

***

Plötzlich zerrte meines Bruders Stimme mich aus meinen Gedanken. „Wir müssen jetzt gehen, unsere Arbeit fortsetzen."

Heinrich hatte im neuen Land Sara geheiratet. Wir waren jetzt eine Familie von elf, die als Flüchtlinge und Pioniere in eines der am dünnsten besiedelten Regionen Südamerikas lebten - im rücksichtslosen, unwirtlichen Chaco von Paraguay.

Willy, der erstgeborene, war im Alter von fünf Jahren gestorben, aber neun andere hatten überlebt und waren zu einer gesunden Familie herangewachsen: sechs Jungen und drei Mädel. Darunter war ich der zweitjüngste. In einer großen Familie dauert es etwas länger, bis die jüngsten ihren Platz bekommen, wie ihn die älteren einnehmen.

Der Tod war Mamas und Papas Familie im alten Land auch kein Fremder gewesen. Sie hatten sieben von dreizehn Kindern an Diphterie, Schwarze Pocken und andere Krankheiten verloren.

Mama war versessen darauf, einen Heinrich zu haben, da aber der erste Heinrich starb, bekam der nächstgeborene Junge diesen Namen, der auch wiederum starb, und erst der dritte Heinrich konnte groß werden und eines Tages das Gespräch am Familientisch führen, das die Familie dazu bewog, ihr Heim in Russland zu verlassen. Es war derselbe Heinrich, der viel später mein Vater wurde. Papa und Mama waren meine Großeltern.

Dass Willy an Diphterie gestorben war, hatte Sara und Heinrich auf den Kern erschüttert. Würde ihr Leben in der neuen Heimat, ähnlich wie bei Papa und Mama in der alten Heimat, vom Tod gekennzeichnet sein?

Wo war der Segen geblieben, den Papa verspürt hatte, als er mit dem Engel Gottes gekämpft hatte? Es gab keine Antwort - nicht am Sterbebett von Willy, nicht an seinem Grab. Die Antwort darauf würde warten müssen, und es gab auch keinen weiteren Willy in der Familie. Willy wurde auf dem Friedhof des Dorfs Waldesruh im paraguayischen Chaco begraben.

Papa und Mama starben wenige Jahre nacheinander. Sie hatten ihre Familie erfolgreich in die neue Heimat gebracht und hatten im Dorf Schönwiese auf eigenem Hof angesiedelt. Dies war Papas Traum gewesen, seinen eigenen Hof mit Landwirtschaft zu betreiben und damit seine Familie zu versorgen. Das hatte er mit Gottes Hilfe machen können. Jedoch ein Flüchtlingsdasein und die Neuansiedlung in einer harten neuen Umgebung, dazu noch der Schmerz, dass eine Tochter und ein Sohn mit ihren Ehepartnern in Russland geblieben waren, hatten ihren Tribut gefordert. Mit der zurückgebliebenen Tochter Greta hatten sie, wenn auch nur spärlich, Briefkontakt. Der Sohn Hans galt als verschollen. Papas Gesundheit schwächelte. Er starb im Jahre 1941 und wurde auf dem Waldesruher Friedhof neben Willys letztem Ruheplatz begraben. Ich war noch nicht geboren und habe daher keine direkte Erinnerung an Papa.

Johann und Katharina Duerksen mit ihrer Familie auf ihrem neuen Gehöft in Paraguay in 1931. So ganz anders als ihr Leben vorher war, als sie große Gutshöfe verwaltet hatten, mit Weizenfeldern soweit das Auge sehen konnte und Tausenden von Tieren. Aber sie waren hier zu Hause, sie waren glücklich und sie waren frei.

Mama blieb der mit Enkeln wachsenden Familie noch erhalten. Aber auch für sie war das Leben schwer gewesen. Der Kummer über die in Russland gebliebenen zwei Kinder blieb beständig. Sie starb im Jahre 1949. Ich war gerade etwas über zwei Jahre alt und die einzige direkte Erinnerung, die ich von ihr habe, ist, wie mein Vater und ich an ihrem Sterbebett im Dorf Blumenort stehen und zusehen, wie sie sanft ins ewige Leben übergleitet. Ich erinnere mich, dass Onkel Jasch sagte, ihr Herz habe aufgehört zu schlagen. Dann bat mein Vater mich, aus dem Zimmer zu gehen. Ab diesem Moment verblassen meine Erinnerungen. Sie wurde auf dem Friedhof von Blumenort begraben.

Heinrich und Sara mit Willy in 1934

# Kapitel 2

## Sara

### Eine Pionierfrau

Sara war jung, unschuldig und schön. Ein fröhliches, unbeschwertes, frisches Gesicht unter den vielen von Schmerz und Sorgen gekennzeichneten Gesichtern der meisten Flüchtlinge. Heinrich hatte sie kurz im Flüchtlingslager in Deutschland gesehen. Sie schaute aus dem Fenster eines kleinen Zimmers, in dem sie mit ihrer ganzen Familie wohnte, als Heinrich vorbeiging. Benommen von ihrer Schönheit und dem neugierigen Blick in ihrem Gesicht, tippte er auf seinen Hut. Er wollte stehen bleiben und etwas sagen, aber seine Benommenheit machte ihn verlegen und um nicht unbeholfen zu erscheinen, ging er weiter. Er würde diesen Moment aber nie vergessen und in den kommenden Monaten hielt er ständig nach diesem Gesicht Ausschau, jedoch erfolglos.

Ein ähnliches Schicksal wie das der Familie von Heinrich hatte Saras Familie erlebt, jedoch etwas weniger dramatisch. Sie waren zweimal umgezogen, in der Hoffnung, bessere Bedingungen für die Landwirtschaft zu finden. Schließlich hatten sie ihren Platz gefunden und Saras Vater Peter hatte einen neuen Hof eingerichtet. Die Mutter, Liese, war froh. Die Familie lebte in Frieden, der Boden war fruchtbar und der Markt nahm alles auf, was sie produzierten: Fleisch, Milch, Gemüse und Korn.

Peter und Liese waren froh und hoffnungsvoll. Die Familie wuchs und zum ersten Mal in ihrem Leben als Ehepaar sah die Zukunft so gut aus, wie sie nur sein konnte. Es gab eine Kirche ihrer Glaubensrichtung in ihrer Nähe und eine ganz neue Schule, in der ihre Kinder in der deutschen Sprache unterrichtet werden konnten und auch in der Sprache ihres Landes Russland.

Saras Eltern, Peter und Elisabeth Kroeker

Peter und Liese strotzen vor Energie und Hoffnung. Sie hatten keine Ahnung, dass in wenigen Jahren dunkle Wolken der Zerstörung auch für sie am Horizont aufziehen würden. Berichte von plündernden und mordenden Rebellen verbreiteten sich wie Lauffeuer, von Banden, die ganze Dörfer überfielen, Frauen und Mädchen vergewaltigten und Häuser und Höfe in Brand steckten. Peter und Liese hatten acht Kinder, vier Jungen und vier Mädchen. Der Gedanke an solche Taten an ihren Kindern zerriss ihre Herzen.

Und so kam es, dass auch Peter und Liese ihre Habe packten, auf Knien Gott um Hilfe anflehten, dann ihre Kinder an die Hand nahmen und Haus und Hof auf Nimmerwiedersehen verließen. Auch sie waren gezwungen, eine Wahl zu treffen, zwischen Gott und Familie und dem, was ein Mensch mit Händen und Ausdauer schaffen konnte.

Auf dem Schiff, das Heinrich und seine Familie in ihre neue Heimat in Südamerika bringen sollte, waren noch viele Flüchtlinge, alles Mennoniten, die aus Russland wegen religiöser Verfolgung und Freiheits- und Eigentumsverlusten geflüchtet waren. Heinrich schaute sich immer noch nach dem schönen, aber nie wieder gesehenen Gesicht aus dem Lager um. Er schloss auch neue Freundschaften auf dem Schiff. Einer dieser Freunde war ein junger Mann fast seines Alters, der Nikolai hieß. Nikolai Kroeker, um es genau zu sagen. Er vertraute Nikolai an, dass er glaubte in ein Mädchen verliebt zu sein, dessen Namen er nicht kannte und mit dem er noch nie gesprochen hatte. Sein Freund lachte laut auf und äußerte den Zweifel, ob die schrecklichen Dinge der letzten Monate Heinrichs Vernunft vielleicht zu sehr beeinträchtigt hätten. „Nein, nein", erwiderte Heinrich, „einmal habe ich den Hut ihr gegenüber getippt."

Am folgenden Morgen gab es auf dem Deck eine Morgenandacht für die Flüchtlinge. Heinrich und Nikolai gingen zusammen hin. Während Nikolai mit lauter Stimme im Gesang einstimmte, durchkämmte Heinrichs Blick die Menschenmenge. Und dann schlug der Blitz ein: „Nikolai, dort ist sie. Dort ist sie!", rief er aus. Nikolai schien nicht zu verstehen. „Das Mädchen, das ich im Lager mit einem Tippen an den Hut gegrüßt habe."

Nikolai schaute in die Richtung, die Heinrich anzeigte, und sagte langsam, „Heinrich, weißt du, wer das Mädchen ist?"

„Keine Ahnung", sagte Heinrich, „aber ich habe sie gefunden."

Nikolai sammelte sich und mit gezwungen ernster Miene sagte er: „Heinrich, das ist meine Schwester. Sie heißt Sara."

Es war das Jahr 1930.

Ihre Blicke trafen sich noch einige Male während der Überquerung des Atlantischen Ozeans. Diese Momente genügten, um ihre gegenseitige Zuneigung zu festigen und ihnen die Sicherheit zu geben, dass sie von Gott zusammengeführt waren. Natürlich war Sara noch zu jung, um umworben zu werden, aber nicht, um sie nicht zu vergessen und auf sie zu warten.

Ungefähr zwei Jahre nach der Ankunft in der neuen Heimat brach ein Krieg zwischen der neu gefundenen Heimat und ihrem Nachbar Bolivien aus. Die Hauptkampflinien verliefen ganz dicht an den Grenzen der neuen Siedlungen.

Heinrich umwarb Sara zu dieser Zeit, aber dieses Unterfangen wurde zunehmend erschwert durch die Tatsache, dass viele Wege und Straßen vom Militär blockiert waren und schnell der Verdacht der Spionage für die Gegenseite aufkam. Die indigene Bevölkerung bekam diese Kriegsauswirkung am meisten zu spüren. Beide Kampflager deklarierten die Indigenen zu Verrätern und sie sollten, wenn sie gesichtet wurden, erschossen werden. Die neuen Siedler versuchten, sie zu schützen, aber oft bemerkte man die Soldaten zu spät.

In Saras Dorf, Gnadenheim, wurde ein indigener Mann erschossen, während er zu fliehen versuchte, nachdem Saras Eltern ihm etwas zu essen gegeben hatten. Unerwartet traten Soldaten hervor, der Mann versuchte, schnell ins Gebüsch hinter dem Zaun zu gelangen. Während er noch durch die Zaundrähte kriechen wollte, wurden Karabiner auf Ziel gerichtet, Schüsse ertönten und der Körper des leblosen Mannes blieb am Stacheldraht hängen. Die Soldaten verschwanden.

Heinrich musste zehn Kilometer mit dem Ochsenwagen reisen, um Sara in Gnadenheim zu besuchen, wobei er niemals wusste, ob er ankommen würde. Mit all dieser Unsicherheit wurde Eins bald sehr klar: Sara und Heinrich wollten heiraten. Die Verlobung wurde den Verwandten, Freunden und Nachbarn mündlich mitgeteilt. Wie damals üblich, wurde der Hochzeitstermin auf vier Wochen später gesetzt.

Am Hochzeitstag räumten Heinrich und seine Eltern reichlich Zeit für die Reise ein, für den Fall, dass sie vom Militär aufgehalten wurden, und spannten schon früh am Morgen die Ochsen vor den Wagen. Sie wurden in Gnadenheim von Sara und ihren Eltern zu Mittag erwartet und am Nachmittag sollte die Hochzeitsfeier unter einem Zeltdach auf dem Hof stattfinden. Es wurde Mittag und die Duerksens waren noch nicht angekommen. Die Kroeker-Familie wartete bis zwei Uhr am Nachmittag, dann aßen sie allein zu Mittag.

Sara wusste: Heinrich kam gewiss. Die Frage war nur, wann. Um ihre Nervosität zu lindern, beschloss sie, ihre Freundinnen im Dorf zu besuchen. Als Heinrichs Ochsenwagen schließlich ins Dorf gerollt kam, saß sie hoch oben auf einem Obstbaum und genoss die reifen Früchte. Flink kletterte sie runter und nahm eine Abkürzung nach Hause, aber Heinrich hatte sie gesehen. Als er vom

Wagen stieg, sah er enttäuscht aus und fragte Sara, warum sie nicht zu Hause auf ihn gewartet hatte. „Na aber", sagte Sara mit einem verschmitzten Ausdruck im Gesicht, „ich bin doch im Dorf geblieben oder nicht? Jetzt komm, es ist Zeit zum Heiraten." Damit war der erste kleine Ehekrach gemeistert und beide schritten den Gang durch das Zelt, um ein kräftiges Ja vor Gott und Menschen zu geben. Sara wurde natürlich viel später meine Mutter.

Es war das Jahr 1932.

Peter Kroeker betrieb im Dorf Gnadenheim auch weiterhin Landwirtschaft. Der Erfolg im wirtschaftlichen Sinne, den er auf seinem letzten Betrieb in der alten Heimat gehabt hatte, setzte hier nicht ein. Im ständigen Kampf mit Dürre und staubigen Sturmwinden ließ sich nur ein mageres Einkommen für den Erhalt einer großen Familie erarbeiten. Mit der Zeit übergab er den Hof an seinen Sohn Abram und er und Liese wohnten weiterhin auf der Farm mit ihrem Sohn.

Peter starb 1941 in Gnadenheim und wurde auf dem Dorffriedhof begraben. Ich habe keine Erinnerungen an Großvater Kroeker. Großmutter Liese lebte noch eine Weile weiterhin in Gnadenheim, bis sie zu ihrem Sohn Hans und seiner Frau in Filadelfia zog. Sie starb 1958 und wurde auf dem Friedhof von Filadelfia begraben. Von ihr habe ich manch eine schöne Erinnerung. Ich gehe gern zu ihrem Grab.

Sara und Heinrich kauften sich einen eigenen Hof im Dorf Waldesruh, auch Nr. 11 genannt. Sie hatten kein Guthaben, jedoch so manche Schuldscheine mit ihrer Unterschrift. Einer dieser Schuldscheine stand nicht auf Papier, er war an Gott gerichtet: kraftvoll zu arbeiten, dankbar zu sein für das, was man hat, die Kinder in der Furcht Gottes zu erziehen und für andere da zu sein.

Es war im Dorf Waldesruh, wo wir zehn Kinder alle geboren wurden und wo Willy begraben wurde.

Die Duerksen Familie um 1957 (Ich bin vorne links). Harry ist zu der Zeit schon in Buenos Aires zum Studium.

Heinrich und Sara Duerksen, 1955

# Kapitel 3

## Nachbarn

### Erste Begegnungen mit Indigenen

In jenen Tagen, als meine Eltern und so viele andere Flüchtlinge im zentralen Chaco von Paraguay ansiedelten, wurde dieses Gebiet wegen des unwirtlichen Klimas in den Büchern einfach als die „grüne Hölle" bezeichnet. Die Region war berühmt für extreme Hitze, lange Dürreperioden, giftige Schlangen, Stechmücken und einen undurchdringlichen Buschwald, der jedem Eroberungsversuch durch Menschen trotzte.

Regierungs- und Forscherberichten zufolge war diese Region gänzlich unbewohnt von Menschen. Manche Berichte erwähnten, dass man einige wenige indigene Personen getroffen habe.

Den Flüchtlingen, die dieses Land auf Kredit gekauft hatten, war gesagt worden, dass keine Menschenseele in diesem Gebiet des Landes wohnte. Menschenleer und ohne menschliche Werke - hatte man gesagt. Groß war ihre Überraschung, als sich kurz nach ihrer Ankunft unbekannte Besucher einstellten - Menschen aus einer anderen Lebenskultur, mit einer anderen Hautfarbe und vor allem mit einer Sprache, die keiner der neuen Siedler verstand. Sie merkten lediglich, dass die Sprache dieser „Besucher" nicht Spanisch war, die Sprache ihrer neuen Heimat.

Diese Menschen zeigten jedoch keine Anzeichen von Feindseligkeit. Im Gegenteil, sie waren neugierig, sie lächelten und gestikulierten mit Händen und Armen.

Vielleicht fragten sie sich, warum diese Neuankömmlinge so blass waren und so viele Kleider in der Hitze trugen, wenn man doch lediglich einen kleinen aus Kaktusfaser hergestellten Schurz benötigte, um die Leiste zu bedecken. Oben ohne war also nicht von modernen Strandbesuchern erfunden worden.

Was auch immer beide Seiten über die Gewohnheiten des jeweils anderen dachten - es dauerte nicht lange und eine Freundschaft entwickelte sich zwischen ihnen. Es wurde später geschätzt, dass in den Anfangsjahren etwa dreihundert bis sechshundert Personen des Enlhet-Stammes in dem Gebiet wohnten, in dem die Mennoniten angesiedelt hatten. Außer ein paar Kontakten mit Forschern hatten diese Menschen keinen Kontakt zur Außenwelt.

Die Nachricht über die blassen Neuankömmlinge verbreitete sich wie Lauffeuer über den ganzen Chaco und bis Argentinien. Es gab mehr als 10 verschiedene Indigenen-Stämme im paraguayischen Chaco zu der Zeit, von welchen viele anfangs langsam, dann immer zahlreicher in den zentralen Chaco zuwanderten, meistens aus wirtschaftlichen Gründen.

Die Tatsache, dass die Lebensformen der neuen Siedler und der indigenen Bevölkerung der Region - so unterschiedlich, wie sie auch waren -, einen gemeinsamen Nenner hatten, der sie alle in eine Beziehung zusammenschweißte, machte das Überleben aller Gruppen möglich. Alle Kulturgruppen gründeten ihr Leben nämlich auf Gemeinschaft, wo das Wohl der Gemeinschaft über dem Wohl des Einzelnen steht. In guten Zeiten war dieses Konzept etwas lockerer, aber wenn Not war, stand es über allen Dingen.

Und so entstand auf natürliche Art eine selektive Form der Symbiose. Alle hatten Arbeit, alle hatten Nahrung, alle waren Freunde. Wenigstens damals.

Meine Eltern arbeiteten hart daran, den Bauernhof in Gang zu bringen. Es ging ihnen nicht um Reichtum und Eigentum; es war immer mit dem Ziel, die Familie zu ernähren. In einem Zelt zu wohnen, das wenig Schutz gegen Insekten, Frösche, Schlangen und Wetterbedingungen bot, war nicht leicht. Mutter ging mit dem Vater in den dichten Busch, um einige Bäume zu fällen, die sie für den Bau ihres ersten Häuschens benötigten. Bettgestelle, Tische und Stühle fertigten Mutter und Vater von Hand aus Buschholz an.

Als Willy und bald noch mehr Jungen und Mädchen ankamen, wurde das schlichte Heim einfach zu klein und wieder gingen Vater und Mutter in den Busch, um Stämme und Holz für eine Vergrößerung anzuschaffen. Das Säuglingskind wurde mitgenommen und in eine aus Decken und Stricken gebastelte Hängematte hineingelegt, um die benötigten Bäume zu fällen.

Viel später kommentierte Vater immer, dass Mutter, so klein wie sie war, mehr als ihren Teil der Arbeit auf dem Hof getan hatte. Sie verlangsamte den Schritt, um die Kinder zu gebären - zehn davon -, aber setzte nie aus.

Eines Tages kam eine kleine Sippe von Nivaclé-Indigenen, auch Chulupí genannt, heran und ohne viel Aufheben errichteten sie Grashütten an der Südwest-Ecke unserer Farm. Sie waren freundlich und wollten Arbeit und Essen. Sie hatten schönen Kopfschmuck, Perlenschnüre und viele anderen Schmuckstücke, darunter auch ausgehöhlte Ziegenhufen, bei sich.

Sie blieben eine Weile, halfen auf dem Hof und schienen zufrieden. Vater besuchte sie öfter am Abend, um seine gute Absicht zu zeigen und auch von ihnen zu lernen. Mutter hielt eher Abstand - zu viele Männer mit zu wenig Bekleidung für ihren Geschmack.

Die Sprache war und blieb eine unüberwindbare Barriere. Aber Vater bemühte sich und lernte einige Worte.

Dann, eines Tages, aus heiterem Himmel, brach Streit aus unter Mitgliedern der Sippe. Der Kampf mit Fäusten und Stöcken dauerte Stunden, bis einige Frauen mit den ausgehöhlten Ziegenhufen an ihren Fingern ankamen. Die Gegnergruppe hatte sich auch solche auf die Finger gestreift und nun wurden Gesichter und Körper kratzend attackiert. Blut floss und Vater überlegte, wie er eingreifen könnte.

Als er aber sah, was diese Frauen mit ihren Waffen anrichteten, beschloss er, dass dies ihr Kampf war und nicht seiner.

Bevor es Abend wurde, hatten die Sippenmitglieder ihre Sachen gepackt, die Grashütten verbrannt, waren in alle Richtungen in den Busch gezogen und man hat sie nie mehr gesehen oder von ihnen gehört. Meine Eltern waren verwirrt. Ihre Gesellschaft auf dem Hof war ihnen angenehm gewesen und sie konnten sich nicht erklären, warum es diesen Streit gegeben hatte. Aber das Leben musste weitergehen.

Etwas später kam eine neue Gruppe Indigener am Südende der Farm an. Auch sie richteten prekäre Grashütten auf und ließen sich dort ohne viel Aufheben nieder. Vater ging auf sie zu und versuchte, sich mit dem geringen Wortschatz, den er sich von der vorigen Gruppe angeeignet hatte, zu verständigen. Die Männer schauten ihn nur verständnislos an und fragten sich vielleicht, in was für einer Sprache dieser Mann zu ihnen sprach. Vater wusste ja nicht, dass er Menschen aus einem anderen Stamm mit einer ganz anderen Sprache vor sich hatte.

Diese Gruppe hatte keinen Kopfschmuck oder anderen Schmuck dabei. Sie trugen sehr wenig mit sich, nur den Bogen mit den Pfeilen und Taschen, die aus Kaktusfasern gefertigt waren, um Beeren, Früchte und Wurzeln zu sammeln. Die Männer gingen auf die Jagd und erlegten Spießhirsche, Ameisenbären und auch größeres Wild. Die Frauen sammelten Früchte, Knollen, Beeren und auch kleineres Wild wie Landechsen, Gürteltiere und andere.

Diese Gruppe schien friedfertiger zu sein als die Nivaclé-Gruppe, die vor einigen Monaten hier gehaust hatte und dann von dannen gezogen war, als es Streit in der Sippe gegeben hatte.

Man erfuhr dann, dass diese dem Enlhet-Stamm angehörte, und dass für sie dieses Gebiet ihr Heimatboden war. Diese Gruppe ist nie von Waldesruh weggegangen, aber als die Gruppe durch Zuwanderung wuchs, haben sie sich einige Kilometer südlich von Waldesruh neu eingerichtet. Dort hatten sie mehr Wasser und offenes Land, auf dem sie Kürbisse, Süßkartoffeln, Mais, Bohnen und vor allem Wassermelonen anpflanzen konnten.

Wassermelonen und einige wildwachsende Schoten waren wichtig, denn sie bildeten die Hauptzutaten für ihr eigenes Gebräu namens „Chicha". Kein Fest war komplett ohne eine gehörige Portion Chicha. Hergestellt wurde dieses Getränk, indem man Wassermelonen oder Algarroboschoten kaute und dann in einen ausgehöhlten Flaschenbaumstamm, der als Trog diente, hineinspuckte. Die Spucke war das Fermentationsmittel. Nach etwa drei Tagen unter der Sonne war das Gebräu fertig und sehr wirksam.

Für uns Kinder war es eine Freude, den älteren Männern zuzusehen, wie sie um den Trog herumsaßen und halbe Kalabassen als Schöpfkelle benutzend, sich an der Chicha gütlich taten. Dann, nach einer Weile, begann langsam, aber mit wachsender Intensität der monotone Gesang mit wippenden Köpfen und Oberkörpern in Richtung Chicha, als ob sie sagen wollten: "Das ist mal ein gutes Getränk, das ist wirklich gut."

Die Frauen hielten sich derweil unter den Schattenbäumen in der Nähe auf und lachten und kicherten über die Männer. Ich habe nie gesehen, dass sie sich auf so einem Fest zu ihnen gesellt hätten. Auch ich habe es nie versucht.

Diese Enlhet-Gruppe fuhr noch lange mit ihrer Lebensform des Jagens und Sammelns fort, aber irgendwie sind sie sesshaft geworden und zogen nicht mehr von einem Ort zum anderen. Sie wurden richtige Nachbarn in Waldesruh. Die meisten von ihnen hatten mit irgendeinem Bauern Freundschaft geknüpft, für den sie auch Arbeit gegen Lohn verrichteten, aber von dem sie auch eine helfende Hand in Zeiten der Not erwarteten. Und meines Wissens ist diese Hand ihnen auch nie versagt geblieben. Viele dieser Beziehungen zwischen den jeweiligen Familien bestehen noch bis heute fort, achtundachtzig Jahre nach der ersten Bekanntschaft zwischen den zwei Kulturgruppen.

Unser Mann hieß Cornelio, oder so nannten wir ihn. Er selbst nannte sich Klassen, Peter Klassen. Manchmal auch Abram Klassen. In ihrer Kultur blieb ein Name nicht für das ganze Leben als Identität einer Person haften. Für sie waren Namen mit Beziehungen verbunden oder mit besonderen Ereignissen im Leben oder auch mit einem besonderen Merkmal der Person. Mein Vater wurde von den Enlhet „Cacique Payim" genannt, was etwa "Häuptling Rieseneidechse" bedeutet. Dieser Name bezog sich auf seinen schnellen Gang mit erhobenem Haupt, wie eine Rieseneidechse, wenn sie läuft.

Cornelio - denn so wollte er bei uns genannt werden - und seine Familie wurden Freunde von uns allen. Er arbeitete die gleichen Stunden wie wir. Er war immer ganz bekleidet, sehr zur Freude unserer Mutter, und seine Kleider waren immer sauber. Nach einigen Jahren gab es ein Siedlungsprogramm für Enlhet, das von den Gemeinden und der Mission „Licht den Indianern" betrieben wurde. Indigene konnten sich anmelden, um in Yalve Sanga anzusiedeln, wo Familien auf eigenem Grundstück und Land es mit landwirtschaftlichem Leben versuchen konnten.

Eines Tages kam Cornelio schweren Herzens zu Vater. Es gefiel ihm hier, aber er hatte von dem Siedlungsprojekt gehört und es interessierte ihn. Ob Vater seinen Entschluss billigen würde, wenn er sich anmeldete? Wir gaben ihm alle unseren Segen zu dieser Entscheidung, empfanden es aber auch als einen Verlust. Es war, wie wenn jemand aus der Familie auszieht, um seine Träume zu verwirklichen oder bessere Optionen zu suchen. Man lässt ihn gehen, aber man vermisst ihn.

Durch Cornelio hatten unsere Eltern uns gezeigt, dass alle Menschen vor Gott gleich sind und alle von uns den gleichen Respekt verdienen. Ich erinnere mich deutlich, wie ich einmal am Morgen Cornelio mit einem „Guten Morgen, Cornelio" begrüßte. Vater schaute mich überrascht an und sagte: „Cornelio ist viel älter als du, also ist er für dich Onkel Cornelio."

Im Plattdeutschen wurde die Bezeichnung Onkel oder Tante nicht nur für die Verwandten, also die Geschwister der Eltern, benutzt, sondern auch für andere, nicht Verwandte, die älter waren und zu denen man in einer freundschaftlichen Beziehung stand.

# Kapitel 4

## Tod bei den Grashütten

### Ein ungewöhnlicher Ruf zur Mission

Der heute Enlhet genannte Stamm der Indigenen wurde damals "die Lenguas" genannt. Wir sprachen von ihnen immer als den Lenguas. Diese Gruppe Lenguas hatte nun einige Zeit auf der Farm unserer Eltern gelebt. Ihre Hütten bauen sie aus Gras, in einem Halbkreis, und haben rustikale Kochstellen drinnen und auch vor den Hütten.

Vater lernte jetzt allmählich etwas von ihrer Sprache und sie versuchten auch, einen Grundwortschatz in Plattdeutsch aufzubauen. Dies war irgendwie widersprüchlich. Ein Volk, das bisher kaum Kontakt mit anderen Zivilisationen gehabt hatte, würde jetzt versuchen, einen osteuropäischen deutschen Dialekt zu beherrschen.

Umstände jenseits der Kontrolle beider Gruppen hatten diese zusammengeführt und nun bemühten sich beide Gruppen, einander zu verstehen. Ein gewisses Niveau der Kommunikation und Verständigung war notwendig. damit sie zusammen leben und überleben konnten.

Eines Tages bemerkten meine Eltern, dass das Verhalten der Lenguas, die zu uns zum Haus kamen, irgendwie anders war. Sie waren nicht fröhlich wie sonst. Sie schienen besorgt, fast beängstigt, machten aber keine verbale Äußerung, dass etwas nicht stimmte.

Der Tag ging weiter und als es Abend wurde, hing eine unheimliche Stille über den Hütten. Keine Stimmen, kein Kinderlachen, nur das Bellen einiger Hunde war zu hören.

Dann verwandelte sich das Hundegebell plötzlich in Heulen. Man konnte Chanting-Gesänge hören und Trommelschlag in lautem, stetigem Rhythmus - nicht so wie es auf ihren fröhlichen Festen geklungen hatte. Frauen und Kinder schrien.

Vater und Mutter wussten sofort, dass irgendwas Schlimmes los war. Sie sahen sich in die Augen. Mutter reichte Vater die Kerosinlampe. „Sei vorsichtig", sagte sie. Als er sich den Hütten näherte, wurden der Lärm und die Schreie lauter. Er hielt die Laterne hoch. Er war dankbar für ihr Licht, nicht nur wegen der Schlangen, die am Weg liegen könnten, sondern auch, damit die Lenguas sehen konnten, dass jemand auf sie zukam. Sie würden sein Gesicht erkennen, hoffte er. Die Hunde wollten ihn womöglich auffressen, doch als die Lenguas sahen, wer sich da näherte, riefen sie nach den Hunden und warfen Stöcke nach ihnen - ein Zeichen für die Hunde, dass sie ablassen sollten.

Inzwischen schienen der Lärm und das Chaos außer Kontrolle zu sein. Er betrat den Halbkreis der Hütten, fast betäubt von dem, was er sah und auch etwas ängstlich um seine eigene Sicherheit. Er dachte an Sara drüben im Haus. War sie sicher? Waren die Kinder sicher?

Die Frauen schrien und mit Decken und Lappen aus Kaktusfasern machten sie Bewegungen, wie wenn sie etwas verscheuchen wollten. Die Kinder weinten und liefen wild herum. Die Hunde hoben ihr Heulen mit dem wachsenden Gesang und Trommelschlag der Männer an.

Die Aktivitäten der Männer schienen sich mehr auf eine Hütte zu richten. Vater ging zu dieser Hütte. Die Männer nahmen sein Erscheinen nicht zur Kenntnis, schienen sich aber seiner Gegenwart bewusst zu sein. Er fühlte jetzt, dass er geduldet war, wenn nicht willkommen.

Als er näher kam, sah er ein kleines Feuer in der Grube brennen. Mitten im Raum lag ein Junge wie leblos auf dem Rücken. Der Cacique (Häuptling) war anscheinend auch der Schamane – der Medizinmann. Er lehnte sich über den scheinbar leblosen Körper des Jungen, sang, zog tief an seiner Pfeife und blies den Rauch über das Gesicht des Jungen aus. Dann blies er Rauch über dessen Bauch und danach saugte er am Bauchnabel, immerzu die Arme bewegend, wie wenn er etwas verscheuchen musste, und singend.

Im Glauben der Lenguas hat ein Schamane Kraft zum Heilen und um böse Geister abzuwehren. Es war eine animistische Kultur und die Furcht vor bösen Geistern regierte ihr Leben. Ein Schamane zu sein barg auch Gefahren. Was, wenn er nicht heilen konnte? Was, wenn er dem bösen Geist nicht wehren konnte? Was, wenn er den Tod nicht verhindern konnte? Später, viel später, erfuhr mein Vater, dass manch ein Schamane von seinen Stammesgenossen getötet worden war, wenn er ein Leben nicht retten konnte.

Mein Vater lehnte an einem Pfosten am Eingang der Hütte und beobachtete die Zeremonie, die dem Jungen Heilung bringen sollte. Der Junge wurde schwächer und die Zeremonie wurde angefeuert. Mein Vater sah und fühlte, dass dieses Leben nicht gerettet werden würde. Und dann, ohne Vorwarnung, durchfuhr ihn ein tiefer Schmerz.

Willy. Nicht, dass er Willys Tod vergessen hätte. Der Schmerz war über die Zeit etwas zurückgegangen, aber jetzt war er wieder mit voller Kraft da. In den nächsten Momenten wurde der Lärm fast unerträglich, und dann brach das Chaos los und die Gedanken an Willy mussten weichen.

Der Lenguajunge war gestorben und die Angst vor den bösen Geistern trieb das Chaos an. Alles, was dem Jungen, seiner Familie und sonst irgendeinem, der den Jungen angerührt hatte, gehörte, wurde zusammengebracht und auf den Körper des Jungen geworfen, der noch am Boden lag. Jemand nahm ein brennendes Stück Holz aus der Grube und in Sekunden war die ganze Grashütte in Flammen.

Als die Hütte voll in Flammen war, lief die ganze Gruppe einfach in die Finsternis. Der Schamane war auch nicht mehr zu sehen. Erschrocken lief mein Vater nach Hause.

Als Willy gestoben war, war es eine schmerzhafte Erfahrung gewesen für Mutter und Vater, genau wie auch für die Lengua-Familie, die jetzt ihren Sohn verloren hatte. Meine Eltern verstanden diesen Schmerz.

Aber sogar in ihrem Schmerz hatten meine Eltern Hoffnung erlebt. Als an jenem Nachmittag der Arzt ihnen eröffnet hatte, dass Willy sterben würde, vielleicht schon am selben Abend, hatte Vater mit Willy gesprochen. Er hatte Willy auf seinen Schoß genommen und ihm über seine Situation erzählt, obwohl er noch nur fünfjährig war. Willy war ein kluger Junge und meine Eltern spürten, dass, so schmerzhaft es auch war, sie mit ihm über das Sterben sprechen sollten.

Mein Vater erzählte Willy, dass er, wenn er in ein besseres Leben hinübergegangen sei, bei Jesus im Himmel sein würde und wie schön das Paradies sein würde. Willy, in seiner Unschuld, schaute hinauf zum Vater und sagte: „Ich weiß, aber es ist bei Mama und dir auch so schön und ich möchte gerne bei euch bleiben." Mutter und Vater hielten Willy in ihren Armen, bis sie fühlten, wie seine Füße und Beine kalt wurden. Willy starb friedlich in ihren Armen.

All das ging ihnen durch den Kopf und die Gefühle, als sie beim schwachen Licht der Kerosinlampe in ihrem kleinen Heim saßen und Vater Mutter über sein Erlebnis bei den Grashütten berichtete. Es war alles sehr rau, aber sie spürten, dass Gott an ihnen arbeitete.

Es war nicht die Antwort auf die Frage, warum Willy vor Jahren gestorben war, noch warum der Schmerz von damals jetzt erneut so stark über sie hereinbrach. Ein Gefühl des Sinns kam über sie.

Der Lenguajunge, der gestorben war, war in ähnlichem Alter wie Willy damals. Vater und Mutter fragten sich nicht, wo dieser Junge jetzt wohl sei, nach seinem Tod bei den Hütten. Er war bei Jesus, am selben Ort wie Willy. Aber seine Eltern und die ganze Sippe hatten nur Angst vor dem Bösen und keine Hoffnung. Was sie brauchten, schlussfolgerten Mutter und Vater, war das Wissen um diesen Jesus und die Hoffnung in ihn, wie sie es hatten. An diesem Abend fanden sie ihren Ruf zur Mission und gelobten, diesem Ruf zu folgen, in welcher Form und wann immer er auch an sie herankommen würde.

Sie hatten keine Antwort auf die Frage gefunden, warum Willy im Alter von fünf Jahren hatte sterben müssen. Doch an diesem schicksalshaften Abend bei den Hütten hatte Gott ihnen einen neuen Sinn für das Dasein in diesem Land gegeben. Das Leben hatte mit mehr zu tun, als nur damit, die eigene Familie zu ernähren. Die Familie Gottes war gerade erweitert worden, und auch diese brauchte Fürsorge.

Kapitel 5

## Leben im Buschland

### Heranwachsen im Dorf Nummer 11

Da, wo man geboren und aufgewachsen ist, wo man die Kindheit verbracht hat und zum jungen Mann geworden ist, den Ort kann man wahrlich Zuhause nennen.

Waldesruh war dieser Ort für mich - obwohl das Dorf gewöhnlich Nummer 11 genannt wurde, weil es das elfte Dorf war, das von den neuen Siedlern des Gran Chaco bei der Ansiedlung angelegt wurde. Das war immer und ist auch noch einfach Zuhause.

Dies ist der Ort, wo meine ersten Erinnerungen herrühren. Hier liegt Großvater Johann Duerksen (Papa in dieser Erzählung) begraben. Hier hat mein ältester Bruder Willy seine Ruhestatt im Grab. Meine Kindheitserinnerungen spielen sich hier ab. Hier sagte mir eine Lehrerin in der Grundschule, dass ich ein guter Schüler sei (zu meiner großen Überraschung) und hier bekam ich von einer anderen Lehrerin, die anscheinend nicht ganz so beeindruckt von mir war, auch eine gehörige Tracht Prügel.

Hier hörte ich von meinen Eltern die Geschichten über ihre schwere Situation im alten Land, wo sie noch Geschwister hatten, die dort unter dem Regime festsaßen, nach Sibirien verbannt waren. Hier erzählten sie uns über die mächtige Hand Gottes, die sie aus dem alten Land herausgeführt hatte. Hier setzten sie in mich die Saat des Glaubens an Gott und Jesus Christus als den mächtigen Erretter. Hier traf sich jeden Samstagabend das ganze Dorf zur Gebetsstunde, wo immer auch für die in Russland zurückgebliebenen gebetet wurde, und für die Regierung in der neuen Heimat.

In diesem Ort wurde ich auch Eigentümer eines der Wunder der Innovation und Technologie jener Zeit und Umgebung: ein Fahrrad! Klar, ein älteres Modell von Fahrrad - ein deutsches Polizeifahrrad aus der Hitlerzeit - als Überschussware nach Paraguay gesandt.

Aber dies ist auch der Ort, den ich mit neunzehn Jahren verließ und zu dem ich danach nie wieder als Wohnort zurückgekehrt bin. Dorfleben war mir zu eng geworden; entweder man schaut sich nach einer Frau um und wird Bauer wie alle anderen oder man strebt nach neuen Horizonten, obwohl man nicht weiß, was vor einem liegt und man die Entfremdung von der bekannten und sehr vorhersehbaren Umgebung riskiert.

In der ersten Option konnte ich für mich keine Zukunft sehen, also wählte ich die zweite, wobei ich einfach nur wusste, dass ich studieren und anderen dienen wollte. Diese „Anderen" durften auch gern im unbekannten Bereich liegen. Die Geschichte meiner Eltern, ihr Erlebnis mit dem Tod bei den Grashütten hatte auch mich beeinflusst. Zu dem Zeitpunkt in meinem Leben wusste ich nicht genau, wohin mich mein Weg führen würde. Aber ein Same war in den Boden gelegt und ich wollte offen und vorbereitet sein, wenn er wachsen würde.

Als die neuen Siedler ankamen und dieses neue Land für sie Heimat werden sollte, standen sie wie ein Ochse aus dem Flachland vor einem riesigen Berg. Alles war neu, alles schien unüberwindbar. Nur gab es keinen Weg zurück - der Berg musste bestiegen werden.

Was sie hatten war Erfahrung und die Fähigkeit zum Organisieren, und dazu einen tiefen und unerschütterlichen Glauben an Gott. Alles würde mit der Zeit gut werden, denn, wie sie immer und immer wieder zum Ausdruck brachten: „Es war Gott, der uns hierhergebracht hat. "

Das Land war nicht Steppe und nicht offene Prärie. Etwa zehn Prozent davon war offenes Grasland mit sandigem Boden, das verteilt war zwischen neunzig Prozent Buschland, wo der Boden eine schwerere, hellbraune Lehmkonsistenz hatte. Die Siedler erkannten bald zu Recht, dass die Graslandgebiete sich gut zum Ackern eignen würden. Jedoch die Buschländereien würden ein Problem sein; erstens, weil man viel roden müsste, und zweitens, weil man Mittel finden musste, um den Boden so zu bearbeiten, dass bei der unvorhersehbaren und geringen Niederschlagsmenge die Saat erfolgreich gedeihen konnte.

Das Siedlungsgebiet wurde vermessen und alle offenen Graslandstellen sollten sorgfältig in eine bestimmte Anzahl von Gehöften eingeteilt werden, je nach der Größe des jeweiligen Graslandgebietes. Einige Stellen wurden in 25 Gehöfte eingeteilt, andere gaben nur ein Dutzend oder so her. Diese Gehöftgruppen sollten je ein Dorf bilden. Die Siedler wurden dann in Gruppen in passender Anzahl für jedes Dorf eingeteilt und diesen Dörfern zugeordnet.

Wenn die Gruppe der Familien für ein Dorf gebildet war, sollte diese einen Namen für ihr Dorf wählen. Die Siedler des ersten Dorfes, Dorf Nummer 1, wählten den Namen Lichtfelde. Und so ging es weiter mit den darauffolgenden Dörfern, bis jede Familie ein Gehöft für sich bekommen hatte. Es ergab sich, dass man sich weiterhin meistens an die Nummern der Dörfer hielt, wenn man sie nannte, weil diese leichter zu behalten waren als die Namen. Mit der Zeit nannte man entweder den Namen oder die Nummer.

Papa und Mama Duerksen siedelten im Dorf 7, Schönwiese, an; meine Mutter mit ihren Eltern im Dorf 3, Gnadenheim. Später, nach ihrer Hochzeit, erwarben Heinrich und Sara eine Farm im Dorf 11, Waldesruh. Hier war es, wo meine acht Geschwister und ich aufwuchsen und wo Willy, mein ältester Bruder, starb und begraben ist.

Für ein Kind war das Leben im Dorf gut. Es gab eine Schule mitten im Dorf, die nur aus einem größeren Raum bestand. Diese diente auch als Kirche für den Sonntagsgottesdienst und die Gebetsstunden am Samstagabend oder als Raum für soziale Veranstaltungen.

Da wir alle Bauernkinder waren, lernten wir schon früh im Leben, hart bei der Arbeit anzupacken, aber irgendwie gab es immer auch noch Zeit für Spiel und Freundschaft.

Bauernwesen in jener Zeit bedeutete Anbau von Erdnüssen, Baumwolle, Rizinus und Sorghum (Kafir). Tierhaltung zur Produktion steckte während meiner Kindheit erst in ihren Anfängen. Milch- und Fleischproduktion wurden allmählich eingeführt, als die Siedler Mittel und Wege gefunden hatten, den Busch zu roden und Weidegras anzupflanzen, besonders das „buffel grass" (im Chaco Büffelgras genannt), ein afrikanisches Gras, das mit großem Erfolg nach Texas importiert worden war und nun seinen Weg zum paraguayischen Chaco fand und allmählich die „Grüne Hölle" zu einem grünen Weideland machte.

Mit diesem Gras gewann die Rindviehhaltung rasch an Bedeutung für die Siedler. Ich habe immer Pferde und Rinder gemocht. Mein Vater war auch ein Pferdeliebhaber und es war sein ganzer Stolz, gute, glänzende Pferde zu besitzen, die beim Vorspannen schon eifrig waren, den Wagen zu ziehen. Er sagte immer, dass gute Pferde daran zu erkennen sind, dass sie eifrig zum Ziehen sind und vom Kutscher mit gestrafften Zügeln, bis das Pferd den Hals krümmt, geleitet werden müssen.

Ich liebte es, die Pferde zu waschen, zu striegeln und zu füttern. Natürlich war der höchste Genuss, sattellos zu reiten, was nur noch durch ein Wettrennen mit den Pferden der Nachbarn übertroffen werden konnte. In meiner Erinnerung kamen bei solchen Rennen unsere Pferde immer als erste hervor.

Als ich etwa in der siebten Klasse war, hatten wir einen jungen hellbraunen Hengst mit einem weißen Streifen von der Stirn bis zur Nase. Seine Mähne und der Schweif waren weiß. Die untersten 25 cm seiner Beine waren auch weiß, wir nannten das seine Socken. Wenn er gewaschen und gebürstet war und die Sonne auf ihn schien, dann leuchtete er im Sonnenlicht wie eine goldene Münze. Es war ein herrlicher Anblick. Für wahrhafte Pferdeliebhaber konnte es nicht besser sein. Wir nannten ihn Foss und ich liebte es, mich um Foss zu kümmern.

Foss, unser Hengst

Mein Vater hatte mir oft Geschichten über das beste Pferdefutter der Welt erzählt. Es brachte das Pferdefell zu Schönheit und Glanz wie nichts anderes und machte die Tiere energisch und lebhaft. „Hafer", sagte er, „Hafer ist gut für die Pferde." Wenn ich also Hand an einen Sack Hafer legen konnte, versteckte ich diesen im Stall und jede Nacht, wenn es dunkel war, schlich ich hinaus in den Stall, fasste einen Pfund Hafer und gab es Foss zum Genuss.

Ich dachte, dass dies mein kleines Geheimnis war, doch eines Tages hörte ich, wie Vater meinen Geschwistern sagte, dass Rudolf Foss besonders mochte, denn er ging jeden Abend vor dem Schlafen hinaus, um Foss noch Gute Nacht zu sagen. Gut, der Teil stimmte, und ich war mir nicht sicher, ob er nicht auch die ganze Wahrheit wusste. Monate später kommentierte er meinen Geschwistern gegenüber, dass das Fell von Foss jeden Tag glänzender wurde und dass das Pferd jetzt so lebhaft war, dass es schwierig wurde, es zu führen.

Daher dachte ich, dass ich nun das Recht verdient hatte, Foss und ein anderes Pferd vor einen Zweispänner zu spannen und eine Buggyfahrt aus dem Dorf hinaus zu machen, um ins Städtchen zu fahren. Es war ein schläfriger Sonntagnachmittag und keiner kümmerte sich besonders um meine Aktivitäten. Die Fahrt ging gut, bis die Deichsel des Buggy sich vorne löste, zu Boden fiel und sich dabei in die Erde bohrte. Foss reagierte wild. Ich hatte meinen Freund mitgenommen und wir beide zogen an den Zügeln, in der Hoffnung, alles zum Stillstehen zu bringen.

In dem Moment zerriss eine der Zügelleinen und der Wagen rollte irgendwie gegen das Hinterteil des Pferdes. Dies war zu viel für Foss und er zeigte mir, was Hafer wert ist. Er nahm einen gewaltigen Sprung vorwärts, gleichzeitig mit beiden Hinterbeinen nach dem Buggy und allem um ihn herum ausschlagend und riss sich dabei von Geschirr und Buggy los. Die Deichsel hatte sich nun tief in den Boden gebohrt und der Buggy kam zu einem so plötzlichen Halt, dass mein Freund und ich über das Vorderbrett des Gefährts flogen und da landeten, wo vor einigen Sekunden noch Foss gewesen war.

Wir waren nicht verletzt, aber meine Seele und mein Ego hatten an dem Tag Beulen bekommen, die nicht so schnell heilen würden. Mein Vater tadelte mich ein wenig, mein älterer Bruder bestand darauf, dass Foss ihm gehörte und dass ich ihn überhaupt nicht hätte nehmen dürfen, ohne ihn um Erlaubnis zu bitten. Ich hatte Foss gefüttert und meinte daher, ein Recht auf ihn zu haben. Er gehörte unserem Vater, und damit eben uns allen. Was Foss anging, war er zu lebhaft geworden, um ein nützliches Arbeitstier auf der Farm zu sein und wurde später als Zuchthengst an einen gut bekannten Viehzüchter verkauft. Oh, die Macht des Hafers!

Meine zweite Liebe auf der Farm galt den Rindern. Vater liebte die Rinder auch. Schon solange er seinen eigenen Bauernhof hatte, hatte er versucht, eine kleine Herde aufzubauen, als finanzielles Polster, aber er genoss es auch, mit den Rindern zu arbeiten, ihnen beim Grasen zuzuschauen und sie als Teil der Farm zu haben. Er hatte tatsächlich schon eine kleine Herde aufgebaut und als nach dem Zweiten Weltkrieg eine Welle von Flüchtlingen aus Europa ankam und etwa 35 Kilometer vom Dorf 11 ansiedelte, gaben meine Eltern gern die Hälfte der Herde an diese Neuankömmlinge ab. Viele von ihnen waren Frauen mit Kindern. Ihre Männer waren gezwungen gewesen, der Hitlerarmee beizutreten und waren auf dem Schlachtfeld als unschuldige Opfer der Umstände umgekommen. Hilfe war benötigt und geschätzt.

Die meisten unserer Kühe dienten zwei Zwecken - für Fleisch und für Milch. Während des Tages verweilten sie auf der Weide und abends wurden sie hereingebracht, damit wir sie früh am Morgen melken konnten. Wir mussten alle unseren Teil der Arbeit auf der Farm verrichten, die Aufgaben waren altersgerecht eingeteilt. Die Jüngeren bekamen die leichteren Aufgaben zugeteilt. Ich war der Zweitjüngste und profitierte vielleicht am meisten von diesem Arrangement während der Schuljahre. Kam man erst in die Zentralschule, wurde von einem erwartet, seinen Mann zu stehen.

Zwei feste Aufgaben, die ich hatte, liebte ich. Eine war, morgens etwa um 6 Uhr früh ungefähr einen Kilometer nach hinten auf der Farm zu gehen und die Pferde von der Weide zu holen, um sie mit Korn zu füttern, bevor ihr Arbeitstag um 7 Uhr begann, während meine Geschwister zwanzig bis dreißig Kühe von Hand zu melken hatten. Ich nahm einen Halfter mit, fing eines der Pferde ein, schwang mich hinauf und leitete die Gruppe zurück zum Hof, zum Füttern und Bürsten. Für mich war diese Aufgabe nicht Arbeit, sondern Vergnügen und freie Zeit.

Ich verstand von Hand zu melken, das konnten wir alle. Aber es war schmutzige Arbeit. Wir hatten keinen Melkstall, daher melkten wir im offenen Kuhpferch. Die Kühe schliefen im Dreck und getrockneten Mist, der sich im Pferch angesammelt hatte. Wenn sie zum Melken anstanden, mussten sie sich immer auch entleeren. Ihre Schwänze wurden nass und waren mit Urin und Mist beschmutzt und sie liebten es, mit ihrem haarigen Schwanzende einem ins Gesicht zu schlagen, als würden sie Fliegen verscheuchen. Das fühlte sich nicht gut an; es schmeckte auch nicht gut. Deshalb, so gut ich konnte, vermied ich diese Arbeit und überließ sie gerne meinen lieben Geschwistern.

Die zweite Arbeit, die mir gut gefiel, war wiederum ein Gang nach hinten am späten Nachmittag, um das Vieh zur Nacht zu holen. Wenn ein Pferd zu Verfügung stand, nahm ich dafür ein Pferd, trieb die Rinder zusammen und dann nach Hause. Wenn dies nicht der Fall war, machte ich es zufuß, was auch machbar war. Wenn sie erst als Truppe auf dem Marsch nach Hause waren, warfen sie einiges an Staub auf. Ich ging hinter ihnen her und drohte ihnen mit dem Hund, wenn sie zu langsam wurden. Ich rief und brüllte wie ein richtiger Cowboy, während ich immer wieder die lange Viehpeitsche schwang. Es war reine Freude.

Während ich hinter der Herde herging, versuchte ich immer, sie zu zählen. In Tagträumen stellte ich mir vor, wie die Herde in doppelter Zahl oder noch mehr aussehen würde. Ich wollte, dass mein Vater die größte Rinderherde im Dorf hätte. Vielleicht unsinnig, aber es war trotzdem schön, es mir so vorzustellen. Ich zählte immer wieder die weiblichen Tiere und fügte ihnen in der Zählung Kälber hinzu, so viele, wie sie möglicherweise in den nächsten zwei oder drei Jahren bekommen könnten, und siehe da, die Summe ergab mehr als die Anzahl in den Viehherden der anderen Dorfbewohner. Diese Methode, so sinnlos sie einem Betrachter scheinen mag, erlaubte mir in Gedanken, eine große Herde aufzubauen und somit in eine bessere Zukunft zu schauen.

Es kam so, als ich zum Ende der Grundschule und in die Mittelschule kam, dass ich nicht der einzige war, der von größeren Viehherden träumte. Die Kolonieverwaltung war zu dem Schluss gekommen, dass die Zukunft der Siedlung auf sehr wackeligem Boden stand und nicht bestehen könne, ohne dass die Produktion erweitert werde. Mit Viehhaltung meinte man aus dem Flaschenhals gelangen zu können. Mehr und mehr Familien verließen die Kolonie, um nach Kanada oder Deutschland auszuwandern. Armut trieb diesen Aderlass an.

Aber wie sollte man die Viehproduktion erweitern ohne genügend Weideland? Buschrodung durch Bulldozer und Einrichtung von angepflanzten Weideparzellen mit Büffelgras war die Antwort.

Die Kolonieverwaltung hatte etwas Reserveland und bot dieses nun den Bauern, die Interesse an einer Erweiterung hatten, an, zur Produktion auf allen Ebenen, aber besonders im Fleisch- und Milchsektor. Alle Bauern von Nummer 11 nahmen die Gelegenheit des Angebots wahr.

Der erste Bulldozer in Dorf 11 rodet den Busch

Bald danach bekamen die Dorfbewohner ihren ersten Bulldozer zu sehen, als dieser ins Dorf gerollt kam. Die Ketten quietschten und rumpelten, während der Motor vor sich hin tuckerte und eine große Qualmwolke von Dieselrauch von sich gab. Das war ein toller Anblick. Es war eine alte Maschine, eine wirklich alte, aber der Fahrer sagte, sie würde funktionieren.

Er stellte seinen selbstgemachten Wohnwagen auf der Straße in der Mitte des Dorfes ab. Ein zweiter verfallener Anhänger mit Kraftstoff und Schmierstoffen, gezogen von einem alten Dodge-Power-Wagon aus der Zeit des Ersten

Weltkrieges, stand in der Nähe. Die Fahrer sagten, dass sie ihr Frühstück und Abendessen selber bereiten würden, dass sie aber eine kräftige Mittagsmahlzeit von den Dorfbewohnern, bei denen sie arbeiteten, erwarteten, um keine kostbare Arbeitszeit zu verlieren.

Zu jenen Zeiten war alles noch knapp, die täglichen Mahlzeiten waren sehr einfach – Bohnen, manchmal Süßkartoffeln, Wassermelonen und diese harten Brotteile, wie sie das Militär hatte, die man "galletas" nannte. Aber wenn man besondere Gäste hatte, kam auch mal ein guter Hahn oder eine Henne unter das Beil und wurde als gebratenes Opfer dargereicht, zu Ehren des Gastes. Später kommentierten die Fahrer des Bulldozers, dass sie im ganzen Leben nie so viel Hühnerfleisch gegessen hatten wie während der Arbeit im Dorf 11. Das zeigt, welche Hoffnungen die Bauern bekamen, wenn sie ihren gehassten Busch weggeschoben sahen, um Platz für neues Weideland zu machen und die damit verbundenen Aussichten auf Überleben.

Bald wich überall der dornige, dichte Busch vor dieser Wundermaschine, die alles zusammenschob, um später verbrannt und vernichtet zu werden. Was früher ein Mann mit Handarbeit in einem Jahr erreichte, konnte diese Maschine in wenigen Stunden erledigen. Ich liebte es, dem Buschfresser zuzusehen, und dachte bei mir, was hatte es denn so lange gedauert, bis er endlich gekommen war.

Bald waren Hektar um Hektar Buschfläche in grünes Weideland verwandelt. Als mein Vater den Hauptteil der Farm aufgab, hatte er zweimal so viel Vieh, wie ich in einem von mir ausgedachten Zählsystem vor Jahren errechnet hatte. Er behielt etwas Land und Vieh und konnte mit Würde und Komfort in den Ruhestand gehen. Der Heinrich, der die Familie in Russland dazu gedrängt hatte, das Land zu verlassen, um ihr Leben zu retten, war jetzt in der neuen Heimat gut eingerichtet, wie es Papa in der alten Heimat gewesen war.

Kapitel 6

## Wachstumsschmerzen

Alles hat seine Kosten

"Wir müssen jetzt weiter an die Arbeit", hatte mein Bruder gesagt und unterbrach damit meine Gedanken und Überlegungen über die Vergangenheit unserer Familiengeschichte. Ich konnte ganz klar Gottes Hand in unserer Geschichte sehen, aber diese Geschichte war dabei, sich zu verändern, zumindest so schien es mir.

Arbeit wurde jetzt die überwältigende Kraft in meinem Leben und es ging so weit, dass ich ernsthaft mit dem Gedanken spielte, Präsident John F. Kennedy in den USA einen Brief zu schreiben und zu sehen, ob er nicht irgendetwas tun könnte, um der Notlage unserer Siedlung einen Ausweg zu bieten. Dies war natürlich eine unmögliche Hoffnung, aber alle in der Kolonie sprachen davon, wie gut Kennedy war, und ich in meinem jugendlich einfachen Denken dachte, dass er vielleicht helfen könnte, wenn er nur über uns Bescheid wüsste. Warum ihn dann nicht über uns wissen lassen? Mein Vorschlag rief bei meinen Brüdern ein Kichern hervor. Der Jüngste hatte mal wieder eine verrückte Idee.

Mein Vater war Oberschulze der Kolonie geworden, als ich zwei Jahre alt war. Soweit ich mich erinnere, hatte er mich nicht nach meiner Meinung dazu befragt. Das würde ja auch keinen Sinn ergeben haben, aber es hatte Auswirkungen für die ganze Familie.

Seine neue Arbeit, die er mit einigen Unterbrechungen 21 Jahre lang verrichtet hat, war mehr als eine vollzeitige Anstellung und beinhaltete die Last der Sorge für die ganze Kolonie. So viele Familien kämpften wirtschaftlich, die Schulen, das Krankenhaus – kurz, alles, was mit dem Wohlergehen von mehr als 1.700 Menschen in Verbindung stand.

Diese Last lag oft schwer auf ihm und an vielen Abenden, wenn er nach Hause kam, nahm er sich einen Stuhl nach draußen und setze sich dort hin. Wenn der Mond über den Baumwipfeln erschien, nahm er seine Gitarre und mit lauter und klarer Stimme sang er die melancholischen, alten russischen Volkslieder, die er so gut kannte. Manchmal sang Mutter mit und langsam wurden durch die Harmonie zwei Menschen wieder froh. Danach stand er auf und sagte uns: „Es ist nicht gut, Sorgen mit ins Bett zu nehmen."

Im Rückblick kann ich unbeirrt sagen, dass ich eine frohe Kindheit gehabt habe, und vielleicht gilt dasselbe auch allgemein für die frühe Jugendzeit. Aber es zogen aus dem Nichts einige sehr schwere, dunkle Wolken am Horizont meines Lebens auf.

Eine solche dunkle Wolke bezog sich auf die im allgemeinen prekären Lebensumstände, in denen wir damals lebten. Diese waren für alle Siedler und ihre Familien sehr ähnlich. Aber bei uns war die Situation noch etwas verstärkt durch die Tatsache, dass Vater von früh am Morgen bis zum Abend nicht zu Hause war; es gab jedoch eine Farm, die funktionieren musste. Vater fühlte sich darüber sehr schlecht und wäre gewillt gewesen, die Führungsarbeit aufzugeben, doch Mutter drängte ihn, das nicht zu tun.

Führungskräfte waren nicht leicht zu finden und alle sahen, dass die Bemühungen meines Vaters positive Ergebnisse für die Kolonie brachten. Meine Mutter sah dies auch und deshalb ermutigte sie ihn, zum Wohle aller im Amt zu bleiben, und sie würde die Last des Farmbetriebes auf ihre Schultern nehmen, so gut sie konnte, mit der Hilfe von Gott und ihren neun Kindern.

Vater war in den frühen 50er Jahren nach den USA und Kanada gereist, um einen Kredit für die Einrichtung einer Molkerei, einer Anlage zur Verarbeitung von Erdnüssen und Baumwolle, einem Dampfkraftwerk und zahlreiche andere Ausrüstungen für die Produktion zu beschaffen. Er stand im Prozess, einen größeren, langfristigen Kredit auszuhandeln, um die Ackerbau-, Fleisch- und Milchproduktion zu erweitern, und er träumte auch von einem Schlachthof für Rinder mit Verarbeitungsanlage.

Es ging um das Eindämmen der Auswanderung, die eingesetzt hatte, und um das wirtschaftliche Überleben der Kolonie. Deshalb beschloss meine Mutter, ihren Teil zu diesen Bemühungen beizusteuern, indem sie die Last des Farmbetriebes so gut sie konnte auf ihre Schultern nahm, während sie auch Hausfrau und Mutter von neun Kindern blieb. Sie versuchte, guten Mutes zu sein, wenn Vater am Abend nach Hause kam, und mit ihm zu singen, wenn sein Kummer weggewaschen werden sollte. Eine wahre Heldin, meine Mutter.

Aber das Resultat war, dass unsere Farm in den Jahren ein etwas vernachlässigtes Bild abgab. Unsere Lebensumstände spiegelten das auch wider. Ich muss betonen, dass wir nicht die einzigen waren, die von Armut betroffen waren, aber auf gewisse Weise erwarteten die Siedler von uns mehr, weil Vater Siedlungsleiter war. Manchmal, wenn er Bauern besuchte und sie zum Bleiben, zum Weitermachen in der Produktion und zur Verbesserung ihrer Farmen ermutigen wollte, anstatt das Land zu verlassen, sagten sie ihm: „Na, Ihre Farm sieht ja auch nicht zum Besten aus. Ihr Betrieb sollte als bester dastehen, bevor Sie uns zur Verbesserung anspornen wollen." Das verletzte ihn zutiefst, da er wusste, dass Mutter und wir Kinder und auch er selbst mehr Arbeit verrichteten als irgendeiner in der Kolonie - und doch schien das für einige nicht genug. Er schluckte aber seinen Stolz und gab nicht auf, an die Zukunft zu glauben.

Kinder können grausam sein. In der Schule und auch sonst ließen Kinder manchmal uns gegenüber Bemerkungen fallen, dass unsere Farm nicht zum Besten aussehe, und sie sagten auch, dass wir dächten, wir wären privilegiert, weil Vater der Siedlungsleiter war, und vieles, vieles mehr. Dies nagte schließlich an mir. Ich hatte keinen Groll gegen meine Eltern oder Familie, aber ich wollte dieses Mobben nicht länger hinnehmen. Ich entwickelte Probleme mit Wut.

Eine weitere Wolke betraf meine Erziehung zu Hause: Ich hatte das Gefühl, von meinen Geschwistern, anstatt von meinen Eltern erzogen zu werden. Ich verstand völlig, dass es so sein musste, und dass das Handeln meiner Eltern einem höheren Sinn diente. Aber ich sah mich selbst nicht mehr als Teil dieses höheren Sinnes, und das machte mich wütend. Wütend, nicht so sehr auf andere, als auf mich selbst. Ich sah mich nicht als wertvoll, weil ich den Sinn des Ganzen nicht sehen konnte, und doch wurde von mir erwartet, dass ich meinen Teil beisteuern sollte. Ich konnte meine Wut nicht im Zaum halten und konnte den Sinn für mich nicht mehr erkennen.

Ich (ganz rechts) mit zwei meiner Geschwister

Als Folge davon zog ich mich mehr und mehr in mich zurück und suchte nach einer eigenen Lösung. Da setzte sich der Gedanke daran, mir selbst das Leben zu nehmen, in mir fest. Ich ging in den Laden und kaufte eine größere Menge Rattengift, welches ich im Schlafzimmer versteckte. Mehrere Male, während der Siesta (Mittagsruhe) nahm ich dieses Gift und ging hinaus auf die Felder, um meine Lösung in die Tat umzusetzen. Irgendeine Macht hielt mich aber davon ab. Ich besorgte mir Strick und wieder nahm ich die Siestazeit, wenn alle ruhten, um in den Busch zu gehen, wo ich mich erhängen wollte. Wieder war es diese Macht, die mich zurückhielt.

Diese Macht war der Gedanke daran, dass es der Familie so viel Schmerz verursachen könnte, wenn ich mir mein Leben nahm, besonders den Eltern, dass sie noch mehr leiden würden, als ich im Moment litt. Indem ich mich tötete, wollte ich keine Rache üben und keinen für irgendetwas bestrafen. Es ging nur um meinen eigenen Schmerz. Ich bin Gott auf ewig dankbar, dass er mich daran hinderte, mein Vorhaben durchzuführen.

Nun glaube ich, dass Selbstmordgedanken vielleicht manchen Menschen nicht gänzlich fremd sind, besonders in der Jugendzeit. Ich glaube auch, dass sehr oft eine ziemliche Distanz zwischen solchen Gedanken und der Durchführung solcher Ideen liegt. In meinem Fall hat Gott eingegriffen, doch ich kann gut nachvollziehen, dass manch einer zu weit abseits ist, um sich dessen bewusst zu werden, dass Gott eingreifen will. In meinem Fall schaudere ich immer noch darüber, denn ich war nahe dran, es zu tun, und es wäre so zwecklos gewesen.

Die Frage: „Tat ich Gott Recht dabei, wenn ich mir das Leben nahm?", kam mir gar nicht in den Sinn. „Würde ich mit einer solchen Tat meine ewige Seligkeit aufs Spiel setzen?", kam mir ebenfalls nicht in den Sinn. Mein eigener innerer Schmerz warf seinen Schatten auf alles andere.

Ich habe darüber noch nie mit jemandem gesprochen, noch habe ich Beratung dafür gesucht. Es war nicht leicht, darüber zu schreiben, auch jetzt nicht, aber ich fühlte, dass meine Geschichte nicht komplett wäre, wenn ich diesen Teil meines Lebens auslassen würde.

Etwas später wurde ich auf das Bekenntnis meines Glaubens, dass Jesus mein Herr und Erretter ist, getauft.

# Kapitel 7

## Die Moros kommen

Wie erhörte Gebete einer Gemeinschaft Angst brachten

Wenn es ein singuläres Phänomen in den ersten dreißig Jahren im neuen Heimatland gab, das alle Siedler betraf und ihnen die Angst bis auf die Knochen trieb, dann war es der Begriff "Moros". Die Lenguas hatten die neuen Siedler die ganze Zeit gewarnt, dass ein gefährlicher Stamm im Norden lebte und dass Mitglieder dieses Stammes gelegentlich in das Lengua-Territorium vordrangen, um brutal zu töten, einfach um ihre Kraft unter Beweis zu stellen. Damit sollten alle Stämme gewarnt sein: „Denkt nicht mal daran, euch mit uns anzulegen." Die Lenguas und die Moros waren Erzfeinde. Nun lebten die Lenguas und die Neusiedler zusammen im Lengua-Territorium.

Von den ersten Jahren im Chaco an hatten die Siedler die Schreckensgeschichten der Lenguas über die Moros gehört, doch noch hatte niemand einen so genannten Moro gesehen, auch nicht während des Krieges mit dem Nachbarland Bolivien, als alles in Aufruhr war und Stammesgebietsgrenzen bedeutungslos geworden waren. Mit der Zeit betrachteten die Siedler diese Geschichten als Fabeln.

Und dann, scheinbar aus dem Nichts, kam der Überfall, und der war heftig. Die Lenguas hatten immer gesagt, dass Blut fließen würde und dass es Tode geben würde. Auf ihre eigene sarkastische Weise sagten sie: "Die Moros werden euch erst töten und danach begrüßen." Und so war es.

Eine Siedlerfamilie mit Namen Stahl lebte ein heldenhaftes Pionierleben außerhalb der nördlichen Grenze der Hauptsiedlung. Eine Reise von ihnen zum Zentrum der Siedlung Filadelfia dauerte einige Stunden, und gewöhnlich brauchten sie für eine Fahrt mit Besorgungen hin und zurück zwei oder mehr Tage.

An einem Tag bestellte Vater Stahl an seine beiden ältesten Jungen, sie sollten früh am Morgen nach Filadelfia fahren, einige Baumaterialien einkaufen und am selben Tag auch zurückkommen. Sie waren noch Jungen und fühlten sich geehrt, dass ihr Vater ihnen eine so riesige Aufgabe zutraute. Herr Stahl half den

Jungen, die Pferde vor den Wagen zu spannen und sah zu, wie sie noch vor Morgengrauen losfuhren. Das Pionierdasein forderte viel, aber es war auch lohnend. Es gab hier nicht die Enge und Regeln wie in der Kolonie. Man konnte seinen Fortschritt selbst bestimmen, wie es einem passte.

Die Familie Stahl war nicht die einzige, die versuchte, eine Farm außerhalb der Siedlungsgrenzen aufzubauen. Der große Vorteil war, dass man außerhalb der Grenzen mehr Land haben konnte und es gab viel Raum zur Erweiterung. Für Menschen mit Unternehmergeist, die gewillt waren, alles dranzusetzen, war es ein attraktives Leben. Herr Stahl war so eine Person von hohem Kaliber.

Der Vormittag lief gut für die Familie Stahl. Herr Stahl besorgte die Kühe und Pferde und verrichtete einige kleine Arbeiten auf dem Hof. Wenn die Söhne mit dem Baumaterial zurück kämen, würde nicht mehr Zeit für Kleinarbeiten sein. Ihm fiel auf, dass die Tiere heute irgendwie unruhig waren, als fürchteten sie etwas. Er dachte nicht weiter darüber nach. Es gab Arbeit zu verrichten. Frau Stahl war wie üblich im Haushalt und bereitete dann das Mittagessen vor. Sie hatte auch einen Säugling und vier weitere Kinder zu versorgen. Es war soweit ein guter Tag in ihrem Lebensalltag.

Um die Mittagszeit rief sie ihre Lieben zu Tisch. Sie sprachen kurz über die beiden ältesten Jungen, die vielleicht inzwischen in Filadelfia angekommen waren. Vielleicht luden sie auch schon das Baumaterial auf den Wagen. Die Familie Stahl ahnte nicht, dass dunkle Mächte des Schicksals schon seit einigen Stunden, vielleicht auch sogar Tagen, am Wirken waren. Die Räder des Schreckens und Grauens mahlten in unerbittlichem Tempo, die Pferde hatten es durch Instinkt schon gespürt.

Eine Horde wild bemalter Krieger stürmte unter Schreien und Speerschwingen das Haus. Es blieb der Familie Stahl keine Zeit, irgendwie koordiniert zu reagieren. Als sie die Tür aufbrachen, versuchte Herr Stahl durch das offene Fenster zu entkommen, vielleicht um die Krieger von draußen besser in Schach zu halten, um die Familie zu schützen. Aber es waren noch einige Krieger draußen und diese hatten ihn in Sekunden überwältigt. Ein kleiner Junge lief und wurde sofort erschlagen. Frau Stahl warf sich instinktiv auf das Baby. Die Krieger schlugen auf Frau Stahl mit ihren Keulen ein, bis sie leblos schien, und verließen das Haus, um den Hof zu durchsuchen. Als das Gemetzel vorüber war, waren drei Kinder und Herr Stahl tot.

Frau Stahl kam wieder zur Besinnung und als sie erkannte, dass ihr Kleines ohne auch nur eine einzige Schramme überlebt hatte, versuchte sie auf die Beine zu kommen. Das wollte ihr nicht gelingen und sie blutete stark aus Kopf- und Schulterwunden. Sie kroch daher nach draußen, um nach den anderen zu schauen. Eine Tochter hatte auch überlebt.

Als die Krieger die blutüberströmte Gestalt auf sie zukriechen sahen, dachten sie, sie sehen einen Geist, und in Panik und Furcht flohen sie in den Busch. Sie waren zum Töten gekommen, hatten aber nicht damit gerechnet, dass der Geist eines Toten sie verfolgen würde.

Die Lenguas hatten immer gesagt, dass es dort im Norden Menschen gab, die sie Moros nannten, und dass diese einen zuerst töteten und dann erst begrüßten. Die Lenguas hatten auch gesagt, dass Blut fließen und dass es Tote geben würde. Es war das Jahr 1947. Siebzehn Jahre waren vergangen, seit man das zum ersten Mal von den Lenguas gehört hatte. Die Wirklichkeit schlug bei den Siedlern hart ein.

Es war ein voller Mond, als die Jungen mit ihrer Ladung Baumaterial so um Mitternacht zu Hause ankamen. Die Mutter empfing sie auf dem Hof, mit ihrem blutigen Gesicht. Worte können die Szene und den Schrecken nicht beschreiben, die diese jungen Seelen erlebten. Und dann mussten sie den Wagen umkehren und mit ihrer schwer verletzten, aber tapferen Mutter wieder den langen, schweigsamen Weg zurück nach Filadelfia antreten, die verstümmelten Leichen ihrer getöteten Geschwister und des Vaters zurücklassend. Der Tag war längst angebrochen, als sie dort ankamen. Das Leben im Chaco war in der Tat schwer, sehr, sehr schwer.

Der Begriff "Moro" ist tatsächlich ein Begriff aus dem Mittleren Osten, der auf Menschen mit dunklerer Hautfarbe, mit einer unzivilisierten Lebensweise und Verhalten gemünzt ist. Offensichtlich hatten die Lenguas diesen Begriff von Paraguayern oder frühen Forschern übernommen. Viel später erfuhren wir, dass die Menschen dieses Stammes sich selbst Ayoreo nannten - die Ayoreos.

Die periodischen Einfälle der Ayoreos in das Siedlungsgebiet erfüllten die Siedler mit Angst, Zweifel, Hilflosigkeit, aber auch mit einem starken Wunsch, diese Menschen mit dem Evangelium zu erreichen. Keiner hasste sie, aber alle hassten diese Situation während der nächsten dreizehn bis fünfzehn Jahre. Es gab noch mehr Überfälle, mehr Blut, mehr Getötete.

Cornelio Froese, der Enlhet Missionar, in typischer Ayoreo Kriegsaufmachung

Die Dinge verschärften sich, als die amerikanischen Ölkompanien begannen, im Chaco nach Öl zu bohren. Ihre Bulldozer pflügten direkt in das Territorium der Ayoreos hinein. In dem Fall traf Gleich auf Gleich. Beide waren nur an ihrem eigenen Überleben interessiert. Beide würden lieber töten, als mit dem anderen in Wortwechsel zu treten.

Die Siedler wollten auch Sicherheit, aber sie waren der Meinung, diese konnte am besten erreicht werden, wenn man ein gutes Verhältnis mit den Ayoreos suchte. Dieses Modell hatten sie zuerst mit den Lenguas erprobt und danach mit den Chulupies und es waren schon viele durch die Mission zum christlichen Glauben gekommen.

Nun war es dran, einen weiteren Glaubensschritt zu nehmen. Im Jahre 1958 wurden drei Missionare beauftragt, mit einem Jeep in das Ayoreo-Gebiet zu fahren, die Schneisen benutzend, die von den Ölkompanien tief in den Chacobusch hinein geöffnet worden waren. Ihr Auftrag lautete, die Ayoreos zu finden und freundlichen Kontakt aufzunehmen. Alle waren sich der Gefahren bewusst, die dieses Unternehmen barg. Keiner mehr als die Missionare selbst. Sie waren Kornelius Isaak, David Hein und Cornelio Froese, ein Lengua. Sie brachen nach Norden auf, mit der festen Überzeugung, dass Gott bei ihnen war.

Als sie nach einigen Tagen zurückkehrten, war Kornelius Isaak in seinen letzten Atemzügen. Sie waren tief in das Ayoreo-Gebiet eingedrungen, ohne einen von ihnen zu sichten. Dann hatten sie beschlossen, einige Geschenkartikel zur Nacht auszulegen. Als sie am Morgen an diese Stelle zurückkamen, waren die Geschenke weg. Das stimmte sie freudig, aber zugleich ängstlich, denn sie wussten jetzt, die Moros waren da. Die Missionare vermuteten zu Recht, dass sie vom Busch aus beobachtet wurden und warteten nun, was geschehen würde. Es geschah nichts. Sie kehrten zurück zu ihrem Lager, hinterließen aber nochmal Geschenkartikel.

Als sie am nächsten Morgen wieder nachschauen gingen, wurden sie im Nu von Ayoreos umringt, einige feindlich schauend, andere freundlich. Als Kornelius Isaak sich in den Jeep beugte, um weitere Geschenke herauszuholen, traf ihn der Speer eines Kriegers an der Seite. Er zog den Speer selbst heraus und sie machten sich eilig auf den Weg zurück zum Lager. Es war ein Giftspeer. In einer kleinen Cesna Maschine der Ölkompanie flog man ihn in das Krankenhaus. Er starb nach ein paar Stunden im Beisein seiner jungen Frau und seiner Eltern.

Bevor er den letzten Atemzug tat, sprach er laut und klar ein Gebet. Er wusste, dass seine Familie in Gottes Hand war. Seine dringende Bitte an Gott war, dass die Ayoreos Jesus kennen lernen mögen, denselben Jesus, den er liebte.

Ich war damals nur elf Jahre alt, aber die Schrecken jener Zeit hallen noch heute in meiner Seele nach.

Das Begräbnis wurde am nächsten Tag abgehalten, da Leichen sich in der großen Hitze sehr schnell zersetzen. Die junge Witwe und ihre Kinder waren noch im Schock und Unglauben. Die Ereignisse waren in so kurzer und intensiver Zeit auf sie eingestürzt. Jedoch gelobte sie, den Willen Gottes für ihr Leben anzunehmen. Vater Isaak war Ältester in der Mennonitengemeinde. Die Ereignisse der letzten Tage hatten auch ihn hart getroffen und er fragte sich, ob das Opfer zu groß gewesen war, um die Ayoreos zu erreichen. Sein Sohn Kornelius war ein junger, vielversprechender Mann als Führer in der Gemeinde gewesen, und der hoch angesehene Älteste verspürte den Verlust auf doppelter Ebene. Er hatte seinen Sohn verloren, aber er hatte auch eine potentielle Führungsperson in der Gemeinde verloren - vielleicht seinen Nachfolger. Doch mitten im Schmerz forderte er Siedler und Gemeinden auf, sich weiterhin dem Ziel, die Ayoreos zu erreichen, zu widmen.

Die anderen beiden Missionare, die mit Kornelius am Ort waren, als er vom Speer getroffen wurde, bekamen auch die Gelegenheit, auf dem Begräbnis etwas zu sagen. Sie bekundeten der Familie ihr Mitgefühl. Sie sprachen auch von den Ängsten, die sie alle während der Begegnung mit den Ayoreos tief im Busch gehabt hatten. Sie sprachen aber auch von Frieden und Mut, die über sie gekommen waren, als sie den Menschen, die sie gesucht hatten, begegneten. Kornelius selber, als er den Speer aus seiner Seite gezogen hatte, hatte sich an das Steuer gesetzt, um den Jeep zurück in das Lager der Ölkompanie zu fahren. Er war dann schwächer geworden und hatte sie gebeten, das Steuer zu nehmen.

Doch dann wandten die beiden überlebenden Missionare sich der Zukunft zu. „Wir müssen, und wir wollen sehr bald zurück zu den Ayoreos gehen", sagten sie. „Wir wissen jetzt ungefähr, wo sie sind, und wir sind ziemlich sicher, dass sie uns zurückerwarten. Wir werden Proviant, Wasser, Geschenke und Kraftstoff für den Jeep vorbereiten, und dann sind wir schon morgen willig, wieder hinzufahren. Das können wir aber nicht alleine tun. Ist jemand hier, der bereit ist, die Lücke, die unser lieber Bruder Kornelius hinterlassen hat, zu füllen? Jemand?"

Zögernd zuerst, doch dann gingen Hände in einer Welle hoch. Gottes Werk mit den Ayoreos hatte gerade begonnen. Mit der Zeit konnte eine freundschaftliche Beziehung zu den Ayoreos aufgebaut werden.

Etwa um 1962 bis 1963 kam eine Gruppe von ihnen ohne Vorwarnung, nach Filadelfia hereinspaziert. Es war am Vormittag, sie waren nackt, trugen ihre

Bogen und Speere in den Händen, aber die Arme entspannt an den Seiten, sie lächelten und schauten sich extrem neugierig um. Sie sahen eine Welt, die sie wohl schon aus der Distanz beobachtet hatten, aber nun war diese real geworden, für sie wie für die Siedler.

Die Ayoreos hatten keinen Sinn für Anstand, sagten später die Siedler. Sie gingen überall hin oder hinein, als wenn sie diese Welt geschaffen hätten und sich nun ein genaueres Bild ihrer Schöpfung machen wollten – eine Einstellung, die den Siedlern eigentlich gar nicht so fremd war; zu Anfang konnten sie nicht glauben, dass dies die Antwort auf ihre Gebete der letzten zwanzig oder mehr Jahre war.

Eine Frau saß zu Hause bei offenem Fenster am Nähen. Plötzlich sprangen einige Ayoreos durch das Fenster und standen neben ihr – im Adamsanzug. Bald sahen sie etwas, das sie auf der Straße noch mehr interessierte und so sprangen sie wieder durch das Fenster hinaus, wie sie hereingekommen waren. Es braucht nicht gesagt zu werden, dass die liebe Frau nach dem soeben Erlebten in Schock und Furcht dasaß. War dies echt oder hatte sie eine Sinnesstörung?

Ich werde nie vergessen, wie Vater eines Tages zu Mittag nach Hause kam und seinen Pick-up voll mit nackten Ayoreos hatte. Natürlich fürchteten wir uns alle noch vor ihnen, aber als er sein Büro verlassen hatte, standen die Ayoreos neben seinem Pick-up und hatten angedeutet und gestikuliert, dass sie aufsteigen wollten. Er wusste nicht, was gefährlicher war: ihren Wunsch zu erfüllen und sie mitfahren lassen oder ihren sehr deutlich geäußerten Wunsch abzulehnen. Er wählte ersteres.

Es gab keine Handys in jenen Tagen, sonst hätte er ja seine Familie vorwarnen können, dass er Mittagsgäste mitbrachte.

Wir wussten alle nicht, was uns geschah, als er auf den Hof gefahren kam. Unerwartete Gäste waren nichts Neues, aber die hatten bisher immer Kleider getragen und sprachen eine Sprache, die wir zumindest teilweise verstehen konnten. Das waren meistens Nordamerikaner, die wegen Missionsarbeit oder Entwicklungsprojekten im Chaco waren. Aber diese Moros – keine Bekleidung, keine Kommunikation, bekannt als wilde Totschläger –, das war eine große Nummer.

Aber Vater drängte uns, ruhig und freundlich zu bleiben. Er bat Mutter, doch schnell irgendeine Suppe herzuzaubern, die wir den Gästen anbieten könnten. Sie mochten die Suppe aber nicht. Sie hatten noch nie mennonitische Borscht-Suppe gegessen, wie sollten sie diese mögen? Mein Vater dachte, vielleicht war sie nicht stark genug gewürzt und fügte getrocknete rote Pfefferschoten hinzu, gestikulierte dann, dass sie noch einmal probieren sollten. Als sie probierten, zeigten sie sich sofort verärgert und spuckten die pikante Suppe aus. Soviel zu Vaters interkulturellem kulinarischen Wissen.

Meine Mutter brachte ein paar Süßkartoffeln und diese kamen gut an. Als Vater kurz vor zwei Uhr wieder zurück zum Büro fuhr, versuchten wir ihnen klarzumachen, dass sie wieder einsteigen sollten, und zu unserer großen Erleichterung wollten sie gerne wieder mitfahren. Wir fühlten uns alle verwirrt und doch erleichtert, als Vaters Pick-up um die Ecke bog und eine große Staubwolke die Moros aus unserem Blickfeld nahm.

Die Siedler hatten erwartet - wenn die Ayoreos einmal friedlich würden - eine Missionsstelle irgendwo weiter weg im Busch einzurichten. Ich war kaum fünfzehn Jahre alt, als die Moros in Filadelfia auftauchten, als wäre es das Normalste auf der Welt. Mein ganzes junges Leben hatte ich Furcht vor den Moros, und jetzt waren sie ohne Vorwarnung hier. Und das sollte die Antwort auf Gebete sein?

In den fünfziger und frühen sechziger Jahren verbreiteten sich Gerüchte wie Lauffeuer, dass die Moros sich im Busch aufhielten und umherzogen. Die Lenguas sprachen einfach von der Moro-Saison. Gerüchte und Ängste verbreiteten sich immer schnell. Jemand hatte im Busch ein Geräusch gehört, jemand hatte Spuren gesehen, jemand wusste mit Sicherheit, dass bald ein Überfall geschehen würde. Und Überfälle gab es wiederholt. Im Dorf 10 wurde eine Lengua-Gruppe brutal überfallen. Es gab Tote, und es gab Blut.

Eine Familie im Dorf 2 wurde während ihres Mittagsschlafs überfallen. Die Vorgehensweise der Angreifer war ähnlich wie im Fall der Familie Stahl. Diesmal nahm der Vater das kleinste Kind in seine Arme und lief. Die Angreifer verfolgten ihn, bis sie einen Nachbar sahen, der mit hoch erhobener Axt auf sie zulief. Des Mädchens Leben wurde gerettet, doch der Vater wurde schwer geschlagen, bevor die Angreifer die Flucht ergriffen. Der Vater hatte den Überfall überlebt, trug aber an den Folgen für den Rest seines Lebens.

In einem anderen Überfall wurde ein Siedler, der mit einer Ladung Baumstämme auf dem Pferdewagen unterwegs nach Filadelfia war, vom Busch aus überfallen. Ein schwerer, von Hand geworfener Speer durchbohrte seinen Oberschenkel und nagelte ihn an die Baumstämme. Sein Glück war, dass die Pferde wild wurden und so schnell sie konnten mit Ladung und allem losliefen. Diese Überfälle waren immer Überraschungsmomente und aus dem Versteck, blitzeschnell, mit dem Ziel, so viele sie konnten zu töten oder zu zerstören, und dann in Sekundenschnelle wieder zu verschwinden. Sie folgten deshalb dem Wagen mit den davonlaufenden Pferden nicht und dadurch wurde das Leben dieses Mannes gerettet.

Bei einem Überfall auf eine Gruppe Lenguas im Dorf 18 wurde der Schädel einer Frau mit einem schweren Stück Holz aufgeschlagen. Sie packten das Haar, öffneten den Schädel weit und steckten dann Gras in den offenen Hohlraum. In der Annahme, dass sie tot sei, ließen sie sie liegen. Die Frau wurde jedoch noch lebend in das Koloniekrankenhaus gebracht. Dort war ein Arzt aus Deutschland, der für einige Jahre hier Dienst tat. Er rief meinen Vater als Zeugen heran. Er zog am Haar des Schädelteils, so dass ihre Gehirnhöhle sichtbar wurde. Grashalme bohrten sich in die Hirnmasse.

Der Arzt sagte meinem Vater: „Ich glaube nicht, dass diese Frau leben wird, aber ich bin Arzt und mit Gottes Hilfe werde ich mein Bestes tun, und ja, vielleicht wird sie leben." Sie überlebte und konnte ein normales Leben weiterführen, ohne bedeutende Beeinträchtigung.

Obwohl noch viele weitere Überfälle geschahen, gaben Geschichten wie diese und andere Überlebensgeschichten den Siedlern etwas Hoffnung. Nicht alle, die überfallen wurden, würden sterben - Gott war doch noch bei ihnen.

Von Kindheit an und bis zur frühen Jugend kann ich mich an kein Jahr erinnern, in dem ich nicht Angst vor den Moros gehabt hätte. Geschichten, wie die oben genannten und der Tod von Missionar Kornelius Isaak machten ständig die Runden in meinem Kopf und schürten Furcht und Verdacht bei jedem mir unbekannten Geräusch, bei der Farmarbeit und besonders nachts, wenn der Busch sein Eigenleben in so vielen Tönen von Tieren und Vögeln auslebte. Unter normalen Umständen wären solche Klänge als herrlich wahrgenommen worden, als Hinweis auf die Wunder der Schöpfung Gottes.

Aber das waren nicht normale Umstände. In jenen langen und schlaflosen Nächten drückte ich ein Ohr fest in das von Schweiß durchnässte Kissen und steckte den Finger in das andere Ohr, um möglichst alle Geräusche auszublenden.

Irgendwann in den späteren Fünfzigern kam ein Missionar - ich glaube, er hieß Warkentin - in unsere Kolonie und berichtete, wie seine Organisation friedlichen Kontakt zu einer Gruppe von Ayoreos in Bolivien, unserem Nachbarland, hergestellt hatte. Er zeigte sogar Lichtbilder von ihrer Arbeit in Bolivien.

Eines Abends waren alle zu einem Missionsabend eingeladen. Meine Eltern gingen hin und nahmen auch mich mit. Ich fand es tatsächlich sehr interessant, bis der Missionar erwähnte, dass er im Laufe des Programms ein „Opfer" für den Herrn einbringen würde. Er erwähnte dieses Opfer immer wieder und sagte, es brauchte auch kein großes zu sein, auch ein kleines wäre gut. Ich schaute mich schnell um und stellte fest, dass ich der Kleinste war. Furcht kam in mir auf. Er sagte auch, dass das Opfer freiwillig sein solle. Das beruhigte mich etwas, jedoch entfernte ich mich von meinen Eltern und nahm ganz dicht an der Ausgangstür Platz. Ich würde nichts riskieren; sobald jemand mich anschauen würde, wenn der Moment des Opferdarbringens gekommen war, wollte ich durchbrennen.

Ich wusste vom Alten Testament, was ein Opfer für den Herrn bedeutete. So sehr ich auch den Ayoreos helfen wollte, dies war zu viel verlangt von mir. Als dann der Moment für das Opfer eintrat, war ich enttäuscht, dass nur ein Beutel herumgereicht wurde, um Spenden einzusammeln. Im Dorf nannten wir das immer eine Kollekte.

Ich hatte Angst gehabt, war aber gleichzeitig auch neugierig darauf gewesen, wie man ein menschliches Opfer auf dem Altar in einer mennonitischen Kirche, ja einer Mennoniten Brüdergemeinde Kirche, darbringen würde. Das wäre wahrlich ein Spektakel in einem sonst ziemlich langweiligen Siedlungsleben gewesen.

Der Prediger hatte sich in seinem etwas begrenzten Deutsch so ausgedrückt, hatte mit Opfer aber Kollekte gemeint. Gut, die Kollekte bekam er auch, und alle im Raum blieben am Leben. Gewinn für alle!

Mein Vater rechts und meine Schwester Sylvia hinten links, mit einer glücklichen Moro Familie nachdem sie freundlich geworden waren.

Mit der Zeit verwandelte die Furcht sich in Hoffnung, als die Ayoreos friedlich wurden. Missionare von der Organisation New Tribes Mission (Neue Stämme Mission) hatten in Bolivien mit demselben Stamm gearbeitet und ihre Sprache gelernt. Sie begannen nun auch mit Einsätzen bei den Ayoreos in unserem Gebiet.

Ich hatte das Privileg, bei der ersten Taufe dabei zu sein, die von den Missionaren, dank ihres von Gott gesegneten Einsatzes, gefeiert wurde.

Auf Einladung des kanadischen Missionars mit dem Nachnamen Buschegger hatte mein Vater einen Kleinbus organisiert, der ihn, mehrere Prediger und andere interessierte Personen zu der etwa 80 Kilometer entfernten Missionsstation der New Tribes Mission bringen sollte. Mein Vater lud mich ein, mitzukommen.

Es war ein Erlebnis, das ich nie vergessen werde. Das Tauffest fand etwa 300 Meter vom Stationszentrum im Busch statt. Ein schmaler Pfad führte hin zu einem Wasserloch, das jetzt als Taufbecken diente. Der Missionar sagte, wir sollten nicht vom Pfad abkommen, da es unter den Ayoreos viel Spannung gab und er keine Zwischenfälle wünschte.

Als alle Kandidaten getauft waren, schaute sich der Missionar um und fragte, ob noch jemand da war, der die Taufe empfangen wollte. Ein junger Mann, nur mit einem Lendenschurz bekleidet, der auf einem Ast hoch oben in einem Baum saß, rutschte herunter und schritt ins Wasser. Der Missionar unterhielt sich eine gute Weile mit ihm, drehte sich dann zur Versammlung und verkündete, dass er diesen Mann jetzt, so wie er nackt vor ihm stand, taufen würde, denn er glaubte an Jesus; und ohne weiteres taufte er ihn.

Was für ein Tag das war! Kein gewöhnliches Tauffest und ganz sicher kein mennonitisches. Dies war so viel besser als das Opferzeremoniell, das ich vor einigen Jahren so gefürchtet hatte. Dieser Tag lehrte mich, dass Gott nicht die Person ansieht, auch nicht ihre Kleidung, wenn ein Mensch zu ihm kommt. Und der Missionar hatte das begriffen und ließ nicht zu, dass Kultur sich in Gottes Werk einmischte.

An jenem Tag, als wir mit dem Kleinbus in den Außenposten im Busch fuhren und dicht beim Missionarshaus anhielten, waren wir sofort von einer Gruppe Ayoreos umgeben. Sie gestikulierten wild und schätzten jeden von uns ab. Die meiste Aufmerksamkeit galt Abraham Unger, einem Nachbar aus Dorf 11. Vor Jahren, auf der Flucht aus Russland, mitten im bitterkalten Winter und zufuß, waren ihm alle Zehen abgefroren, weshalb er nun sehr kurze Füße hatte - Klumpfüße. Er trug immer spezielle Sandalen, die er selbst herstellte.

Als die Moros seine Füße und Sandalen sahen, entstand laute Aufregung, als ob der Mann mit den kurzen Füßen und seinen Sandalen ihnen etwas bedeutete. Nachdem der Missionar ihnen eine Weile zugehört hatte und dann einige Fragen gestellt hatte, drehte er sich um und erklärte. In der Tat, dieser Mann bedeutete ihnen etwas. Sie hatten diesen Mann aus der Entfernung, hinter den Büschen, auf seiner Farm beobachtet, als sie vor Jahren auf einem ihrer Streifzüge waren.

Sie hatten geplant, diese große Familie mit vierzehn Kindern zu überfallen und so viele wie möglich umzubringen. Aber diese seltsamen Füße und seine Fähigkeit, sich schnell zu bewegen und zu arbeiten, hatte sie misstrauisch gemacht. Vielleicht war er mehr als menschlich und wäre auch schnell dabei sie zu töten. Den Moros gefiel es nicht, Widerstand zu begegnen und vielleicht getötet zu werden. Daraufhin hatten sie beschlossen, hier nicht anzugreifen. Der Frost hatte Herrn Unger in Sibirien beinahe umgebracht, doch jetzt wurde die Folge davon zum Segen. Er lebte noch lange und erzog eine wunderbare Familie, von denen alle vierzehn noch bis heute dem Herrn dienen.

Was dieser Tag für uns erbrachte, außer dem großen Segen, war die Bestätigung, dass die Moros bei unserem Dorf gewesen waren und die Bewohner beobachtet hatten, mit Überfällen im Sinn. Damals, als die Gerüchte und die Ängste sich vertieft hatten, sind mein Vater, ein Herr Enns und Cornelio, der Lengua, der ständig bei uns arbeitete, eines Morgens um das Dorf 11 gegangen und hatten nach Spuren oder anderen Zeichen Ausschau gehalten, die Hinweise darauf geben könnten, dass die Moros im Busch waren. Sie fanden Spuren hinter mehreren Gehöften, wo der Busch an die offenen Felder grenzt, auch an der Stelle, wo Ungers Gehöft an unser grenzte.

Ich erinnere mich deutlich an jenen Tag. Als die Gruppe von ihrem Aufklärungsrundgang zurückkam, schaute mein Vater besorgt drein und Cornelio konnte seine Angst nicht verbergen. An jenem Tag, als es Mittag wurde, schlug Vater vor, dass wir unser Mittagessen draußen auf dem Hof, unter dem Schattenbaum, essen sollten. Dort würden wir freie Aussicht nach hinten zum Busch haben. Die bisherige Erfahrung war, dass die Überfälle der Moros mittags waren, wenn die Familien beim Mittagessen oder Mittagsschlaf waren. Der Überraschungseffekt war immer Teil ihrer Blitzattacke-Strategie.

Als Mutter das Essen draußen aufgetischt hatte und bevor Vater das Tischgebet sprach, ging er noch einmal ins Haus und brachte eine alte 16 Kaliber Schrotflinte heraus, die wir benutzten, um wilde Tauben zu schießen. Wir schauten ihn und die Flinte alle erschrocken an. „Keine Angst, ich werde auf keinen Menschen schießen, und schon gar nicht auf einen Ayoreo", sagte er, „aber falls sie kommen sollten, lauft ihr alle schreiend und so schnell ihr könnt zu den Nachbarn und ich werde versuchen, sie abzuhalten, indem ich immer wieder in die Luft schieße."

Nach einer sehr schweigsamen und kurzen Mittagsmahlzeit bat er uns alle, hineinzugehen zum Mittagschlaf. Er bat Heinz - der älteste der zu Hause war - mit ihm draußen zu bleiben, um Wache zu halten. Sollte es einen Überfall geben, sollte Heinz die Familie im Haus alarmieren und mit ihnen zu den Nachbarn laufen, während Vater sein Möglichstes tun würde, um die Angreifer abzuschrecken.

Ich habe oft über dieses Erlebnis nachgedacht und eines ist mir sehr klar geworden. Vater hätte niemals sein Gewehr gegen die Moros benutzt. Sie waren jetzt schon lange in jedermanns Gebeten. Aber er rechnete wirklich mit einem Überfall und er wusste, dass es Opfer geben würde, sollten sie angreifen. Daher hatte er sich so positioniert, dass er die Hauptlast des Angriffs nehmen würde, damit seine Familie gerettet würde.

Der Tag auf der Missionsstation, wo die ersten Ayoreos getauft wurden, bekam für alle, die dabei waren, eine besondere Bedeutung, doch für die, die aus Dorf 11 kamen, ging diese Bedeutung noch viel tiefer. Ein Kapitel blutiger und tödlicher Angriffe, Furcht und Angst kamen allmählich zu einem friedlichen Ende.

An jenem Tag trat auch Frieden und Ruhe über den Schmerz für die Witwe des Missionars Kornelius Isaak ein. Sie war auch mitgekommen und in unauffälliger Weise wies der Missionar auf den Mann hin, der den Speer auf ihren Mann abgeschossen hatte. Sie ging hinüber zu ihm und grüßte ihn freundlich, doch der Mann war nur verlegen. Er war noch nicht Christ und konnte daher nicht verstehen, dass jemand, dessen Familie er Schmerz zugefügt hatte, ihm freundlich gesinnt sein konnte.

Er sah sein Handeln vielleicht gar nicht als böse an. Wer im Kampf tötet, wird geehrt. Reue wäre ein ungeheuerliches Signal von Schwäche, was kein Moro je versucht wäre, sich anzutun.

Später, viel später wurde der Mann Christ. Er, seine Familie und die Familie Isaak haben miteinander Frieden geschlossen und sind jetzt befreundet. Der Speer, der Missionar Isaak umbrachte, ist heute im Museum in Filadelfia ausgestellt.

Ihr fragt euch vielleicht, warum die Siedler damals nicht zur Waffe griffen, um ihre Angreifer zu töten. Die Antwort kann nur im biblischen Verständnis gefunden werden, dass das Töten von Freund oder Feind sich dem Gebot der Liebe widersetzt. Eine schwere Prüfung, in der Tat.

# Kapitel 8

## Eine weniger befahrene Straße

### Den Busch verlassen, auf der Suche nach Sinn

Christliche Schulen für ihre Kinder waren in Russland immer von großer Bedeutung für die Siedler gewesen. Ihre Dorfschulen, Jungen- und Mädchen-Mittelschulen (Zentralschulen), Landwirtschaftsschulen, Hauswirtschaftsschulen und Schulen für Behinderte waren in Russland berühmt geworden. Doch Krieg und Revolution hatten die meisten zerstört. Die führenden und gebildeten Personen wurden gezielt von den Revolutionären als Bourgeoisie angegriffen. Sie passten nicht in das Schema der Revolution und des Kommunismus. Als solche wurden sie Zielscheibe der Vernichtung. Darin war die Revolution sehr erfolgreich.

Die Siedler, die nun in einem neuen Land eine neue Heimat aufbauen wollten, waren drüben mehrheitlich Eigentümer kleinerer bis mittelgroßer Farmen gewesen. Ihre Führer waren entweder schlicht umgebracht oder nach Sibirien deportiert worden, um dort einen langsamen Tod in den Zwangsarbeitslagern zu finden. Führungspersonen waren nun knapp. Doch alle hatten noch die Erinnerung daran mitgebracht, wie sie dort organisiert gewesen waren. Ihr Glaube an das Gute in der Menschheit war wohl in den vergangenen Jahren hart auf die Probe gestellt und erschüttert worden, aber der Glaube an Gott hatte überlebt und war sogar gewachsen. Gott war oft das Einzige, worin sie noch Halt fanden.

Und so lag es ihnen jetzt am Herzen, eine neue Zukunft und eine neue Heimat für sich und die kommende Generation aufzubauen. Jedes Dorf bemühte sich, ein Schulhaus zu bauen, welches oft viel besser gebaut wurde als die eigenen prekären Häuser. Das Schulhaus sollte lange Bestand haben. In vielen Fällen beinhaltete es eine zusätzliche Stube, die als Lehrerwohnung diente. Es sollte auch das Zentrum für geistliche und soziale Veranstaltungen im Dorf sein. Hier wurde samstagabends die Gebetsstunde abgehalten und sonntags der Gottesdienst. Hier wurden Begräbnisse abgehalten, Dorffeste gefeiert, wie das jährliche Erntedankfest, der Tag zur Erinnerung an den Auszug aus Russland (25. November), der Silvesterabend und andere. Diese Dorffeste beinhalteten immer sehr einfache, aber unglaublich schmackhafte Mahlzeiten. Eine Voraussetzung für ein Fest war, dass eine fette Ferse oder ein Stier das Messer kennen lernen musste, um für alle Nahrung zu liefern.

Mit der Zeit wurde eine Mittelschule aufgebaut mit 7. - 10. Klasse und einer anschließenden zweijährigen Lehrerausbildung. Somit sorgte man für Lehrkräfte in den Grundschulen.

Lehrer Jakob Duerksen mit unserer gesamten 7. Klasse. Ich bin in hinterster Reihe ganz rechts.

Unsere Dorfschule in Nummer 11 war eine Ein-Raum-Schule. Jedes zweite Jahr trat eine neue erste Klasse ein, so dass wir immer drei Schulklassen in einem Klassenraum mit einem Lehrer oder Lehrerin hatten: entweder erste, dritte und fünfte oder zweite, vierte und sechste, die gemeinsam unterrichtet wurden. Unter diesen Umständen hielten Lehrer/innen oft nicht lange durch. Während meiner sechs Grundschuljahre habe ich drei verschiedene Lehrer/innen gehabt. Eine dachte wunder was von mir, die anderen beiden nicht so viel. Ich habe mich oft gefragt, warum die Wahrnehmung so unterschiedlich war.

Die Mittelschule war im Zentrum, in Filadelfia, etwa sieben Kilometer nordöstlich von Nummer 11. Von der neunköpfigen Geschwisterschar sind acht nach Beenden der Grundschule im Dorf in die Mittelschule gegangen. Peter, der Älteste, beschloss schon nach der fünften Klasse, dass er genug davon hatte. Er stand im Konflikt mit dem Lehrer und weigerte sich schlicht, weiter hinzugehen, egal was. Vater versuchte jeden Trick und jede Methode, die er ersinnen konnte, doch umsonst. Und so erlaubte er schweren Herzens, dass Peter zu Hause blieb. Vater war es wichtig, dass wir alle so viel Bildung wie möglich bekamen, immer auch mit dem Gedanken an die Zukunft der Kolonie.

Die Mittelschule und das Lehrerseminar (wie wir es nannten) waren damals die einzigen verfügbaren Bildungsmöglichkeiten in der Kolonie. Beide Schulen hatten ein Internat. Die Schüler kamen sonntagabends hin und blieben bis Samstagmittag, wurden dann von den Eltern mit dem Pferdewagen zum Wochenende nach Hause ins Dorf geholt. Im Krankenhaus gab es auch noch die Möglichkeit, eine Ausbildung zur Krankenschwester zu machen.

Weil die Kinder auch bei der Farmarbeit helfen mussten, schickten die meisten Familien, wenn nicht alle, ihre Kinder abwechselnd in die Mittelschule. Für viele bedeutete das, dass bis zum Mittelschulabschluss mehr als vier Jahre vergingen. Daher war ich fast achtzehn, als ich diese abgeschlossen hatte. Eine meiner Schwestern ging zur Krankenschwesterschule, eine weitere und ein Bruder wählten das Lehrerseminar. Harry, der Zweitälteste, reiste nach Buenos Aires für ein Studium. Hans bildete sich nach dem Lehrerseminar der Kolonie später in Asunción weiter und erlangte das nationale Lehrerzertifikat.

Ich hatte kaum über meine Zukunft nachgedacht. Als ich etwa vierzehn war, lud ein Freund aus Filadelfia mich an einem Sonntag in sein Elternhaus zum Abendessen ein. Sein Vater war Hotelier, in Musik begabt und eine sehr respektierte Person. Während der Mahlzeit befragte er mich über meine Zukunftspläne - ob ich etwas studieren wollte, und wenn ja, welchen Bereich ich verfolgen würde. Ich war verblüfft; so eine Kleinigkeit war in meinen Gedanken noch nicht angesiedelt. Ich mochte es, Kühe zu zählen, ich mochte Tiere, besonders Pferde. Aber das schien nicht ein Bereich für ein Studium zu sein, zumindest nicht für diesen kultivierten Mann. Er beendete die Unterhaltung mit dem dringenden Appell, ich solle mir ernsthafte Gedanken über meinen zukünftigen Beruf machen, denn er sagte: „Jemand, der schon vierzehn ist und noch nicht weiß, was er im Leben werden will, wird nicht viel was werden." Ich ging nie mehr bei meinem Freund zu Abend essen.

Während des letzten Jahres, als sich der Abschluss der Mittelschule näherte, brachte einer der Lehrer das Thema unserer Zukunft auf. „In einem Monat, wenn ihr den Mittelschulabschluss erlangt habt, werdet ihr Teil einer relativ kleinen Gruppe Menschen mit der höchsten Bildung in dieser Kolonie sein", sagte er, „und ihr werdet für die Siedlung sehr wertvoll sein." Meine Ohren spitzten sich.

„Herr Lehrer", sagte ich, „wenn das der Fall ist, was für eine Zukunft sehen Sie für mich in der Kolonie?"

„Du könntest beim Industriewerk arbeiten und Bestandaufnahme machen, von allem was dort rein und raus geht", schlug er vor. Ich kannte den Posten und wusste, dass er schon besetzt war. Soviel zum Inspirieren und zur Orientierungshilfe.

Tief in meinem Herzen hatte ich immer gewusst, dass ich weiter studieren wollte. Ich wusste nur nicht, wie ich es angehen sollte, denn es bedeutete, die Kolonie zu verlassen und mich finanziell selber durchzuschlagen. Ein Weg, den ich für mich noch nicht sehen konnte. Außerdem müsste ich auch zuerst wissen, was ich studieren wollte.

Ich betrachtete mich nicht als unentschlossen. Es war nur, dass junge Menschen keine Orientierung bekamen, was für Studienoptionen es außerhalb der Koloniegrenzen gab. So viele von uns hatten keine Ahnung, was für Gelegenheiten es dort draußen gab.

Sicher, einige wenige würden im Ausland Theologie oder Erziehungswissenschaften studieren. Für die gab es sogar finanzielle Unterstützung und man half bei der Wahl der Schulen und beim Anmeldeprozess. Einige Ausgewählte, ich glaube, es waren zwei, bekamen sogar die Gelegenheit, im Ausland Agronomie zu studieren. Beide merkten bald, dass Landwirtschaft sie nicht wirklich interessierte und wandten sich anderen Bereichen zu, kamen aber nicht mehr in die Kolonie zurück, um den Bedürfnissen der Siedlung zu dienen.

Ich bin mir sicher, dass wenn ich Interesse in einem der oben genannten Bereiche geäußert hätte, es auch für mich die Gelegenheit der Mithilfe durch Kolonieverwaltung oder Gemeinde gegeben hätte, denn gut ausgebildete Führungskräfte in irgendeinem Bereich waren noch knappe Ware.

Ich hatte starkes Interesse an Mission. Ich konnte jedoch zu dem Zeitpunkt nicht deutlich definieren, was das für mich praktisch bedeutete. Mehrere Missionare arbeiteten unter den Indianern. Ich bewunderte sie und beobachtete sie genau. Aber in meinen Tagträumen sah ich mich niemals vor einer Gruppe Indigener stehen, ihnen eifrig das Evangelium einhämmernd, während sie verlegen, beschämt oder verwirrt herunterschauten, vielleicht auch alles zusammen. Sie waren das heftige Sprechen des Missionars nicht gewöhnt. Aus der Perspektive ihrer Kultur konnten sie leicht annehmen, dass er zornig mit ihnen sprach.

Ich sah mich in helfender Rolle auf einer eher praktischen Ebene. Auch mochte ich Tiere sehr gern, doch in jener Zeit in Paraguay hätte ich Veterinärmedizin studieren sollen, und das interessierte mich überhaupt nicht.

Ich war achtzehn, hatte die Mittelschule abgeschlossen und war immer noch überzeugt, dass ich etwas studieren wollte. Also ging ich in die Hauptstadt Asunción, um den Sekundarschulabschluss zu machen. Mein Bruder Harry lebte jetzt dort. Er erklärte mir, dass das Bildungsministerium den Mittelschulabschluss der Kolonie nicht vollkommen anerkenne und dass ich folglich die 10. Klasse wiederholen müsste, bevor ich auch die 11. und 12. absolvieren könnte. Ich müsste auch ein Eintrittsexamen schreiben, um in die 10. Klasse aufgenommen zu werden.

Er sah meine Sorge und sagte, dass es in den Schulen auch so genannte Nivellierungskurse gab, die man im Sommer machen konnte, um den Schüler auf das erwartete Niveau zu bringen. „Sieh zu", sagte er, „dass du den ganzen Sommer über hier bist. Du kannst bei uns wohnen und wann immer du Zeit hast, kannst du für mich arbeiten." Er hatte einen kleinen bäuerlichen Betrieb, auf dem er Mast-

und Legehühner für den städtischen Markt aufzog. So kam es, dass die Dinge für mich plötzlich heller wurden.

Als ich dort für den Sommer ankam, eröffnete er mir, dass er mich in drei Schulen eingeschrieben hatte. Ich war verwirrt. „Na ja", sagte er, „du wirst vielleicht das Eintrittsexamen nicht bestehen und deshalb solltest du die Nivellierungskurse in allen drei Schulen durchlaufen, und dann kommst du mindestens in einem Eintrittsexamen durch."

Es sah immer noch gut für mich aus, doch plötzlich war mein Stundenplan sehr besetzt. Ich habe dann alle drei Nivellierungskurse besucht, und zu meiner großen Überraschung bestand ich alle drei Prüfungen. Das Liceo de Cervantes war eine dieser Schulen. Soviel ich weiß, existiert diese noch heute. Es war eine sehr empfohlene Schule und sie lag meinem Wohnort beim Bruder am nächsten. Deshalb wählte ich diese Einrichtung, um meine fehlende Schulbildung nachzuholen.

Jetzt, da ich nur in eine Schule gehen musste, hatte ich etwas Zeit, um für meinen Bruder zu arbeiten und so zu meinem Unterhalt beizutragen und etwas Taschengeld zu haben.

Als ich die Kolonie verlassen hatte, hatte ich nach meiner eigenen Zählung sieben Rinder, die Kälber inklusive. Jeder von uns Geschwistern bekam am vierzehnten Geburtstag eine Kuh. Meine Kuh hatte seit dann zwei Kälber bekommen. Während zweier Sommer hatten mein Bruder Artur und ich etwas Zeit frei nehmen können, um im Busch einige Bäume zu fällen und die Stämme beim Industriewerk in Filadelfia zu verkaufen. Das damit verdiente Geld durften wir behalten. Ich legte mein Geld an, indem ich es meinem Vater gab und einige Tiere in Tausch von ihm nahm. Artur hatte sich ein Motorrad gekauft oder, besser gesagt, nach den heutigen Standards, einen kleinen Motorroller. Es war eine sehr gebrauchte Honda 50. Ich trat mit ihm in Handel: Ich gab ihm meine sieben Tiere und nahm das Motorrad mit in die Hauptstadt.

Einige in der Familie wollten wissen, wie ich zu sieben eigenen Tieren gekommen war. Es gab etwas Zweifel um die Zahl, aber am Ende wurde der Handel genehmigt. Kühe zählen war mein Ding, das konnte ich gut. Außerdem war ich der jüngste Junge in der Familie und in einer großen Familie wie der unseren musste man als Jüngster schon für sich selbst geradestehen, sonst wurde man leicht überrannt.

Ich wurde nun Lieferant und Verkäufer von Harrys besten freilaufenden Hähnchen und frischen Eiern. Wenn ich nicht in der Schule war, war ich unterwegs mit Lieferungen zu den bestbekannten Restaurants der Stadt. Ich knüpfte auch neue Handelskontakte. Einer meiner besten Kunden war Lido Bar, ein berühmtes Café, auch bis heute noch. Täglich füllte ich meine Körbe und machte mich auf den Weg, zu liefern und zu verkaufen.

An einem solchen Tag, ich war auf dem Rückweg zur kleinen Farm, wurde ich von einem Polizisten angehalten. „Wo ist dein Nummernschild?", fragte er. „Und zeig mal bitte deinen Führerschein."

Verwirrt schaute ich ihn an und sagte: „Ich habe beides nicht."

„Von wo bist du und was machst du?"

„Gut, ich komme aus einer Siedlung im Chaco und ich verkaufe Eier und frische Hähnchen an die Lido Bar."

Jedermann wusste, was Lido Bar war. Damit hatte ich schon mal etwas Respekt gesichert. „Und kein Nummernschild und keinen Führerschein", kommentierte der Polizist.

„Na ja, nein", erwiderte ich. „In unserer Siedlung brauchen wir so etwas nicht."

Er schüttelte nur den Kopf und zeigte an, dass ich weiterfahren solle. Ich fuhr eifrig los, doch gleich kam noch ein Pfiff hinter mir. Er kam zu mir und sagte mit einem Grinsen im Gesicht: „Weißt du, warum ich dich eigentlich angehalten habe? Du fährst mit einem fast platten Hinterreifen. Sieh zu, dass du den reparierst, sonst wirst du es nicht zurück zu deiner Siedlung im Chaco schaffen."

Ich dankte ihm und entfernte mich. Ich dachte, es war wohl das Beste für mich, wenn ich ihn im Glauben ließ, dass ein armer Siedlungsjunge fünfhundert Kilometer mit seinem Roller und einem hässlichen Eisenkorb auf dem Rücksitz gefahren war, um Hähnchen und Eier zu verkaufen, und der jetzt nach Hause fuhr, um dem Papa etwas Geld zu bringen und so den Hungertod zu vermeiden.

Ich hatte nur eine kurze Strecke bis zu meinem Bruder und dort reparierte ich den platten Reifen.

Es lief gut für mich, oder so dachte ich. Eines nachmittags, ich war gerade von der Schule zurück, kam mein Cousin Eduard, der im Laden der Kolonie-Kooperative in Asunción arbeitete, auf den Hof gefahren. Er sagte, dass mein Vater um 6 Uhr abends mit mir sprechen wolle. Es gab eine Amateurfunkverbindung zwischen der Kolonieverwaltung und der Vertretung der Kooperative in Asunción, über die er mich erreichen wollte. Eduard bot an, mich zum Büro zu bringen und später auch wieder zurück.

Vater ging das Gespräch vorsichtig an. Er sagte, dass mein Bruder Artur einen Jagdunfall gehabt habe und ein Bein stark verletzt habe. Er würde viele Monate nicht arbeiten können. Seine Frage war, ob ich willig sei, meine Schule zu unterbrechen und nach Hause zu kommen, um die Farmarbeit zu übernehmen.

So wie es über die Funkverbindung bei mir ankam, spürte ich, dass er mir nicht wirklich freie Wahl gab. Deshalb fragte ich, wann er mich zu Hause erwartete. „Sobald du kannst", war seine Antwort. Ich war geschockt, wusste aber, dass es wohl keine andere Lösung gab. Vater war immer noch der Siedlungsleiter und alle meine älteren Geschwister standen schon auf eigenen Füßen, außer Artur. Als ich nach Asunción gezogen war, war er sozusagen gezwungen gewesen, den Farmbetrieb zu führen und seine eigenen Pläne auf Eis zu legen. Er wollte nicht studieren, aber er war doch auch dabei, seinen selbstständigen Weg zu schmieden.

Ich wusste, dass ich es Artur und meiner Familie schuldete, in die Bresche zu springen. Daher sagte ich meinem Vater, dass ich am Morgen dort sein würde. Um 9:00 Uhr abends saß ich in einem verkommenen, kleinen Nachtbus, der mich die fünfhundert Kilometer bis zur Kolonie Fernheim bringen würde. Es war 6:00 Uhr morgens, als ich ankam. Es war eine schwere Entscheidung gewesen. Eine unbegreifliche Wendung für mich. In meinem Kopf drehte sich alles. Ich war achtzehn, fast neunzehn, und hatte gerade mein erstes Schuljahr in Asunción unterbrochen. Im Liceo de Cervantes aufgenommen zu werden, war für mich nicht so einfach gewesen. Und jetzt sollte das alles umsonst sein. Um 7:00 war ich zu Hause auf der Farm, und gerade rechtzeitig, um mit der Arbeit des Tages zu beginnen.

Und Arbeit war es. Aber mein eigener Chef auf dem Betrieb zu sein war auch nicht schlecht, dachte ich manchmal. All die Arbeit und Verantwortung lenkten mich ein wenig von der Unklarheit über meine Zukunft ab. Alle waren froh, dass es Artur allmählich besser ging. Er hatte viel Blut verloren und erheblichen Knochenschaden erlitten. Nach einiger Zeit kam er nach Hause. Aber die Genesung war langsam und nicht rechtzeitig, dass ich zum Beginn des neuen Schuljahres im Februar nach Asunción zurückkehren konnte. Ich hatte gehofft, wenn ich zum Beginn des neuen Schuljahres dort sein könnte, eben noch einmal die 10. Klasse zu machen und dann weiter bis zum Abschluss. Nun wusste ich wirklich nicht, was ich machen sollte. Als Artur wieder hergestellt und arbeitsfähig war, blieb ich einfach da und half ihm bei der Arbeit.

An einem Samstagnachmittag wollte mein Vater eine Fahrt mit dem Buggy machen, um einige Weideparzellen, die er angelegt hatte, zu besichtigen. Samstagnachmittage und Sonntage waren die einzige Zeit, die er nicht mit der Arbeit im Amtbüro verbrachte. Er bat mich mitzukommen. Ich dachte, vielleicht möchte er, dass ich für ihn die Tore öffne und wieder schließe. Doch als wir so von einer Weide zur nächsten schaukelten, erzählte er mir, dass die Kolonie ein Abkommen mit MCC (Mennonitisches Zentralkomitee) von Nordamerika hatte, durch das eine gewisse Anzahl Jugendlicher an einem einjährigen Austauschprogramm teilnehmen konnte.

Für unsere Kolonie war ein Teilnehmer vorgesehen. Der Vertreter von MCC hatte ihn gerade informiert, dass die Frist für Anmeldung zur Teilnahme in zwei Wochen ablief, und noch hatte sich keiner aus Paraguay gemeldet. Ob ich interessiert wäre, fragte er. Er erwähnte, dass ich meine Schulung unterbrochen oder aufgegeben hatte, um beim Familienbetrieb mitzuhelfen. Ich spürte, dass er mich in irgendeiner Weise dafür belohnen wollte. Ich schätzte das ungemein, doch mir war auch bewusst, dass ich dadurch nochmal um zwei Jahre in meinem Ziel, die Sekundarschule abzuschließen, zurückgesetzt wäre. Deshalb antwortete ich: „Wahrscheinlich nicht, aber ich überlege es mir."

Wieder drehte sich alles in meinem Kopf, wie an dem Abend, als ich kurzerhand mein Studium unterbrach, um auf Vaters Bitte die Arbeit auf der Farm zu übernehmen. Bei all den seltsamen Ereignissen der letzten sechs Monate fiel es mir schwer, den Sinn in allem zu erkennen. Führte Gott diesen Ablauf oder war es nur ein Haufen seltsamer, verflochtener Umstände in meinem Leben?

Eine Woche ging vorüber und am folgenden Samstag erinnerte mein Vater mich an die Anmeldungsfrist. Es bräuchte nur einen Anruf seinerseits beim MCC-Vertreter und ich hätte das grüne Licht.

Müde von meiner Unentschiedenheit sagte ich einfach: „Gut, mach den Anruf." Und er rief an. Und am folgenden Montag saß ich beim MCC-Vertreter John Peters und beantwortete seine Fragen, damit er mein Anmeldeformular ausfüllen konnte. Wie ich mich erinnere, wurde der Antrag sofort angenommen, denn er wusste wohl, wie meine Antworten am besten lauten sollten.

Knapp einen Monat später befand ich mich in der amerikanischen Botschaft in Asunción, um ein Visum zu beantragen. Es war reine Formsache, denn ich spürte, wie schon vor einigen Wochen, dass mein Antrag schon genehmigt war. In weniger als einer Stunde verließ ich die Botschaft, das Visum in der Hand.

Und drei Tage später saß ich in einem Pan American Düsenflugzeug am Asuncioner Flughafen, fein gekleidet, startbereit. Mein Vater hatte dafür gesorgt, dass ich einen schwarzen Anzug, ein weißes Hemd, eine schwarze Krawatte, weiße Socken und nagelneue schwarze Schuhe hatte.

Er war in den 50er Jahren in Nordamerika gewesen, um dort einen Kredit für die Kolonie für den Aufbau der Industrieanlage zu beantragen. Er hatte damals das Gefühl gehabt, dass man auf ihn herabschaute, weil er sehr einfache Kleidung trug. Er wollte nicht, dass es mir so ergehe. Er hatte mir auch fünf Dollar als Taschengeld gegeben. Das war alles, was er geben konnte, und das schätzte ich. Neben mir saß ein katholischer Priester in seiner Berufskleidung. Ich dachte, wir sahen doch beide ziemlich gut aus.

Als der Abflug anlief, griff ich nach den Armlehnen und hielt mich ganz fest. Ich war noch nie in einem Düsenflugzeug geflogen, aber Freunde hatten mir gesagt, dass diese beim Start immer sehr steil abheben. "Halte keine Tasse Kaffee in der Hand beim Start, denn die würde sich prompt über deinem Schoß ausgießen, so steil geht das", betonten sie.

Gut, uns wurde zum Start kein Kaffee serviert, doch ich hielt mich ums liebe Leben an den Armlehnen fest. Der Priester neben mir bemerkte mein Unbehagen und fragte, ob es mein erster Flug in einem Jet sei, was ich bejahte. Er lächelte nur und hielt eine Unterhaltung aufrecht. Wir hatten Zwischenlandungen in Lima, Peru und in Panama Stadt, bevor wir Ziel auf New York nahmen.

Während des langen Fluges hatte ich Zeit, über den Verlauf des letzten Monats meines Lebens zu reflektieren. Wieder wurden die Ereignisse über mich gestülpt, ohne dass ich viel Zeit zum Überlegen gehabt hätte, genau wie damals, als ich die Schule in Asunción unterbrach, um nach Hause zurückzukehren. Aber nun begann ich, das Gute darin zu sehen. Ich fing an, etwas freudige Erwartung auf meine Zukunft zu spüren. Vielleicht würde es doch noch gut werden für mich.

Nach Panama-Stadt erzählte ich dem Priester neben mir, dass ich in New York umsteigen müsste, um nach Philadelphia weiterzufliegen, und dass ich keine Ahnung hatte, wie das vor sich ging. Er bot mir seine Hilfe an. Wir landeten und passierten die Migrationskontrollen, er begleitete mich zum entsprechenden Terminal, half mir beim Einchecken und begleitete mich bis zum Gate. Wir tauschten Adressen aus, ich bedankte mich für seine Hilfe, er lächelte, und damit entfernte sich mein Engel. Wir blieben noch einige Jahre in Kontakt, mit Briefen und Weihnachtskarten, bis er in ein anderes Land versetzt wurde, oder vielleicht auch heim nach Deutschland, wo er herkam.

Ich landete in Philadelphia um drei Uhr früh. Jemand vom MCC empfing mich und brachte mich ins Hauptbüro des MCC in Akron, Pennsylvania. Es war mittlerweile fünf Uhr; er zeigte mir einen Raum voller Matratzen auf dem Boden. Er wies auf eine, die noch unbesetzt war. Alle in dem Zimmer schliefen und es war dunkel. Ich legte mich also leise hin und die Augen fielen mir zu, nur um bald wieder aufzuwachen. Etwas Morgenlicht drang nun durch das Fenster. Neben mir sah ich die Form eines Kopfes. Ich riss meine Augen auf. Es war ein schwarzer Kopf.

Noch nie im Leben hatte ich eine schwarze Person gesehen – deshalb setzte ich mich auf, um ihn besser zu betrachten. Meine Bewegungen weckten ihn auf. Er begrüßte mich mit einem freundlichen Lächeln, wobei seine weißen Zähne nur so strahlten und die Gesichtsfarbe noch mehr betonten. Ich entschuldigte mich auf Deutsch, die einzige Sprache, die mir geläufig war. Er lächelte weiter und streckte mir seine Hand entgegen. Während der folgenden Orientierungstage wurden wir gute Freunde und waren immer zusammen. Er war aus Afrika und seit damals ist Afrika für mich von Interesse gewesen.

Das war der Anfang einer Serie neuer Erfahrungen mit Menschen aller Hautfarben, Glaubensrichtungen und Kulturen, die meinen Horizont zu erweitern begannen. Ich würde nie mehr derselbe sein, der ich gewesen war, und das formte die Richtung, in die mein Leben sich nun ausrichtete. Genauso wie der junge Moro keine Kleider tragen musste wie ich, um getauft zu werden, so mussten auch andere Menschen ihren Glauben und ihr Leben nicht so ausleben, wie es Mennoniten aus den Kolonien zu tun pflegten, um Bruder oder Schwester in Christus für mich sein zu können. Das Leben hatte neuen Sinn und Richtung für mich bekommen. Auch Nichtgläubige sollten als Gleichwertige in der Schöpfung Gottes gesehen werden und verdienten bedingungslosen Respekt und Liebe. Inklusion würde von mir nicht mehr als Bedrohung für meinen Glauben betrachtet werden.

# Kapitel 9

## Auf der Suche nach dem Glück in Amerika

### Die Boschmann-Regel

Die Ironie entging mir nicht, dass ich nach einer Reise von Tausenden Kilometern, um zu erfahren, wie das Leben außerhalb unserer Farm im Chaco sei, schlußendlich wieder auf einer Familienfarm landete. Für die ersten sechs Monate meines Austauschjahres war ich der Familie von Matthew und Katherine Kolb auf ihrer Farm in der Nähe von Spring City/Royersford, Pennsylvania, zugewiesen. Sie hatten einen Milchbetrieb und hatten über die Jahre schon so manch einen Austausch-Trainee bei sich beschäftigt. Ich war der dreizehnte. Trainee, das war der Begriff, der auf uns Jugendliche im Austausch zutraf. Kolbs hatten drei Töchter - Charlotte, Mary Jane und Ruth. Sie hatten auch zwei Söhne, Martin und Gene, der aber immer Pick genannt wurde. Martin war in der High School (Sekundarschule) und Pick in der Mittelstufe. Charlotte und Mary Jane waren außer Haus, im Studium in der heutigen Eastern Mennonite University. Ruth arbeitete im Haushalt der Eisenhowers bei Valley Forge.

Es war auf dieser Farm, wo ich meinen ersten Winter im Norden erlebte. Ich hatte nicht viel Kleidung mitgebracht, denn ich hatte zu Hause nicht viel gehabt. Meine Arbeitsschuhe waren vom Schuster in Filadelfia hergestellt, waren aber für warmes Klima gedacht. Dasselbe galt für meine Jacke. Socken brauche ich nicht einmal zu erwähnen, die waren dünn und voller Löcher - nein, nicht die weißen, die Vater mir für den Flug gegeben hatte, die ich nun für Sonntage aufsparte.

Eines Tages wurde es kalt. Ich fror dermaßen, dass ich meine Arbeit fast nicht verrichten konnte. Die Kolb-Jungen hatten ihren Spaß mit mir. „Rudolf", sagten sie, „es ist noch nicht einmal kalt und du glaubst schon, dass du dich zu Tode frierst. Wie willst du bloß den Winter überleben?" Ich schaute sie verächtlich an, aber um ehrlich zu sein, stellte ich mir selbst auch schon den ganzen Tag diese Frage.

Nach dem Abendessen an diesem Tag holte Frau Kolb mich in ihre Nähstube. Sie wollte wissen, ob ich genügend Winterkleidung mitgebracht hatte. „Alles, was ich heute getragen habe", sagte ich. Sie stand auf und zog den Sears Katalog aus der Schublade.

„Ich muss für meine Männer sowieso Wintersachen bestellen, warum sollte ich dann nicht auf für dich was dazufügen?", meinte sie. Sie wollte mich nicht in Verlegenheit bringen und wählte ihre Worte vorsichtig, als ich sie nach den Preisen fragte. „Oh", sagte sie, „das sehen wir dann, wenn die Sachen mit der Rechnung ankommen." Ich hatte eine Ahnung, dass meine fünf Dollar nicht weit reichen würden. Von nun an nahm Frau Kolb die Sache in ihre Hände. „Du brauchst mindestens drei Paar starke Levi Jeanshosen, sagen wir mal lieber vier. Du brauchst warme langärmlige Winterhemden aus Flanell, das müssten auch vier sein. Warme Socken, warme Unterwäsche." Long Johns - so nannte sie die lange Männerunterwäsche. (Das ist ein Stück Unterwäsche, welches in einem Stück vom Genick bis zum Knöchel reicht. Es hatte hinten und auch vorne einen Schlitz für die notwendigen Bedürfnisse.) „Du brauchst einen Anorak für Winter, isolierte Arbeitsschuhe und eine warme Sonntagsjacke." Ohne viel Wenn und Aber nahm sie an mir Maß, um die richtige Größe bestellen zu können. Dann sagte sie, ich könne jetzt zu den Männern im Wohnzimmer gehen, sie würde derweil den Bestellzettel ausfüllen und ihn an Sears schicken. Ich war sprachlos und verlegen. Ich schämte mich so, weil ich ihr nicht hatte sagen können, dass ich nur fünf Dollar hatte, und die sollten mir das ganze Jahr reichen.

Voller Angst wartete ich auf den Tag, an dem die Bestellung geliefert werden würde. Es wurde von Tag zu Tag kälter und ich war dankbar, dass Frau Kolb meine Lage erkannt und sich dazu entschlossen hatte, etwas zu unternehmen.

Eines Tages nach dem Mittagessen reichte Frau Kolb mir mit breitem Lächeln ein großes Paket. „Alles, was wir bestellt haben, ist hier", sagte sie. „Geh jetzt nach oben in dein Zimmer und probiere die Sachen an; schau, ob sie passen." Alles passte perfekt, aber die Long Johns legte ich zur Seite, ohne sie anzuprobieren. Ich ging hinunter und sagte Frau Kolb, dass alles wunderbar passte, aber die Long Johns, die könne sie wieder zurück an Sears schicken, da ich nicht genug Geld hätte, um die zu bezahlen und dass ich die außerdem nicht brauchen würde. Sie sagte mir in klaren Worten, dass sie die ganze Bestellung bezahlen würde und sie diese deshalb nicht zurückschicken würde. Damit ließ sie mich mit den verhassten Long Johns in der Hand stehen.

Ich kannte Long Johns. Als ich in der dritten oder vierten Klasse gewesen war, bekamen wir immer Pflegepakete, die von Gemeinden in Nordamerika über das MCC nach Paraguay geschickt wurden. Ausnahmslos enthielten sie Long Johns. Ich hasste sie. Erstens waren sie viel zu warm für unser Klima, auch an den kältesten Wintertagen. Und wie soll man sich die ausziehen, wenn im Laufe des Tages die Temperaturen ansteigen? Meine Mutter sagte immer: "Ihr zieht euch die an, weil die Menschen es gut meinten, als sie die herschickten."

An einem kalten Wintermorgen wollte meine Mutter unbedingt, dass ich Long Johns zur Schule anziehe. Ich gab schließlich nach, aber nur wenn ich ein kurzärmliges Hemd tragen konnte, denn so um neun oder zehn am Vormittag wurde es gewöhnlich wärmer. Was ich nicht bedacht hatte, war, dass wenn ich ein kurzärmliges Hemd trug, ich den ganzen Vormittag die Jacke würde anhalten müssen, egal, ob es dafür zu heiß wurde. Es wurde neun und die Sonne schien warm und alle zogen ihre Jacken aus, außer mir. Lehrer Epp wollte wissen, ob mir noch kalt war. Als Zeit für die Pause kam, sollten wir alle hinaus auf den Schulhof. Wir würden etwas Sport machen und einige Runden um den Hof laufen. Ich war skeptisch, ich meinte, ein Zwinkern in seinen Augen zu sehen, als er mich ansah.

Als wir begannen, die Runden zu laufen, lief er neben mir her und bat mich, meine Jacke doch auszuziehen. Ich sagte ihm, es war gut so. Nach einigen Runden pfiff er und befahl, uns in einer geraden Linie aufzustellen. Er befahl mir, die Jacke auszuziehen. Ich sagte: „Ich kann nicht." Ich wusste, dass für endlosen Spott gesorgt wäre, wenn die Mitschüler sehen würden, dass ich langärmlige Long Johns unter einem kurzärmligen Hemd trug. Keiner im Dorf wollte je zugeben, dass er diese lange Unterwäsche trug. Lehrer Epp wollte wissen, warum ich mich weigerte, ihm zu gehorchen. Stotternd gestand ich: „Ich habe Schlitzhosen an." In Plattdeutsch nannten wir sie "Schlaetzbetjse".

Lautes, ausgelassenes Gelächter brach aus. Auch Lehrer Epp konnte sich nicht zurückhalten. Als ich an diesem Tag nach Hause kam, bat ich meine Mutter, alle Long Johns zu vernichten, ich würde nie mehr eine anziehen, auch wenn ich dafür Strafe vom Vater in Kauf nehmen müsste.

Und nun stand Frau Kolb vor mir und sagte, ich würde im kalten Winter diese Long Johns tragen müssen. Ich mochte sie gern, aber nicht so sehr, dass ich ihretwegen diese Dinger tragen würde. Sie meinte es gut, genau wie die Gemeinden es vor Jahren gut gemeint hatten, die uns so treulich jene Pflegepakete nach Paraguay schickten. Was Frau Kolb am Ende mit jenen Long Johns gemacht hat, weiß ich nicht. Vielleicht sind sie auch wieder in einem Pflegepaket gelandet, um sie an arme Familien in tropischen Ländern zu schicken.

Ein weiterer Grund, weshalb ich die Long Johns hasste, war, dass ich mich in meiner Kindheit dafür schämte, dass wir so arm waren, dass Menschen aus anderen Ländern uns Unterwäsche schicken mussten. Jetzt war ich zwanzig, ich war in den Vereinigten Staaten und hatte fünf Dollar in der Tasche. Die Zeiten, wo andere mich mit Unterwäsche versorgen mussten, waren vorbei.

Bald nach dieser Episode berichtete mir Mr. Kolb, dass er mit meiner Arbeit sehr zufrieden sei und dass er mein Taschengeld von fünfzehn auf dreißig Dollar im Monat erhöhen würde. Ich war stolz, froh und dankbar. Ich war bei einer guten Familie gelandet und würde hier sechs Monate sein, und dann würde ich auf eine andere Stelle versetzt werden, wahrscheinlich in einem anderen Bundesstaat. Diese sechs Monate erwiesen sich als sehr wertvoll für mich. Die Familie sprach Englisch, obwohl Frau Kolb manchmal zu ihrem Pennsylvania Dutch griff, wenn mein mangelhaftes Englisch unsere Unterhaltung ins Stocken brachte. Nach drei Monaten war ich halbwegs vertraut mit der Sprache und nach sechs Monaten konnte ich mich gut an einer Unterhaltung auf Englisch beteiligen.

Für das zweite Halbjahr des Austausches wurde ich einem Krankenhaus mit einer geriatrischen Abteilung (Pflegeheim) in Beatrice, Nebraska, zugewiesen. Ein Einsatz auf einer großen Getreidefarm wäre meine erste Wahl gewesen, doch Emma Schlichting vom MCC konnte keinen solchen Betrieb für mich finden. Sie gab mir daher die Wahl, an dem Ort zu bleiben, wo ich war, oder die oben genannte Stelle anzunehmen. Und so kam ich nach Beatrice, Nebraska.

Meine Gastgeberfamilie war Art und Hattie Schmitt. Ihr Sohn Gary hatte sich beim Militär gemeldet und war in Vietnam im Kampfdienst.

Die Schmitts waren wunderbare Menschen, doch in stetiger Sorge um ihren einzigen Sohn. Würde er lebend und unverletzt nach Hause kommen? Und wenn nicht, was würde das für ein Leben sein für sie, ohne ihn? Sie hatten auch den mennonitischen Glauben und Krieg und Töten schien ihnen schrecklich zu sein. Aber sie liebten Gary und obwohl sie sich gewünscht hätten, dass er sich nicht gemeldet hätte, standen sie jetzt voll mit Gebet und Liebe hinter ihm.

Mein Dasein in ihrem Haus, so empfand ich, half ihnen ein wenig, ihre Gedanken von den Sorgen um Garys Leben abzulenken. Ich kam um 3 Uhr nachmittags von der Arbeitsschicht im Krankenhaus und hatte nur eine kurze Strecke zu Fuß nach Hause zu gehen. Sie saßen dann immer am Tisch mit Kaffee und Gebäck und warteten auf mich, wie es Eltern machen würden. Sie wollten erzählen und wollten über meinen Tag hören, und was sie besonders interessierte, war zu hören, was ich von Amerika hielt, so drückten sie sich aus, und sie wollten über Paraguay hören. Es waren noch drei Trainees in Beatrice. Zwei Mädchen aus Deutschland, Elisabeth und Christine, und ein Toni von Jugoslawien.

Ja, Jugoslawien existierte damals noch und der starke Mann dort war Tito. Toni hob gern die Überlegenheit des Kommunismus und eines gütigen Diktators - wie er Tito bezeichnete - hervor, gegenüber der amerikanischen Demokratie mit Präsident Johnson. Wir vier verbrachten oft unsere freie Zeit zusammen bei den Schmitts. Art und Hattie genossen diese Gelegenheiten. Der einzige Haken war, wenn Toni sich für den Kommunismus aussprach; dann wurden die Schmitts sehr still und man fühlte es, dass es ihnen unangenehm war. Ihr einziger Sohn war in Südvietnam im Kampf gegen den Vietcong, welche die Kommunisten von Nordvietnam waren. Es war ihnen sehr bewusst, dass ihr Sohn möglicherweise den Weg nach Hause in einem Leichensack zurücklegen würde, weil er von Kommunisten des Vietcong getötet worden war.

Es lag eine Ironie in dem Ganzen. Gary stand im Dienst seines und des südvietnamesischen Landes. Der Vietcong kämpfte für Nordvietnam gegen die USA und die Armee, der Gary diente. Dann war da Toni, ein Zivilist, jedoch ein starker Unterstützer des Kommunismus und seiner Regierung in Jugoslawien. Alle waren sie aufrichtig in ihrem jeweiligen Glauben und meinten, sie seien auf der rechten Seite der Dinge.

Die Schmitts, mit ihren schmerzenden Herzen, standen mittendrin. Sie würden ihre theologische Auslegung, dass Krieg und Töten nicht Gottes Weg für seine Nachfolger war, nicht aufgeben. Jedoch wurden ihre Bekundungen zu dieser Haltung durch die Tatsache, dass ihr Sohn Gary in einem Krieg kämpfte, gemildert.

Gary kam unverletzt vom Dienst zurück und eine gewisse Normalität kehrte für die liebenden Eltern zurück. Ich habe die Schmitts immer aus tiefstem Herzen bewundert. Aber ihre eigenen Kämpfe waren alles andere als vorbei. Gary hatte, bedingt durch seine Erfahrungen auf den südasiatischen Schlachtfeldern, eine Riesenlast an Stress mit heimgebracht.

Meine Arbeit in der Geriatrie des Beatrice Mennonite Deaconess Hospital (ein Diakonissenspital der mennonitischen Diakonie) war eine Erfahrung, die ich nicht als eine weniger befahrene Straße bezeichnen konnte. Es war eine Straße, die ich noch nie gefahren war und es gab keine echte Straßenkarte dafür, es sei denn, man war eine Krankenschwester wie Christina und Elisabeth. Doch für einen Bauerjungen, frisch aus der grünen Hölle, bedeutete diese Arbeit eine Herausforderung. Toni war der Glückliche: Er bekam einen Platz auf einer großen Getreidefarm.

Der erste Tag im Krankenhaus begann schon bedrohlich. Wir wurden in einen Trainingsraum geführt. Es gab einige Puppen in Menschengröße, Dummies genannt, die auf Tischen vor uns lagen. Ich träumte von Traktoren und Rindern.

Die anleitende Krankenschwester gab uns einen allgemeinen Überblick über das Krankenhaus, die Geriatrieabteilung und die in Verbindung stehenden Diakonissenviertel. Ich wollte wissen, was eine Diakonisse sei. Sie erklärte, dass es eine Gruppe unverheirateter Frauen war, die ihr Leben Gott und dem Dienst am Nächsten geweiht hatten. Ja, und dass sie als Gruppe in einem Gebäude neben dem Krankenhaus wohnten. Ich wollte noch wissen, ob sie so etwas wie katholische Nonnen waren. „Na gut, ja, ähnlich, aber anders", sagte sie.

Das Training ging weiter. Es sei wichtig, dass wir bei unserer Arbeit mit Patienten oder Bewohnern immer mit ihnen kommunizierten, auch wenn diese sich selbst nicht mitteilen konnten. Sie fuhr fort, uns zu zeigen, wie man ein Bett macht. Ich glaubte, meine zu Mutter hören: „Oh ja, es wurde auch schon Zeit!" An einem Dummy zeigte sie uns, wie man richtig bei der Körperpflege eines bettlägerigen Menschen vorgeht. Sie zeigte uns, wie man Windeln anlegt – das waren damals noch nicht Wegwerf-Artikel, zumindest in dieser Einrichtung nicht. Es war Anfang 1967. „Nur zur Erinnerung", sagte sie, „als ich euch zeigte, wie man einen bettlägerigen Menschen wäscht, war dieser Dummy sauber. Die Patienten, die ihr betreut, werden es vielleicht nicht immer sein." Der Ernst der Sache begann sich langsam ins Bewusstsein einzuschleichen. Rindermist war ich gewohnt, und wir hatten in Nummer 11 ein Plumpsklo hinter dem Haus; ich wusste also auch einiges über die Ausscheidungen, die der Mensch naturgemäß hat. Es war nur, dass ich bisher mit diesen Dingen bei einem anderen Erwachsenen nie in Berührung gekommen war. Na gut, ich wurde auch nicht umsonst ein Trainee genannt.

Die Krankenschwester fuhr fort, uns anzuweisen, wie eine gute Körpermassage mit einer großzügigen Portion Johnson´s Massageöl nach einem Bad zu geben sei, bevor man ihn kleidete. Wir machten Mittagspause. Beim Mittagessen wurden uns einige Ärzte, der Anästhesist, Krankenschwestern und der Leiter des Krankenhauses, Henry Reimer, vorgestellt. Alles war gut organisiert, man wollte uns zu fühlen geben, im Krankenhaus willkommen und nützlich zu sein. Wir sollten im Netzwerk des ganzen Krankenhauses integriert sein. Sogar die Hauptdiakonisse, Elisabeth, kam an unseren Tisch. Eine Diakonisse in einem mennonitischen Umfeld schien mir ein seltsames Wesen. Tatsache war, dass Schwester Elisabeth - so sollten wir sie nennen - und ihre ganze Kohorte sehr nett und immer bereit zu helfen waren.

Nach dem Lunch ging der Trainingsunterricht weiter. Die leitende Krankenschwester informierte uns, dass Spritzen geben oder Medikamente verteilen nicht in unseren Aufgabenbereich fallen würde. Man würde aber von uns verlangen, Flüssigkeitszufuhr und

-ausfuhr zu registrieren und diverse Beobachtungen zu notieren. Auch würden wir nach Bedarf manchen Patienten beim Essen helfen müssen.

Was den Stuhlgang der Patienten betraf, da sollten wir genau auf dem Laufenden sein und der Oberschwester Bescheid geben, wenn es auf dem Gebiet Mangelerscheinungen gab. Ich verstand den englischen Begriff für Stuhlgang nicht und wandte mich daher an Christine - die deutsche Krankenschwester-, um nachzufragen. Sie schaute mich verdutzt an und gab mir eine ungeschützte Erklärung. „Ja, ja", sagte ich, „das wusste ich schon, aber nur nicht auf Englisch."

Dann sagte unsere Leiterin, sie müsste uns noch in eine Sache einweisen. Wenn ein Patient mit Verstopfung geplagt ist, verabreiche eine Krankenschwester ihm ein Abführmittel. Wenn das aber nach 48 Stunden nicht die gewünschte Wirkung zeige, sei ein Einlauf (auf Englisch: enema) angesagt. Ich wusste nicht, was ein „Enema" war, wollte aber nicht wieder Christine fragen. Ich würde es schon erfahren.

Als die Schwester mit dem Einlaufzubehör ankam, wurde mir klar, dass mein Leben gerade nicht viel besser wurde. Sie trichterte uns ein, dass der Beutel mit der zubereiteten Flüssigkeit mit einer Hand hochgehalten werden müsste, während man mit der anderen Hand die Kanüle, die vom Beutel führte, in Anwendung brachte. „Es ist sehr wichtig, dass ihr die Hand an der Düse haltet, bis die Flüssigkeit ganz eingelaufen ist. Die gesamte Flüssigkeit muss einlaufen, denn die gewünschte Wirkung könnte nicht erreicht werden, wenn nur ein Teil der Flüssigkeit einläuft. Darum seht zu, dass ihr es richtig macht. Ach ja, noch ein Letzteres: Vergesst nicht, dem Patienten vor der Prozedur einen Schieber unterzuschieben. Danach ist oft keine Zeit mehr."

Damit war der Einführungsunterricht beendet und wir wurden anschließend durch das Krankenhaus geführt, um alle Abteilungen kennen zu lernen, auch das Wohnheim der Diakonissen. In der Geriatrie lernten wir die Krankenschwester Ms. Aden kennen und uns wurden die Bewohner vorgestellt.

Um drei Uhr fünfzehn war mein erster Tag im Mennonite Deaconess Hospital beendet und einige Minuten später saß ich beim Kaffee mit den Schmitts. Vorsichtig, mit dem Blick auf den Kaffee, den ich den Schmitts nicht verderben wollte, erklärte ich ihnen etwas von meinem Training. Es kam aber heraus, dass Hattie auch Krankenschwester gewesen war und für sie diese Sachen sozusagen zum Alltag gehörten.

Am nächsten Tag bekam ich zwei Zimmer mit fünf Bewohnern zugewiesen. Die sollte ich die nächsten sechs Monate betreuen. Der Arbeitstag begann mit einer Besprechung mit Ms. Aden und dem Personal der Nachtschicht zur Übergabe und Bericht. Das gab uns Anhaltspunkte für die Arbeit, die vor uns lag. Ich wurde als *orderly* bezeichnet, der Begriff für eine männliche Pflegekraft. Christine und Elisabeth waren Krankenschwestern, deshalb wurden ihnen etwas „schwierigere Zimmer" zugewiesen. Mir war mulmig zumute. Einen Tag der Vorbereitung an einem Dummy und nun sollte ich mich um fünf Männer kümmern, wie Ms. Aden sagte, ihr Wohlergehen beaufsichtigen.

Mr. John, Mr. Reed und ein sehr gebrechlicher älterer Mann, an dessen Name ich mich nicht erinnere, teilten sich ein Zimmer. Mr. Murphy und Mr. Davis waren im anderen. Sie taten mir leid und ich sagte ihnen, dass ich hoffentlich mit der Zeit etwas besser werden würde in der Pflegearbeit. Mr. Davis, Mr. John und der ältere, sehr gebrechliche Herr gaben keine Antwort. Sie gaben nie jemandem Antwort. Sie hatten ihre Sprachfähigkeit verloren. Mr. Reed murmelte, dass wir schon klarkommen würden, wenn ich so tat, wie er ansagte.

Er hatte beide Beine im Krieg verloren und war an Rollstuhl oder Bett gebunden. Ansonsten war er körperlich und geistig noch bei Gesundheit, und da er ein Militärmann war, konnte ich verstehen, dass er nicht all seine Befehlsautorität aufgeben wollte.

Mr. Murphy war das Musterbild der Geriatrieabteilung. Er konnte sich noch gut selbst pflegen und liebte es, sich mit dem Personal zu unterhalten. Beatrice war ein kleiner Ort und das lokale Blatt war immer an Geschichten interessiert. Es kam öfters vor, dass Mr. Murphy erwähnt wurde, wenn in der lokalen Zeitung über das Krankenhaus berichtet wurde.

Eines Tages fragte ich Mr. Murphy, was das Geheimnis für seine gute Gesundheit sei. Er bat mich näherzutreten und flüsterte mir dann zu, dass er jeden Abend vor dem Schlafengehen ein Bier trank. Ich überlegte laut, ob das denn möglich sei, schließlich sei dies eine mennonitische Einrichtung. Er erklärte, ein Freund würde ihn heimlich mit dem Bier versorgen, und Ms. Aden wüsste darum. Er bot an, eine Flasche mit mir zu teilen, wenn ich die Spätschicht hätte. Ich sagte ihm, dass ich das besser nicht annehme, denn Ms. Aden würde mir nicht die gleiche Vorzugsbehandlung angedeihen lassen wie ihm. Mit einem herzlichen Lachen wies er mich an, das Geheimnis zu bewahren.

In der täglichen Routine hatte ich es mit so manchen Bettpfannen- und Windelsituationen zu tun. Natürlich trug ich Handschuhe, konnte mich aber trotzdem des Gefühls nicht erwehren, dass meine Hände schmutzig waren. Mittag essen im Krankenhaus war für mich schwierig. An meinem zweiten Tag als „Orderly" beobachtete ich, wie eine Krankenschwester ein Brötchen nahm, es mit Butter bestrich und in den Mund schob. Ich konnte nicht anders, als mir vorzustellen, was diese Hände am ganzen Vormittag alles berührt hatten. Ich schaute meine Hände an, schob meinen Teller weg und ging einen Spaziergang machen, bis es wieder Zeit zur Arbeit auf der Station war. Die nächsten Tage blieb ich ohne Mittagessen, aber am Wochenende setzte schließlich eine gewisse Normalität ein und die Arbeit mit meinen fünf Bewohnern, die schon beinahe Freunde geworden waren, begann mir zu gefallen.

Mr. John war durch einen massiven Hirnschlag praktisch gelähmt. Er konnte kein Wort sprechen, seine Arme und Beine waren steif und eingezogen, wie zusammengeklappt. Er konnte nichts selbstständig tun. Seine Augen - wenn er mich anschaute - hatten solch einen traurigen Blick, fast wie eine ewige Traurigkeit, dachte ich. Sie waren auch fast immer feucht. Doch wenn ich genauer in seine Augen schaute, hinter die Traurigkeit und Tränen, konnte ich einen Mann sehen, der im Leben seinen Platz voll eingenommen hatte. Ich glaubte sogar, etwas von Freude zu sehen - gut, vielleicht sollte ich es eher Dankbarkeit nennen -, dass man sich so gut es ging um ihn kümmerte. Und das half mir.

Wenn ich ihn pflegte, sprach ich immer mit ihm. Ich erzählte ihm über meine Kindheit in Paraguay, über Pennsylvania, die Kolbs und die Old Order Mennoniten, über Shoofly Pie und das verrückte Zeug da draußen überall - ja, über den Schnee.

Ich hatte ja noch nie Schnee gesehen, bevor ich nach Pennsylvania kam. Martin Kolb, der älteste Sohn, und ich fuhren über die Farm zum Markt, als plötzlich flauschige, flockenartige Dinge gegen die Windschutzscheibe schmetterten und dann schmolzen. Ich fragte Martin, was das komische Zeug sei, das an die Scheibe purzelte. Martin konnte nicht aufhören zu lachen über meine

Ignoranz. „Schnee", sagte er, „so beginnt bei uns immer der Winter." Solche Anekdoten erzählte ich Mr. John.

Ich wusste nie, ob er etwas verstand oder nicht. Nur seine feuchten, traurigen Augen, die mich eindringlich anschauten. Bis ich eines Morgens aus dem Aufzug stieg und Ms. Aden grüßte, die gerade vorbeiging. Ich hörte Laute aus Mr. Johns Zimmer und fragte Ms. Aden, was das für Laute waren. „Oh", sagte sie, „das wird wohl Mr. John sein, der dir auch einen guten Morgen wünscht."

„Oh", sagte ich, „Mr. John erkennt uns?"

„Doch, doch", sagte sie, „er erkennt deine Stimme."

Ab dann grüßte ich Ms. Aden jeden Morgen bewusst mit lauter Stimme, wenn ich aus dem Aufzug stieg und schaute hinterher kurz in Mr. Johns Zimmer, um auch ihn zu grüßen. Von nun an hörten wir immer diesen bekannten Laut von Mr. John, wenn er morgens unsere Stimmen im Gang hörte. Für mich wurde dadurch das Leben in der Geriatrie wertvoller.

Ich hatte die ganze Zeit gefürchtet, dass der Tag der Abrechnung kommen würde. Und dann war er ohne Vorwarnung plötzlich da. Bei der Übergabe von Nachtschicht an Tagschicht sagte mir Ms. Aden, dass Mr. John ein „enema" (Einlauf) benötigte. Da er mein Patient war, sollte ich mich gleich nach der Übergabe dieser Aufgabe widmen. Ich schaute sie ungläubig an. Sie rasselte nur weiter, dass ich für die Prozedur trainiert worden war und wenn Probleme auftreten sollten, wäre sie ja da, um zu helfen. Wirklich!

Also ging ich los, das benötigte Zubehör zu holen. Ich wusste noch zu gut von der Trainingsstunde, wie dieses aussah. Mit allem ausgerüstet, betrat ich Mr. Johns Zimmer. Ich erklärte ihm, was folgend geschehen sollte, von Hand eines sehr unerfahrenen „Orderly", der viel lieber ein Cowboy wäre. Seine traurigen Augen wurden noch trauriger. Ich sagte ihm, ich würde mein Bestes tun, wenn er sich benahm - was auch immer das in dieser Situation bedeutete. Die Ausbildungsschwester hatte gesagt: „Bevor du mit der Prozedur beginnst, schiebe einen Schieber unter den Patienten. Dann halte den Beutel mit der zubereiteten Flüssigkeit in der linken Hand, halte den Schlauch mit der Düse in der rechten und führe die Düse ein. Führe sie so weit ein, bis der Ring an den Körper stößt.

Überprüfe nun, ob alles in Ordnung ist und hebe dann den linken Arm hoch, um die Flüssigkeit einlaufen zu lassen. Wenn alle Flüssigkeit eingelaufen ist, entferne den Schlauch wieder."

Ich handelte genau nach diesen Anweisungen, vergaß aber selbst auszuweichen. Ich wartete, und das Theater ging los. Mr. Johns Darminhalt von drei Tagen drängte an das Tageslicht, noch während ich den Schlauch fest an seinem Platz hielt. Den Rest überlasse ich der Fantasie des Lesers. Die Aktion war groß. Ich wollte laut nach Ms. Aden schreien, wollte mich jedoch nicht vor meinen drei Freunden hier im Zimmer 5 blamieren. Ich schaute Mr. John an. Er sah genauso verzweifelt aus, wie ich mich fühlte. Nachdem der erste Schock überwunden war, sagte ich ihm, er solle sich keine Sorge machen, gleich wäre alles aufgeräumt. Ich sagte ihm, wir hatten beide zusammen erreicht, was nötig war. Er hatte einen Ausweg für die Verstopfung gebraucht. Nächstes Mal würde ich die Situation hoffentlich besser in der Hand haben.

Die Monate gingen schnell vorüber. Eine neue Gruppe von MCC-Trainees kam vorzeitig an und wir wurden beauftragt, die Neuankömmlinge als Schatten zu begleiten, nachdem sie den offiziellen Einführungskurs absolviert hatten.

Einer von den Neuen war Derrick aus Holland. Ich sollte ihn „beschatten". Einmal sagte er mir, er hatte eine bessere Methode für einen Einlauf ausgeklügelt, sollte der Tag dafür anbrechen. Gut, dieser Tag kam für ihn früher als erwartet. Ich kam in Mr. Davis' Zimmer und sah, dass er Mr. Davis mit nacktem Po nach hinten gedreht auf einem Stuhl sitzen hatte, den Po über der Kannte. Er zog den Po noch ein bisschen weiter vor. Er sah meinen überraschten Ausdruck im Gesicht und meinte: „Sieh mir nur zu." Er verfolgte unerbittlich seine Idee, dass es eine bessere Methode geben muss.

Mit den benötigten Geräten für den Einlauf zur Hand, setzte er sich flach auf den Boden hinter Mr. Davis und bereitete die Prozedur vor. In diesem Moment betrat Ms. Aden das Zimmer und voller Schreck und Entsetzen zog sie Derrick die Sachen aus der Hand. Sie schimpfte und schimpfte. Ich schüttelte nur den Kopf und wies auf Derrick. Insgeheim war ich enttäuscht, dass Ms. Aden die Sache verhindert hatte, denn Derrick hatte den Schieber vergessen, obwohl mir natürlich

Mr. Davis leid tat. Ich konnte nicht umhin, mir auszumalen was geschehen wäre, hätte Derrick seinen Plan durchgeführt.

Ich glaube nicht, dass sein Es-muss-eine-bessere-Methode-geben irgendwo in einem Buch der Erfindungen und Rekorde aufgezeichnet worden ist.

Inzwischen taten die Schmitts ihr Möglichstes, um meinen Horizont zu erweitern, indem sie viele Ausflüge mit mir unternahmen. Wir besuchten Parks, Museen, Monumente, historische Gehöfte und auch die Fabrik, wo die originale Schraubstockzange produziert wurde.

An Sonntagen nach dem Gottesdienst gingen wir oft in ein herkömmliches Restaurant in der Nähe, das Marshall Truck Stop. Hier gab es die schmackhaftesten Brathähnchen, die ich je gegessen habe. Bei einem solchen Mittagsausflug kommentierte Hattie, dass sie Freunde in Newton, Kansas, hätten. Sie erwähnte auch, dass Newton ein mennonitisches College hatte, das Bethel College. Sie hatte in einem mennonitischen Blatt gelesen, dass einige Studenten aus Paraguay mit dem Nachnamen Boschmann dort studierten. Ich wusste sofort wer das war, obwohl ich sie nie persönlich getroffen hatte. Ob ich Interesse hätte mitzukommen, wenn sie irgendwann mal ihre Freunde in Newton besuchen würden? „Klar, warum nicht", sagte ich.

Was sich aus dieser scheinbar zufälligen Reise nach Kansas für meinen ganzen zukünftigen Weg ergeben würde, konnte ich weder wissen noch irgendwie ahnen. In Newton angekommen, nahmen die Schmitts zwei Zimmer in einem Hotel - eines für sie, eines für mich. Sie knüpften für mich den Kontakt zu den Boschmanns und fuhren dann zu ihren Freunden. Die Boschmanns, das waren zwei Brüder und eine Schwester, und sie wohnten im Studentenheim des Bethel College. Während des Wochenendbesuchs ermutigten sie mich, doch auch hier studieren zu kommen. Ich sagte, das ginge nicht, denn weder hatte ich den Schulabschluss, noch wusste ich, was ich studieren wollte, und außerdem hatte ich keine Ahnung, wie ich ein Studium bezahlen sollte.

„Nicht entschieden, was zu studieren? Kein Problem", sagten sie. Die ersten zwei Jahre wären sowieso ziemlich Allgemeinfächer, die jeder Student nehmen muss und im Laufe dieser Jahre würde ich schon auf eine gute Idee gekommen sein, meinten sie. Wie finanzieren? „Weißt du, wir arbeiten hier alle wie verrückt."

„Und was ist mit meinem wunderbaren 9. Klasse-Diplom aus Fernheim?"

„Gut, da musst du dich mit dem Registrator und dem Dekan der Zulassungen beraten. Das könnten wir am Montag gemeinsam machen." Der Registrator und der Dekan waren sehr freundlich, was mich beruhigte. Zwei Stunden später hatte ich ein komplettes Paket mit Anmeldeformularen in der Hand und ging mit gestärktem Mut für dieses Unternehmen davon.

Auf dem Rückweg nach Beatrice war ich erfüllt von gemischten Gefühlen. Konnte es sein, dass meine fehlenden Schuljahre sich gerade einfach so als erledigt ergeben hatten, weil sie nicht mehr erforderlich waren? Meine Neigung in der Vergangenheit, zu planen und doch auch den Dingen seinen Lauf zu lassen, hatte mich – mit Gottes Hilfe – soweit gebracht. Sollte ich nicht auf diesem Weg bleiben? Hattie half so gut sie konnte mit den Anmeldeformularen.

Auf einer Stelle stand die Frage, wie ich gedachte, mein Studium zu finanzieren. Ich schlug den Satz von den Boschmanns vor: „Wir arbeiten hier wie verrückt." Hattie schrieb: „Wird später festgelegt." Ich sollte zwei Referenzen aus der Kolonie angeben, außer dem Schuldirektor.

Schon nach einer Woche war der Studienantrag mit der Post auf dem Weg nach North Newton, Kansas. Und dann kam der Brief von Bethel, noch bevor meine Nebraska-Zeit abgelaufen war. Als ich von der Arbeit heimkam, stand Hattie an der Haustür, einen Brief in der Hand und ihr breitestes Lächeln im Gesicht. „Ich glaube, du hast es geschafft", sagte sie. „Schnell, mach ihn auf." Ja, es war ihnen eine Freude, mir mitzuteilen, dass ich als vollzeitiger Student für das Herbstsemester des laufenden Jahres angenommen wurde. Es gab nur eine Bedingung: Da ich nicht den Schulabschluss hatte, würde mir eine Probezeit auferlegt werden, bis man an meinen Noten sehen konnte, dass ich ein College-Studium verdiente.

Hattie erkannte die Sorge in meinem Gesicht. „Ach, mach dir keine Sorgen. Denke nur immer wieder an die Boschmann-Regel: Wir arbeiten hier alle wie verrückt." Art hatte sich zu uns gesellt, und nun lachten wir alle beisammen über diesen guten Spruch. Ich werde den Schmitts auf ewig dankbar sein. Während der sechs Monate, die ich bei ihnen gewohnt habe, haben sie mich wie ihren Sohn aufgenommen, und Gott hat sie gebraucht, um mich in die nächste Lebensphase zu führen.

Ich war begeistert, fast außer mir. Ich war im Februar zwanzig geworden und hatte gerade buchstäblich einen Froschsprung über meine größte Sorge gemacht: meinen Schulabschluss. Ich war in den Vereinigten Staaten Amerikas in einem respektablen College angenommen worden und konnte deutlich einen Weg vorwärts in meinem Leben sehen. Nur eine nagende Sorge blieb: Wie würde ich dies alles finanzieren? Meine anfänglichen 5 $ waren auf 187 $ angewachsen, dank der großzügigen Taschengelder bei den Kolbs. Doch war das meiste davon schon verbraucht. Ich würde eben auf die Weisheit von Hattie und den Boschmanns setzen müssen: Wird später festgelegt und wir arbeiten hier alle wie verrückt.

Ich glaube nicht, dass jemand, der nicht in meinen Schuhen gewesen ist, die Ungeheuerlichkeit dessen begreifen kann, was sich in diesen kurzen Monaten in meinem Leben ereignet hatte. Ich war Gott einfach sehr, sehr dankbar.

# Kapitel 10

## Eine Reise durch Amerika

Wie ich ein Auto kaufte, und wieder verkaufte, um die Lichter von Los Angeles zu sehen

Es ist wahr, ich hatte fast kein Geld übrig. Aber die fünf Dollar, die mein Vater mir gegeben hatte, blieben mir noch - und einige Dollar mehr, die ich hier und da zusammengekratzt hatte. Als ich noch in Beatrice war, hatte ich ein hübsches rot und weißes Auto bei einem Autohändler gesehen. Am Anfang hatte ich Marke und Modell keine Aufmerksamkeit geschenkt, es war einfach beim Anblick verlockend - so verlockend, dass ich nach der Arbeit immer wieder beim Autohändler vorbeiging, um es zu bewundern. Es hatte rote lederbezogene Sitze und der Boden war mit rotem Teppich ausgelegt. Zu Hause, in der Kolonie, hatte ich noch nie einen Teppich gesehen, auch in keinem Wohnzimmer. Und hier war das Auto mit Teppich ausgelegt! Eine Schönheit, dieser rot-weiße viertürige Ford Mercury Monterey 1955.

Eines Nachmittags, ich stand eben wieder mal bewundernd vor diesem Auto, kam der Händler heraus. „Ich habe gesehen, dass Sie sich schon einige Male dieses Auto angeschaut haben", sagte er. „Vielleicht wäre es die beste Lösung, wenn Sie es einfach kaufen würden." Das Blut stürmte durch meinen Kopf.

„Nein, ich komme aus Paraguay, habe keinen Führerschein, habe noch nie ein Auto gefahren und habe auch sehr wenig Geld", sagte ich.

„Wie viel wollen Sie dafür bezahlen?", fuhr er fort.

Beinahe verschluckte ich mich, als als ich meine Antwort hervorbrachte: "Einhundert fünfzig Dollar."

„Hmm, das ist etwas weniger, als ich dafür kriegen müsste. Sind Sie sich sicher?"

Er hat bestimmt mein rotes Gesicht und meine ungeschickten Manieren bemerkt, während ich meine Hände rieb wie ein kleines Kind. „Okay dann, es sei Ihres." Was bei mir an Blut übrig war, schoss auch noch in meinen Kopf. Der

Händler sah, dass ich irgendwie ratlos war und sagte, ich solle morgen wieder mit der genannten Geldsumme kommen, um den Handel abzuschließen.

Art und Hattie schauten mich verwirrt an, als ich ihnen erzählte, worauf ich mich gerade eingelassen hatte. Die anderen drei Trainees begannen sofort, einen Plan für eine Reise zu schmieden, die in etwas über einer Woche losgehen sollte. Zusammen beschlossen wir, Henry Reimer, den Verwalter des Krankenhauses, darüber erst in Kenntnis zu setzen, wenn das Auto auf meinen Namen registriert war, denn Hattie hatte uns gesagt, dass bisher kein Trainee so etwas gewagt hatte, und sie war sicher, dass es von Henry Einspruch geben könnte. Sie war auch ziemlich sicher, dass es gegen die Regeln für MCC-Trainees ging. Doch das Gefühl, ein Auto zu besitzen, hatte mich meines Verstandes beraubt.

Am folgenden Tag tätigte ich den Kauf. Es war 1967, das Leben war damals noch einfacher. Es bedurfte nur eines Namens und einer Adresse. Ich fragte den Händler, ob er zur Feier des Tages auch noch den Tank mit Benzin füllen würde. Er sagte zu und ich fragte, was es mit der Versicherung auf sich hätte. „Ja", sagte er, „wir könnten diese gleich hier abschließen, kostet aber 32 Dollar, und das ist im Kaufpreis nicht inbegriffen." Also bezahlte ich die Summe und hatte immer noch die fünf Dollar vom Vater. Glücklich wie ein Schnitzel fuhr ich langsam vom Hof des Autohandels und nahm die erste Straße rechts. Diese hatte beinahe keinen Verkehr und führte direkt zum Haus von Art und Hattie.

Obwohl Art und Hattie mich in dieser Sache unterstützt hatten, sahen sie doch etwas blasser als gewöhnlich aus, als ich mit diesem schmucken rot-weißen Mercury 1955 in ihre Einfahrt fuhr. Sie selber nannten eine langweilig aussehende, hellblaue, alte Studebaker Limousine ihr Eigen. Doch gleichzeitig bemerkte ich Freude, vielleicht sogar ein wenig Aufregung an ihnen, weil sie Teil einer Aktion waren, die möglicherweise verboten war.

Die anderen Trainees waren auch da und es war Kaffeezeit - etwas, das Art und Hattie sehr gerne mit uns teilten. Während Hattie die Kaffeetassen mit Kaffee füllte, konnte sie nicht anders, als sich fragen, was morgen geschehen würde, wenn Mr. Reimer davon erfahren würde. Die anderen Trainees ließen solche Gedanken aber nicht zu, denn sie wollten unsere zweiwöchige Reise planen, die in einer Woche starten sollte. Wir liebten alle Art und Hattie, deshalb versuchten Christine und Elisabeth, sie zu überzeugen, dass alles gut werde. Der Chefarzt des Krankenhauses sei ein guter Freund von Mr. Reimer, und dieser Arzt, sagten die Mädchen, mag uns Trainees wirklich sehr. Wir haben ihn eingeweiht und überlassen es ihm, mit Mr. Reimer fertigzuwerden. Und außerdem, sagten die Mädchen, hat dieser Arzt uns seine ganze Campingausrüstung - Zelte, Kochgeschirr, Laternen usw. - für die Reise angeboten. Er ist also schon ein Komplize unseres Abenteuers.

Art war nicht ein Mann vieler Worte, aber wenn er etwas sagte, machte es immer Sinn. „Wer von euch hat denn einen Führerschein?", warf er vorsichtig ein. „Und seid ihr je in einer Großstadt wie Los Angeles gefahren?" Er hatte mitbekommen, wie die Mädchen von Los Angeles und Disneyland gesprochen hatten. Plötzlich schien das Problem mit Mr. Reimer ein kleines im Vergleich. Keiner von uns hatte einen Führerschein, geschweige denn Erfahrung mit großstädtischem Verkehr.

Toni, unser kommunistischer Freund, kam mit einigen logischen Schlussfolgerungen auf. „Da Rudolf das Auto gekauft hat und es seines ist, sollte er den Führerschein machen und folglich auch der Fahrer für die ganze Reise sein."

Dagegen wandte ich ein: „Wenn diese Reise ein Gruppenunternehmen ist, dann sollten sich alle an der Verwirklichung beteiligen."

Die Mädchen schlugen vor: „Du hast das Auto gekauft und die Versicherung bezahlt, daher ist es logisch, dass du den Führerschein machst, und wir anderen werden Essen und Brennstoff bezahlen." Ich stellte eine Bedingung, nämlich, dass sie auch für Motoröl die Rechnung trugen, denn inzwischen hatte Art mir gesagt, dass das Auspuffrohr eine schmierige dunkle Schicht im Inneren hatte. Ein sicheres Signal, sagte er, dass der Motor eine Menge Öl verbrannte.

Hattie machte für den folgenden Montag einen Termin bei der Polizei von Beatrice für mich, um meine Führerscheinprüfung abzulegen. Bis dahin fuhr ich mit dem Auto über Schotterstraßen der ländlichen Umgebung, um zu üben, und abends studierte ich, so gut ich konnte, das Büchlein mit den Verkehrsregeln. Bevor ich an jenem Montag die schriftliche Prüfung begann, fragte ich den

Beamten, ob ich ein Wörterbuch benutzen durfte, falls ich Hilfe beim Verstehen einer Frage brauchte. „Nun, diese Frage haben wir noch nie gehabt", überlegte er, doch nachdem er durch das Wörterbuch geblättert hatte, stimmte er zu. Ich weiß bis heute nicht, wie ich bestand, und die praktische Fahrprüfung wurde auf Mittwoch in zwei Tagen festgelegt. Diese bestand ich erst mal nicht. Auf meine Frage, warum ich nicht bestanden hatte, sagte der Beamte, dass ich beim Fahren den linken Arm aus dem Fenster hatte hängen lassen. Das Steuer hätte Platz für zwei Hände und nach seiner Ansicht, wäre das die richtige Art zu fahren. Ansonsten sei ich gut gefahren, sagte er.

Er wollte mir einen neuen Termin für die kommende Woche geben. Vorsichtig fragte ich, ob es eine Möglichkeit gebe, den Test am folgenden Tag zu machen, am Donnerstag. Er wollte den Grund für die Eile wissen. „Nun, eine Gruppe von uns, aus Paraguay, Deutschland und Jugoslawien, wollen am Freitag eine Reise antreten und keiner von uns hat einen Führerschein. Es hängt nun alles von Ihnen und von mir ab, sehen Sie?"

„Ja, nun ", sagte er, „mein ganzes Erlebnis mit Ihnen ist so anders, als was hier gewöhnlich abläuft. Sehen Sie, Beatrice ist nur eine kleine ländliche Ortschaft und es gibt hier sozusagen keine Ausländer - also warum nicht? Sehen wir doch mal, ob ich Ihnen behilflich sein kann, nach Los Angeles zu kommen."

Dieses Mal bestand ich die Prüfung, doch nicht ohne, dass er mich in die Mangel nahm. Er bat mich, eine Ausfahrt zu nehmen, die abschüssig war, und dann das Auto anzuhalten. Dann wies er mich an, etwa zehn Meter rückwärts bergauf zu fahren. Ich habe mein Genick fast überspannt, doch meine Hände blieben beide am Steuer fest. Und damit gab er Anweisung, zurück zur Polizeistation zu fahren, wo er die Sekretärin bat, meinen Führerschein auszustellen. Als ich dann zur Tür ging, wünschte er mir Glück. Ich glaubte, in seinem Gesicht ein kleines Grinsen zu sehen. Ich glaube, er war froh, mich los zu sein und vielleicht sogar noch froher, dass er nicht mit mir morgen auf diese Reise nach Los Angeles gehen musste.

Freitag kam und wir traten unsere Reise an. Das erste Ziel war La Junta, Colorado, um eine weitere Trainee abzuholen, die auch aus Jugoslawien kam. Von dort ging es nach Garden of God, Aspen und Pikes Peak - alle in Colorado. Danach richtete ich die Nase meines nun sehr geliebten Ford Mercury nach New Mexico und Arizona aus, durch die Wüste, immer in Richtung Los Angeles. Als wir in Kalifornien ankamen und uns Los Angeles näherten, nahmen die Bahnen der Autobahn und der Verkehr zu, so dass ich langsam in Zweifel über unsere Disneyland Pläne geriet. Sechs, sieben, manchmal auch mehr Bahnen in einer Richtung, mit hohen Geschwindigkeiten, Ausfahrten, Über- und Unterführungen und eine Vielzahl von Verkehrszeichen, alle an mir vorbeirasend, als wäre alles in schrecklicher Eile.

Die Gruppe von 5 Trainees vor meinem 1955 Ford Mercury

Oh, weh! Warum war ich nicht in Paraguay geblieben? Barfuß hinter den Rindern meines Vaters gehen, in ihren warmen und dampfenden Mist steigen, zusehen, wie sich dieser wie Mandarinenscheiben zwischen den Zehen durchquetscht, wäre viel einfacher.

Nein, ich wollte nicht am Stadtrand von Los Angeles sterben. Darum bat ich die Kohorte meiner Mitreisenden, mir zu helfen, diesem Verkehrschaos zu entkommen, indem sie mich zu einer passenden Ausfahrt führten. Ich musste meine Gedanken neu ordnen und eine Strategie finden, wie wir nach Disneyland gelangen könnten, ohne das Leben zu riskieren. Ansonsten müssten wir Disneyland und Los Angeles von unseren Plänen streichen.

Christine glaubte, dass sie gut im Umgang mit Verkehrsschildern sei. Elisabeth stellte ihre Fähigkeit beim Straßenkartenlesen zur Verfügung. Also bat ich Christine, Navigationsinstrument für mich zu sein. Elisabeth platzierte ich hinten zwischen meine beiden kommunistischen Freunde, mit der Straßenkarte auf den Knien. Sie sollte Christine rechtzeitig Anweisungen geben, nach welchen Straßen und Ausfahrten sie Ausschau halten sollte. Mit diesem System kamen wir gut klar. Wir verbrachten einen Tag in Disneyland und am folgenden Tag nahmen wir eine Tour der Goldwyn-Mayer Filmstudios. Weitere Höhepunkte auf der Reise bildeten die Parks: der Redwoods Park und der Yosemite Valley Park. Auf dem Weg Richtung Norden hielten wir in Sacramento bei einer uns bekannten mennonitischen Familie an.

Danach ging es weiter nach Norden über die landschaftlich herrliche Küstenstraße nach Oregon. Abzweigungen nach dem Grand Canyon und einem indigenen Reservat, wo man farbenfrohe Tänze und Aufführungen für Besucher machte, kamen auch zum Zuge. Von Oregon fuhren wir hinunter nach Salt Lake City - Utah, mit seinem wunderschönen Mormonen Tempel. Per Zufall war es uns möglich einer Vorstellung vom berühmten Mormonen Tabernakel Chor beizuwohnen. Von Salt Lake City aus ging es nach Osten weiter, über Nevada nach La Junta, Colorado, wo unsere Jugoslawin uns verließ. Und dann blieb uns schon nur noch die letzte Strecke nach Beatrice, Nebraska.

Siebzehn Tage und zwölftausend Kilometer nach unserer Abfahrt schob sich die rote Nase meines Mercury über die Ortsgrenze von Beatrice, Nebraska, und fand auch wieder das Haus von Art und Hattie. Kaffee war schon aufgetischt, auch ein warmer Apfel-Pie mit Eiskreme dazu.

Ich fürchtete mich vor dem Treffen mit Henry am folgenden Tag. Doch er war freundlich bei der Begrüßung, hieß uns willkommen zurück und fragte, ob wir eine gute Reise gehabt hatten. Ich wollte mich entschuldigen, aber er schnitt mir das Wort ab und sagte, dass wir alles so schnell arrangiert hätten, dass er davon im Grunde erst erfuhr, als wir schon weg waren. Und das war gut so, denn hätte er vorher davon gewusst, hätte er uns sagen müssen, dass ein Auto kaufen und sich damit auf eine Reise zu begeben, beim MCC für Trainees nicht erlaubt war, aus Gründen der Versicherung. Aber er hatte nichts gewusst und konnte daher mit reinem Gewissen ein altes chinesisches Sprichwort anwenden: Wo Unwissenheit Glückseligkeit ist, ist es Torheit, weise zu sein. Viele Jahre später besuchten Henry und Elisabeth Reimer mich im Chaco von Paraguay.

Was meinen geliebten 1955 Ford Mercury Deluxe betrifft - nun, der hat am Ende seine eigene Geschichte gemacht. Ein junges Ehepaar in Beatrice, mit dem wir öfters zusammen waren, kaufte es mit einem Abschlag für nur 130 $. Es sei von mir ziemlich gebraucht worden, sagten sie, und außerdem würde es ab jetzt jeder Trainee-Gruppe nach uns verfügbar für eine Reise sein. Die 130 $ legte ich zu meinen 5 $ und kehrte mit 135 $ nach Paraguay zurück.

Zahlreiche weitere Trainee-Gruppen, die in Beatrice stationiert waren, haben guten Nutzen von diesem Auto gehabt, bis es schließlich seinen Geist aufgab und in einem Autofriedhof seine letzte Ruhe fand. Vielleicht ragt auch heute noch seine rote Nase aus dem Unkraut und die Lichter starren wie bewegungslose Augen in die glänzende Sonne, blinkend, lächelnd und denkend: „Da war ich mal, das habe ich schon mal gemacht." Ein passender Epilog für mein erstes Auto, das sehr nahe war, ein Teil von mir zu werden. Ich bin danach nie mehr ohne Auto gewesen.

Ich landete in Asunción am frühen Nachmittag eines kalten Augusttages. Noch am selben Abend bestieg ich den alten Nachtbus in die grüne Hölle. Es war derselbe rasselnde, quietschende und verrostete Bus, den ich vor fast zwei Jahren genommen hatte, als mein Vater mich darum gebeten hatte, meinen Schulbesuch in Asunción zu unterbrechen, um zu Hause die Verantwortung auf der Farm zu übernehmen, weil mein älterer Bruder einen schweren Unfall gehabt hatte. Ich war damals traurig und verwirrt gewesen, wenn nicht sprachlos, und mit einer anschuldigenden Haltung der grünen Hölle, meiner Familie und vor allem Gott gegenüber. Ich hatte keinen Weg nach vorne sehen können. Nun hatte Gott in einer kurzen Zeitspanne meine Situation zum Guten hin verwandelt. Ich war voller Hoffnung und Zuversicht.

# Kapitel 11

## Bist du sicher?

### Nach Hause und auch wieder weg

Es war gerade 7 Uhr morgens, als der Bus mit quietschenden Bremsen vor dem alten Hotel in der Kolonie hielt, eine Staubwolke hinter sich mitziehend. Es war das einzige Hotel der Siedlung, deshalb hielten die meisten Reisenden hier an. Es gehörte dem Vater von meinem Freund, der mir vor sieben Jahren gesagt hatte, dass es mit mir wohl nicht viel werden würde, weil ich mit vierzehn noch keine klare Idee hatte, was ich in meinem Leben machen wollte. Die Dinge hatten sich verändert und ich fühlte mich jetzt nicht mehr abhängig von der Zustimmung des Hoteliers, obwohl ich ihn gern hatte. Ich stieg schnell aus dem Bus, sammelte mein verstaubtes Gepäck aus dem Gepäckraum ein und überquerte die Straße zum Koloniebüro, wo mein Vater als Siedlungsleiter arbeitete. Der heftige Nordwind nahm schon Anlauf für den Tag und bald würden Staubwolken herumschwirren, als wüssten sie nicht wohin. Das würde im Laufe des Tages immer heftiger werden.

Ich trat in die Rezeption, doch da war niemand. Ich wusste, dass mein Vater da sein musste, denn er begann seine Arbeit immer pünktlich um 7:00, deshalb schob ich die Tür zu seinem Amtszimmer auf, ohne vorher anzuklopfen. Er saß hinter seinem Schreibtisch und war dabei, etwas an seiner alten, deutschen Schreibmaschine aus dem Zweiten Weltkrieg mit dem Zeigefinger zu tippen; Computer gab es in jenen Tagen noch nicht. Anfänglich schaute er nicht auf, dachte vielleicht, es war jemand vom Personal, der seine Arbeit tat. „Good morning, Dad", sagte ich auf Englisch. Er schaute auf und erstarrte einige Sekunden. Er wusste, wann ich in Asunción ankommen würde, hatte aber gedacht, dass ich noch einige Tage dort bleiben und ihm dann über Funk eine Nachricht geben würde, wann ich gedachte, in Filadelfia zu sein. So war es aber nicht.

Er erhob sich geschwind und murmelte auf Plattdeutsch: „Du bist doch erst gestern nachmittags in Asunción eingetroffen."

„Ja, Papa", neckte ich. „Ich bin doch schon gewohnt, kurzfristig Reisen anzutreten, wenn notwendig. Vor weniger als zwei Jahren, gabst du mir um 6 Uhr abends die Nachricht, dass ich zu Hause gebraucht wurde, weil mein Bruder einen Unfall gehabt hatte, und um 7 Uhr morgens war ich da, um die Tagesaufgaben zu erledigen. Ich wollte dich überraschen." Er wollte etwas sagen, doch ich unterbrach ihn. „Schau Papa, das Geschehnis damals, als du von mir verlangtest, dass ich mein Lernen aufgab, und deine anschließenden Bemühungen, mir die Gelegenheit zu geben, für ein Jahr nach USA zu gehen, haben meinem Leben eine bedeutende Wendung gegeben. Ich bin jetzt auf guter Bahn und ich will mich bei dir dafür bedanken." Wir umarmten uns herzlich und er bat mich, mich hinzusetzen.

„So gut, dich zu sehen", sagte er, und dann überzog ein Ausdruck von Besorgnis sein Gesicht. „Ich höre, dass du wieder zurück nach USA gehst."

Ich stotterte: „Na, nein, oder vielleicht, ich weiß noch nicht genau, aber wie wusstest du das?" Ich hatte niemand in meine Pläne eingeweiht, außer Art und Hattie natürlich. Ich hatte geplant, das Ganze mit meiner Familie durchzusprechen, sobald ich die Einzelheiten besser klären könnte.

Es gab da noch so viele Unklarheiten, nicht zuletzt die Finanzierung betreffend. In meinem Inneren fühlte ich, dass Gott für mich einen Weg geöffnet hatte, und war auch überzeugt, dass es der richtige für mich sei. Aber nun, gleich bei meiner Ankunft, nach einer nächtlichen Busfahrt mit wenig Komfort, so plötzlich damit konfrontiert zu werden, nahm mir den Wind aus den Segeln der Überzeugung, die ich noch bei Art und Hattie in Beatrice, Nebraska, gespürt hatte.

„Weißt du", sagte Vater, „du hast da wohl einen Anmeldebogen bei einem College in den USA eingereicht, mit Namen aus der Kolonie zur Referenzangabe. Einer davon war unser Ältester in der Gemeinde und ein anderer der Schuldirektor der Zentralschule. Beide verstanden kein Englisch und schauten sich deshalb um, wer ihnen damit helfen könnte. Inzwischen weiß jeder davon, so dass du es vielleicht auch mir erklären könntest."

Ich entschuldigte mich. „Ja klar, Papa, ich will gerne darüber mit dir sprechen, aber ich habe keine Ahnung, ob es machbar ist, denn ein College-

Studium ist teuer in den USA, besonders für Studenten aus dem Ausland. Aber sie haben mich angenommen." Er muss den leichten Unterton von Stolz in meiner Stimme bemerkt haben.

„Bist du sicher?", fragte er mit einem Grinsen und wir fingen beide an zu lachen.

Inzwischen kamen verärgerte Bauern an, mit Klagen über die hohen Kosten der Produktionskredite, die den Bauern von der Verwaltung angeboten worden waren. Ich wusste, dass es Zeit zum Gehen für mich war. Ich hielt mich bis mittags bei der Kooperative auf und fuhr dann mit Vater nach Hause, nach Dorf 11.

Als wir um die Mittagszeit in den angeschlagenen Pick-up einstiegen, war mir klar, dass meine US-Trainee-Zeit vorbei war. Der Wind heulte unaufhörlich und wirbelte Wolken aus Staub und Sand auf. Ich konnte den Sand zwischen den Zähnen hören, wenn ich mit Vater sprach. Wenn ich bis dahin noch nicht ganz sicher gewesen war, ob ich zurück in die Staaten gehen sollte, waren diese fünfzehn Minuten genug, um mir Klarheit zu geben.

Nicht, dass ich die Kolonie hinter mir lassen wollte, aber ein Drang kam über mich. Es war einfach der Drang nach einer breiteren Zukunftsperspektive für mein Leben. Als Vater den Pick-up auf den Hof lenkte, sahen die Dinge für mich düsterer als je aus. Als er den Wagen anhielt, sagte er, bevor er ausstieg: „Mit den Finanzen für dein Studium in den Staaten kann ich dir nicht viel helfen. Ich gab dir fünf Dollar, als du vor einem Jahr abgereist bist, und unsere Lage hat sich nicht verbessert, aber ich werde herumfragen." Ich war begeistert. Jetzt wusste ich, dass er im Herzen meine Entscheidung akzeptiert hatte, und es war jetzt an Gott und mir, es möglich zu machen. Ich war überzeugt, dass es klappen würde.

Später erzählte ich meinem Vater, dass ich die 5 $, die er mir gegeben hatte, noch immer besaß, und dass diese sich auf wundersame Weise auf 137 $ vermehrt hätten. Er lächelte nur und dachte vielleicht, dass ich ihn womöglich auf den Arm nahm.

Die kommenden Wochen gaben mir reichlich Zeit und Gelegenheit, noch mehr Chacosand zu kauen und zu schlucken, und darüber nachzudenken, wie ich am besten meine Pläne zur Verwirklichung bringen könnte. Es war nun Ende August und am 28. Oktober sollte ich im Bethel College sein, um das zweite Trimester anzutreten. An einem Tag gegen Ende September kam mein Vater heim und sagte, er habe ein paar hundert Dollar als Anleihe für mich auftreiben können. Das besiegelte den Deal für mich. Nach einigen Tagen verabschiedete ich mich von meiner Familie und meinen Freunden und begab mich mit demselben alten, mir inzwischen gut bekannten Rassel-Bus zur Hauptstadt. Die nächsten paar Tage gingen für die Beschaffung des Studentenvisums bei der US-Botschaft drauf. Die schienen dort ihre Zweifel zu haben.

Die finanzielle Lage hing noch immer wie eine dunkle Wolke über meinem Kopf, und damit über meinen Studienplänen in den USA. An einem Tag ging ich zur Reiseagentur, bei der alle Siedler ihre Auslandsreisen buchten, um nachzufragen, wie viel ein Ein-Weg-Ticket in die USA koste. Der Eigentümer, Hans Neufeld, bediente mich persönlich. Er erfragte den Preis eines One-Way-Tickets. „Das ist sehr ungewöhnlich", sagte er.

„Ja", sagte ich, „aber ich werde einige Jahre dort studieren. Was wird es kosten?"

„Mein Sohn, hast du das Geld für ein Ticket, geschweige denn für das Studium?"

„Nein, aber Gott und ich arbeiten daran, und ich muss am 28. Oktober dort sein."

„Gut, da du Gott mit einbezogen hast, werde ich dir ein Ticket auf Kredit verkaufen, wenn du versprichst, es in einem Jahr abzuzahlen. Ich kann auch bei der amerikanischen Botschaft anrufen und sie bitten, die Prozedur für dein Visum zu beschleunigen." Er kannte sich dort gut aus. Am Ende der Woche hatte ich beides: das Ticket und mein Visum.

Daher hatte ich noch genügend Zeit, um noch einige Tage im Chaco zu verbringen. Ich hatte mich etwas eilig verabschiedet und glaubte, dass meine Mutter vielleicht noch etwas Zeit benötigte, um zu verdauen, dass ihr jüngster Sohn das Nest verließ und von nun an selbstständig fliegen würde. Es war auch für mich gut.

Kapitel 12

## In unbekannte Gewässer

Ernten im amerikanischen Mittleren Westen

Während ich im Flieger saß, fröhliches Lachen einer Familie hinter mir im Ohr, kam mir meine Realität mit voller Wucht zu Bewusstsein. Die Düsentriebwerke dieses Pan American Fliegers, der über Panama-Stadt die USA anpeilte, brummten in stetigem, eintönigem Surren vor sich hin, ungeachtet dessen, was in der Welt um sie herum geschah. Sie hörten nicht das Lachen der hinter mir sitzenden Familie. Es kümmerte sie auch nicht, welche Gedanken ich oder sonst irgendjemand in diesem Flieger hatte. Ihr Auftrag war ein einfacher: das Flugzeug in Vorwärtsbewegung zu halten, bis die Piloten etwas anderes bestimmten.

Der Flug nahm seinen Lauf und die Familie hinter mir schlief ein. Die Triebwerke brummten weiter und meine Gedanken schwirrten und flatterten herum wie ein verlorenes Stück Papier im Wind. Ja, ich war in einem amerikanischen College angenommen, und ja, ich hatte ein gültiges Studentenvisum, aber der Rest war geborgtes Gut. Die paar hundert Dollar in meiner Tasche, die mein Vater von einem deutschen Arzt geliehen hatte, waren an das Versprechen geknüpft, dass sie bald zurückgezahlt werden würden. Das Flugticket schuldete ich Herrn Neufeld und es war zu erwarten, dass das Bethel College von mir bei der Einschreibung die Zahlung für das erste Trimester verlangen würde. Woher nehmen und nicht stehlen?

Als wir glatt in New York landeten, waren auch meine Gedanken etwas gefasster. Wenn Gott einem Piloten helfen konnte, einen Riesenflieger glatt und sicher zu landen, warum sollte er nicht auch einen Weg für mich bereiten können? Vielleicht musste ich einfach vorwärts gehen und meine Anweisung von Gott, dem Piloten, nehmen. Ich wusste, dass dies auch bedeuten würde, die Boschmann-Weisheit zu beherzigen: Wir alle arbeiten hier wie verrückt.

Einen Tag nachdem ich beim Bethel College in North Newton, Kansas, ankam, wurde die Studentenregistrierung eröffnet. Ich ging die Tischreihe entlang, wo man sich für die verschiedenen Kurse einschrieb. Sie hatten mich erwartet, und da ich auf Probezeit eingestuft war, hatten sie eine Liste mit Kursen vorbereitet, die sie für mich empfehlen würden. Alles Englisch- und Bibel-Kurse der 101 Klassifizierung. Am zweitletzten Tisch saß ein Studentenberater. „Ich rate, die Kurse zu nehmen, die dir empfohlen wurden", sagte er. „Nimm die Englischkurse, um dein Englisch zu verbessern und die Bibelkurse, damit du gute Noten zum Ausgleich bekommst. Wir wollen die Probezeit so kurz wie möglich halten." Mein Schicksal war besiegelt, nun hatte ich nur noch einen Tisch aufzusuchen: den Kassentisch.

Nachdem sie die entsprechenden Papiere für mein Studium beisammen hatte, rechnete die Dame die einzelnen Gebühren zusammen und fragte dann mit freundlichem Lächeln, wie ich zu bezahlen gedachte, ob mit Bargeld, Karte oder Scheck? „Wie wird es gehandhabt?", fragte ich. „Muss ich die volle Summe sofort bezahlen?"

„Ja, das wäre die allgemeine Praxis." Ich war versucht, sie darauf hinzuweisen, dass ich bei der Anmeldung zur Frage der Finanzierung geantwortet hatte: Wird später festgelegt. Doch als ich ihren erwartungsvollen Blick sah, fragte ich, ob ich eine Anzahlung von 200 Dollar machen und den Rest während des Trimesters abzahlen könnte - vielleicht nach Weihnachten. „Nun, für jetzt lassen wir es mal gut sein so", und fuhr fort, dass sie darauf vertraue, dass ich die Rechnung so bald wie möglich begleiche. Es war 1968 und ein ehrliches Gesicht hatte noch eine Bedeutung. Oder war der Pilot am Werk?

Ich blieb im Bethel College zwei Jahre; ich ordnete diese Jahre für mich als Schulabschluss ein. Ich wurde nach dem ersten Trimester aus der Probezeit entlassen. Für das zweite Trimester wurde ich mit dem „Guter Nachbar"-Preis ausgezeichnet und erhielt dafür ein Stipendium. Während meiner ganzen Zeit im Bethel College arbeitete ich bei den Mittagsmahlzeiten im Studentenspeisesaal, entweder an der Theke, beim Essen servieren oder beim Abwasch. An Wochenenden arbeitete ich in einem lokalen Lebensmittelladen beim Regale nachfüllen. Während eines Semesters habe ich sogar als Sportlehrer in der Newton Primary Schulabteilung gearbeitet. Auf diese Weise konnte ich für meine Unterkunft und Studiengebühren im College aufkommen, doch die Schulden in

Paraguay, bei Herrn Neufeld und dem deutschen Arzt, standen noch aus. Das musste noch ein bisschen warten.

Ich war mit einem Mitstudenten namens Harry Koehn befreundet. Er kam aus einer Holdeman Gemeinschaft. Die Holdeman haben ihre Wurzeln im Täufertum. Wir kamen gut miteinander aus. Eines Abends kam er in mein Zimmer in Begleitung eines entschiedenen, aber freundlich wirkenden Mannes, den er mir als Elmer Adrian vorstellte. Elmer war Eigentümer eines Ernte-Lohnunternehmens. Er war schnell zu Wort: „Ich brauche junge Leute für den Sommer, die bei harter Arbeit und langen Stunden nicht arbeitsscheu sind. Der Lohn ist gut und die Arbeit besteht aus Mähdrescher und LKWs fahren. Harry arbeitet für mich und wenn du so hart arbeitest wie Harry, bist du angeheuert. Ach ja, noch eine Sache: Alle meine Fahrer bekommen freie Unterkunft und Verpflegung. Wir beginnen gegen Ende Mai in Texas und gehen dann mit der Saison mit nach Norden bis Cut Bank, Montana, nahe der kanadischen Grenze, wenn dort die Ernte reif ist. Machst du mit?" Harry signalisierte mir mit einem Nicken.

„Ja, klar mach ich mit", sagte ich mit etwas Angst im Herzen.

„Gut", entgegnete er. Als er das Zimmer verließ, hörte ich ihn sagen: „Ich zähle jetzt auf ihn, Harry."

Und so hatte ich in wenigen Minuten einen Sommerjob mit guten Aussichten ergattert, ohne eigenes Bemühen. Ich hatte das Gefühl, der Pilot tat gute Arbeit und die Aussichten, dass Herr Neufeld und der deutsche Arzt ihr Geld zurückbekommen würden, hatten sich gerade immens gesteigert.

Es erwies sich, dass Elmer einen rauen, etwas harten und unpolierten Charakter hatte und zum Fluchen neigte. Er vertraute mir einmal an, dass er die meisten seiner Flüche von seiner Mutter gelernt habe. Seine Eltern waren buchstäblich ärmer als Kirchenmäuse gewesen. Die schwere Wirtschaftskrise von 1930, die Dürrekrise und die allgemeine Armut hatten sie in die Verzweiflung getrieben. Seine Mutter hatte getan, was sie konnte. Sie besaßen ein kleines Landstück (Elmer nannte es einen Sandfleck) und seine Mutter hatte Wassermelonen gepflanzt. Diese lud sie auf einen Pferdewagen und brachte sie, mit ihren Jungen in ihren zerrissenen Kleidern auf den Melonen sitzend, in die Stadt, um sie in den Straßen zu verkaufen. Menschen hatten auf sie herabgeschaut und einige hatten sie öffentlich verspottet. Seiner Mutter Herz hatte angefangen zu bluten, bevor es sich verhärtete. Sie hatte nur versucht, ihre Kinder zu ernähren, und in den Straßen Wassermelonen zu verkaufen, schien ihr eine ehrliche Arbeit zu sein. Das Leben hatte sie etwas hart gemacht, denn sie brauchte die äußere harte Schale, um sich selbst zu schützen. „Innen drin", sagte Elmer, „war sie eine warme, fürsorgliche Person für ihre Familie. Und sie war eine gute Christin."

Aber die sehr reale Armut und Verzweiflung, die er in seiner Kindheit so tief verspürt hatte, hatten in ihm einen heftigen Drang nach Erfolg erzeugt; er wollte der Welt zeigen, dass er es schaffen würde. Der Sandfleck würde ihn nicht auf immer behalten.

Schon in sehr jungem Alter konnte er genug Geld zusammenkratzen, um einen kleinen, alten, aber selbstfahrenden Mähdrescher und ein LKW zu kaufen, auf den er den Mähdrescher lud und Richtung Süden zu den großen Weizenfeldern von West-Texas fuhr. Dort kannte ihn keiner und seine Ausrüstung und sein Aussehen machten scheinbar keinen Eindruck auf die Texaner, die ihr Geld durch Ölgewinnung und großflächige Landwirtschaft machten. Er musste sich irgendwie einen Namen machen. „Ich bin ein Mennonit aus Kansas", sagte er, wenn er mit einem Großbauer sprechen konnte, „und ich will Ihnen helfen, den Weizen zu schneiden." Auch in diesen rauen Teilen von Texas hatte man von Mennoniten gehört und wusste, dass dies gute Bauern waren.

Elmers Marketingstrategie funktionierte besser als sein alter Mähdrescher, der häufig Reparaturen benötigte. Obwohl die Bauern gerne gehabt hätten, dass der Weizen schneller abgeerntet wurde, erkannten sie auch die Unerbittlichkeit, mit der Elmer sich bemühte. Wenn der Mähdrescher zusammenbrach, blieb er auf dem Feld, bis er ihn wieder repariert hatte, auch wenn das bedeutete, bis in die Nacht hinein mit einem an die Batterie angeschlossenen Licht zu arbeiten.

Einmal hatte er die ganze Nacht durchgearbeitet und um sieben morgens war die Maschine startbereit. Der Bauer fuhr zu ihm aufs Feld und brachte ihm

Frühstück und Kaffee. Elmer wischte sich die Schmiere von den Händen und verschlang das Frühstück in Eile. Als er sich danach dem Mähdrescher zuwandte, sagte der Bauer: „Geh und hol dir ein paar Stunden Schlaf, Elmer. Der Weizen kann warten."

„Ich schätze Ihre Besorgnis, Mister", antwortete Elmer, „aber ich bin nicht nach Texas gekommen, um zu schlafen. Ich kann den ganzen langen Winter in Kansas schlafen, wenn alles unter einer Schneedecke liegt. Ich kam nach Texas, um Weizen zu schneiden, und wie es steht, ist dieser Mähdrescher noch nicht abbezahlt. Darum, wenn Sie mich entschuldigen, werde ich mich auf den Weg machen."

Elmers Truppe schneidet Weizen auf den riesigen Feldern in West Texas.

Die meisten Bauern standen früh auf und nahmen ihr Frühstück in einem Restaurant ein, um zu schwätzen, sich über die Felder und sonstiges mit anderen Bauern auszutauschen. Wie es auch bei Fischern und Jägern zu sein pflegt, wurden die Geschichten öfters wiederholt und bei jeder Wiederholung wuchs die Geschichte um eine Dimension. Der Bauer, bei dem Elmer den Weizen schnitt und der das Frühstück zu Elmer aufs Feld gebracht hatte, war da keine Ausnahme. Ja, sein Mähdrescher war alt, aber gut eingestellt. Kaum ein Korn ging über die Siebe und verlor sich auf dem Boden, alles ging in den Korntank und so weiter und so fort. Als der Nachmittag zur Neige ging, kamen andere Bauern auf das Feld gefahren, um sich zu erkundigen, ob morgen bei ihnen geschnitten werden konnte.

Im Nu war Elmer verbucht. Mit einem Lächeln erzählte Elmer mir später, dass die Texaner ein großes Herz für Freunde und Geld haben. „Ich war jetzt ihr Freund", sagte er über diese Zeit, „und musste etwas von ihrem Geld bekommen."

In diesem ersten Sommer hatten Elmer und seine Frau Lovella sich erfolgreich im Geschäft des Ernte-Lohnunternehmens etabliert. Als ich im Sommer 1968 anfing, für sie zu arbeiten, war er durchgehend von Electra, Texas, bis Cut Bank, Montana, dicht an der kanadischen Grenze beschäftigt. Überall in diesem Streifen von mehreren Staaten hatte er langfristige Kunden. Er mit seinem Geschäftspartner Ike Pauls gehörten ohne Zweifel zu den besser bekannten und ausgerüsteten Unternehmen zwischen Texas und Montana.

Manchmal, wenn er melancholisch gesinnt war, sprach er über seine Mutter und wie er ihr in früheren Zeiten gerne mehr geholfen hätte. Er hatte getan, was er konnte, aber der alte Mähdrescher fiel so oft aus. Jetzt, wo er erfolgreich war, mit sechs nagelneuen Maschinen auf dem Feld, verfolgten ihn die schweren Anfangsjahre ein wenig. Hätte er mehr für seine Mutter tun können?

Elmer und Lovella Adrian, 1994

# Kapitel 13

## Texas

### Ich finde meine Berufung

Ich habe jeden Sommer, den ich in den USA verweilte, für Elmer gearbeitet. Diese Arbeit, mehr als alles andere, bot mir einen Weg, meine Ausbildung zu bezahlen. Am Ende einer Erntesaison zahlte Elmer mir aus und fügte immer hinzu: „Wenn du während des Studienjahres in Geldnöte kommst, vergiss nicht, mich anzurufen." Elmer war ein wenig wie seine Mutter, so schien es. Ereignisse und Umstände hatten ihn rau gemacht und er trug äußerlich eine harte Schale, um sich zu schützen. Er hatte aber aufgepasst, dass der gutherzige innere Kern nicht angetastet wurde.

Die zwei Jahre beim Bethel College dienten in erster Linie dazu, dass ich mir einige Studienleistungen auf Universitätsniveau zulegte, um so die fehlende Schulbildung zu überbrücken; aber zweitens, und das war vielleicht wichtiger, war dies die Zeit, in der ich herausfand, wo meine Berufung lag und was ich weiter studieren wollte. Ganz sicher gaben mir all die Bibelfächer eine gute Grundlage für den Entscheidungsprozess. Nachdem ich das pastorale System in den Gemeinden, die ich besser kennen lernte, genau beobachtet hatte, war mir klar geworden, dass der Bereich der Gemeindearbeit nicht für mich war.

Ich verspürte dafür keinen Ruf, in gleicher Weise, wie ich in Paraguay nicht den Ruf verspürt hatte, Missionar zu werden. Ich fühlte mich zur Mission hingezogen, aber mehr auf eine praktische Art und Weise. In einer Form, die den Menschen helfen würde, ihre eigenen Fähigkeiten zu entwickeln, um für ihre Familien und Gemeinschaften zu sorgen, während sie gleichzeitig mit dem Wort bekannt wurden.

Nach einer Zeit des Nachforschens in den verschiedenen Studienbereichen und Schulen, war ich erleichtert, als ich zu dem Entschluss kam, dass Landwirtschaft mein Bereich war und dass ich Tierwissenschaft studieren wollte. Das bedeutete, dass ich Bethel College verlassen und nach Texas ziehen müsste, denn das Klima in Texas ist dem paraguayischen viel ähnlicher als das in Kansas.

Ich wurde an der Texas A&M Universität angenommen, um dort Tierwissenschaft zu studieren. Doch bevor ich nach Texas umzog, kehrte ich für ein paar Monate nach Paraguay zurück, um den Kontakt zur Familie aufrechtzuhalten und auch, um mich zu vergewissern, dass die Entscheidung, die ich mit Gottes Hilfe getroffen hatte, die richtige war.

Ich bin dann zuversichtlich aus dem Chaco nach Texas A&M zurückgekehrt, um mein erstes Semester dort anzutreten. Ich wusste, dass es nicht leicht sein würde, aber ich war froh, meine Bahn gefunden zu haben. Wäre mir das volle Ausmaß der Auswirkungen bewusst gewesen, die mein Entschluss, nach Texas zu kommen, haben würde, hätte ich wahrscheinlich Zweifel bekommen, wenn nicht sogar weiche Knie.

Hier war ich wirklich auf  mich selbst gestellt. Keine mennonitische Barmherzigkeit umgab mich. Texas A&M hatte ein riesiges Reserveoffizier-Ausbildungskorpsprogramm. Jeder Kurs, den ich nahm, war voller Studenten in Militäruniform. Es war jedoch leicht, mit ihnen Freund zu werden. Mit einem von ihnen zusammen über den Campus zu gehen, war ein Erlebnis für sich. Andere Offiziere, die einem über den Weg kamen, mussten den militärischen Gruß gegenüber Zivilisten abgeben, die sich in Begleitung eines Offiziers befanden. Es war für mich ein wenig unbequem, als Zivilist so einen Gruß anzunehmen. Schließlich war ich doch ein überzeugter Anhänger der Friedenslehre und schloss es aufgrund des Gebots "Du sollst nicht töten" aus, an Kriegsaktivitäten teilzunehmen.

Eines Tages, ich ging gerade mit einem Freund, der ein Offizier war und eine Uniform trug, begegneten wir einem Offizier, der mich in militärischer Form begrüßte. Ich sagte ihm, das wäre nicht nötig, denn ich sei nur ein ganz einfacher Zivilist aus Paraguay und sei hier, nur um Tierwissenschaft zu studieren. Mein Begleiter hier, sagte ich weiter, wäre ein guter Freund von mir und für mich sei kein militärischer Gruß erforderlich. Ich schlug vor, dass er vielleicht meinen Freund, der in Uniform war, auf diese Weise grüßen wollte. Sie beide starrten mich an, als hätte ich gerade den allergrößten Fehler begangen.

Während wir unseren Gang fortsetzten, wandte sich mein Freund zu mir und sagte: „Rudy, mach das nie wieder. Der Offizier, der dich eben begrüßte, hätte einen Verstoß begangen, wenn er diesen Gruß nicht gegeben hätte."

„Aber", begann ich.

„Kein aber ", erwiderte er. „Du brauchst nicht zurück salutieren, akzeptiere einfach seinen Respekt für dich als Zivilisten."

Die Auswirkungen des verheerenden militärischen Engagements der USA in Südostasien wogen schwer auf der Zivilbevölkerung und noch viel mehr auf dem Militär. Man musste vorsichtig und feinfühlend mit diesem Thema umgehen. Mehr als fünfundfünfzig Tausend US-Soldaten waren aus Vietnam in Leichensäcken zurückgekehrt. Die Schlachtfelder waren brutal gewesen. Hinter jedem toten Soldaten stand eine Familie, eine Ehefrau, ein Ehemann, ein Kind in Trauer. Viele stellten die Frage, ob dies eine edle Sache gewesen war. Dies war nicht der geeignete Moment, ein Zeichen setzen zu wollen. Der Krieg war verloren, doch die Nation wollte heilen. Ich dankte meinem Freund, dass er mir half, dies zu verstehen.

Als ich mich für das erste Semester in der Texas A&M einschrieb, war die Prozedur ganz so, wie ich es im Bethel College erlebt hatte, mit dem Unterschied, dass man hier am letzten Tisch wirkliches Geld sehen wollte. Ich hatte gewusst, dass Texas A&M eine staatliche Universität war und dass ausländische Studenten die Gebühren zu zahlen hatten, die jenen zufielen, die von außerhalb des Staates waren. Doch ich hatte gehofft, dass ich diese Situation auf ähnliche Weise wie im Bethel College würde meistern können: Ich würde eine Anzahlung hinlegen und erklären, dass ich wie verrückt arbeiten würde, bis ich den Rest bezahlen könnte.

Nach einigem Hin und Her stimmte die strenge Texanerin hinter dem Tisch zu, doch nicht ohne einen internationalen Studentenberater hinzuzuziehen. Dieser wollte sicher gehen, dass ich verstanden habe, dass ich während des Studienjahres nur zwölf Stunden die Woche auf dem Campus arbeiten durfte und außerhalb des Campus so viel ich wollte aber nur während der Sommermonate. Damit war meine erste Anmeldung an der Texas A&M beendet. Und wie im Bethel, obwohl auf höherem Niveau, schuldete ich der Institution eine beträchtliche Summe Geld.

Die meisten meiner Kurse von Bethel konnten nicht für diesen Studienbereich anerkannt werden. Die Texas A&M verstand nicht, was das Studium der Bibel mit Tierwissenschaft in einer staatlichen Universität zu tun haben könnte. Ich beschwerte mich nicht. Es bedeutete nur, dass mein sehr angestrebtes Universitätsstudium jetzt gerade erst begonnen hatte. Ich hatte ja auch immer die zwei Jahre in Bethel als Ausgleich für meine fehlende Sekundarbildung betrachtet.

Ich hatte von Anfang an gewusst, dass zwölf Arbeitsstunden auf dem Campus mit US$ 1,2 als Stundenlohn nicht ausreichen würden, um meinen finanziellen Verpflichtungen an der Uni nachzukommen. Deshalb fing ich an, außerhalb des Campus Arbeit zu suchen. Ich hatte dann auch einige Gelegenheitsjobs mit Hamburger braten und ein bisschen Bauarbeit, bis ich einen Posten als Manager in einem 7-Eleven-Laden in der Nähe des Campus angeboten bekam. Das würde jedoch bedeuten, dass ich vollzeitig in einer der Schichten arbeiten müsste, entweder in der Nachmittagschicht von 15.00-23:00 oder die Nachtschicht von 23:00-7:00 Uhr. Ich wusste sehr wohl, dass dies ein Verstoß gegen die Regeln für Auslandsstudenten war. Ich war hier mit einem Studentenvisum.

Nach langen und schweren Überlegungen, wie meine Lage zu retten sei, entschloss ich mich, das Angebot anzunehmen. Die Bezahlung war gut und das Arbeitsklima auch. Ich war mir des Risikos, das ich hiermit einging, bewusst. Wenn die Immigrationsbehörde mich erwischte, würde ich nicht nur von der Uni fliegen, sondern auch aus den USA.

Aber finanziell gesehen, konnte ich mich nicht länger halten. Ich würde so oder so aufgeben müssen. Deshalb entschied ich, dass es das Risiko wert war. Ein mildernder Faktor war, dass die Immigrationsbehörde zu der Zeit sehr lax bei der Durchsetzung der Regeln war. Ich hatte eine Sozialversicherungsnummer, und das war alles, was ein Arbeitgeber sehen wollte. Sicherlich gab es eine moralisch-ethische Seite an der Sache. Verstieß ich nicht gegen die Konditionen, die für meinen Aufenthalt in den USA gesetzt worden waren?

Das Gesetz würde mit Ja antworten. Meine Situation diktierte mir etwas anderes. Recht oder unrecht - ich beschloss, dass der Esel am Sabbat in den Brunnen gefallen war und um diesen zu retten, mussten Regeln gebrochen werden. So beurteilte ich meine Lage. Das ist nun wirklich eine situationsbezogene Theologie - doch nach dieser habe ich dann gehandelt.

Mit der Zeit hat meine Entscheidung, beides - zu studieren und voll zu arbeiten -, sein Soll bei mir abverlangt. Ich reduzierte meine Studienlast auf das Minimum, das für das Studentenvisum nötig war. Doch auch dann sahen die Dinge noch nicht gut für mich aus. Ich war Manager eines Gemischtwarenladens geworden, und das hieß, dass ich einspringen musste, wenn keiner verfügbar war. Es wurde mir zunehmend schwerer, mich im Unterricht zu konzentrieren, wenn ich eigentlich nur noch schlafen wollte. Meine Kursarbeit spiegelte das wider.

Ich nahm an einer Bibelstudiumgruppe von internationalen Studenten in einer nahegelegenen Baptistengemeinde teil. Ich hörte auf, dahin zu gehen, weil ich die Zeit für Arbeit und Studium brauchte. An Sonntagen ging ich in einen interkonfessionellen Studentengottesdienst in einer katholischen Kirche. Auch da hörte ich auf hinzugehen, weil ich dringend Schlaf benötigte. Ich war kurz in Kontakt mit Campus Crusade for Christ, wo ein junger Mennonit namens Wiens mich engagieren wollte. Zu meiner Enttäuschung war sein Hauptziel, mir zu beweisen, dass die täuferische Friedenslehre keine biblische Grundlage hatte.

„Liebe", sagte er, „Liebe ist, was wirklich zählt." Das hat mich fasziniert.

„Und wie würdest du diese biblische Liebe in einer Kriegssituation persönlich anwenden?", wollte ich wissen.

„Nun, wenn ich das M16 Gewehr in der Hand hätte und der Feind vor mir stünde, würde ich das Gewehr anheben und auf den Feind zielen, während ich beten würde, dass Gott die Kontrolle über die Situation behält. Dann würde ich meine Augen schließen und abdrücken. Sollte die Kugel treffen, wäre es Gottes Wille. Wenn sie nicht traf, wäre auch das Gottes Wille. Schau mal, die Liebe drängt mich zu einer totalen Abhängigkeit von Gott in allen Dingen."

Nun, in der Lage, in der ich steckte, wollte ich auch auf verzweifelte Weise in allem von Gott abhängig sein, hatte aber meine Schwierigkeit damit. Die Antwort des jungen Wiens konnte mich nicht befriedigen.

Langsam, aber sicher nahm mein Glaube einen Sturzflug, bis ich fühlte, dass ich am Ertrinken war und die Wellen und das Hochwasser über meinem Kopf zusammenschlugen. Die vollzeitige Arbeit, die nicht wirklich legal für meinen Aufenthalt war, und das Studium – ich hatte das Studentenvisum ablaufen lassen, aus Angst, dass sie mich bei der Erneuerung erwischen würden.

Eines Nachts, im Bett liegend, kam das volle Gewicht meiner aussichtslosen Lage auf mich herabgestürzt. Ich tat das Einzige, das mir im Moment geblieben war. Ich wandte mich an Gott in Verzweiflung und Furcht. Ich breitete meine ganze Lage vor Gott aus. Ich erzählte ihm von meinen Ängsten. Ich sagte ihm, dass ich nicht als Verlierer nach Hause zurückkehren würde, dass ich dieses durchziehen würde, bis an das Ende, wie auch immer dieses Ende aussehen mochte. Ich gestand ihm, dass ich nicht perfekt war und dass ich seine Erlösung brauchte. Ich sagte ihm, ich würde niemals von ihm lassen, und bat ihn, dass auch er mich nicht loslassen solle. Ganz in Schweiß gebadet, überkam mich gegen drei Uhr morgens endlich der Schlaf. Als ich aufwachte, war es Morgen. Ich sah noch keine Lösung für meine Probleme, aber seltsamerweise fühlte ich mich zuversichtlich und erneuert. Die Dinge würden wieder besser werden, das spürte ich. Ich dankte Gott und ging in die Vorlesung.

Nicht lange danach sah ich in der Zeitung eine Suchanzeige, in der für die Rezeption eines Hotels in einem Nachbarort nach einer Person für die Nachtschicht gesucht wurde. Das bedeutete für mich eine Anfahrtszeit von 40 Minuten in jede Richtung. Ich rief an und wurde zu einem Vorstellungsgespräch eingeladen. Bei dem Treffen wurde ich informiert, dass die Schicht von 18:00 Uhr abends bis 6:00 Uhr morgens gehe, dass ich dabei aber die Freiheit hätte, für mein Studium zu arbeiten, solange ich nicht mit der Registrierung von Gästen beschäftigt war. Sie sagten, die Nachtschicht wäre ruhig und etwa um 22:00 Uhr abends würden die Türen geschlossen und Kunden würden sich danach per Klingel anmelden. Ich dürfte sogar schlafen, solange ich beim Klingelton an der Tür erscheinen würde. Es gab einen Schlafraum mit Badezimmer und einer kleinen

Küche direkt hinter dem Büro, durch eine Tür mit dem Büro verbunden. Das Gehalt war gering, aber Zimmer und Verpflegung waren kostenfrei.

Ich meldete mich sofort an. Mit dem Gehalt, wenn auch etwas mager, konnte ich meine Studiengebühren abdecken.

Nicht weit von meiner neuen Arbeitsstelle war die Sam Houston State University, die auch ein breites Programm im Bereich Landwirtschart und Tierwissenschaft bot. Obwohl riesig, war diese Uni mit ihren 10.000 Studenten immer noch kleiner als die Texas A&M mit über 18.000 Studenten. Alle meine Kurse bei der Texas A&M konnten ohne weiteres an die SHSU transferiert werden, um meinen Studiengang dort fortzusetzen. Das tat ich für das nächste Semester und nach zwei Jahren habe ich an der SHSU meinen akademischen Abschluss gemacht, den Bachelor of Science in Tierwissenschaft.

Es war ein langer Weg: Vom Chaco nach Asunción, zurück zum Chaco, nach Pennsylvania und Nebraska, zurück zum Chaco, um dann schließlich nach Kansas und von dort nach Texas zu gehen. Und dazwischen lagen viele Stunden mit Weizen schneiden, Hamburger oder Donuts braten, Abwasch, Tischbedienung, Presslufthammerbedienung, Ladenverwaltung und Nachtportier im Hotel sein. Aber es hatte sich alles zusammen gelohnt, und mit einem Abschluss in der Hand war ich nun bereit, nach Paraguay zurückzukehren, voller Hoffnung, dass ich der Siedlung und in der Mission nützlich sein könnte.

Ich war überwältigt, wie weit die Investition meines Vaters in mich, mit fünf Dollar, einem schwarzen Anzug mit Krawatte und ein Paar weiße Socken, mich gebracht hatte. Ich war meinen Eltern dankbar, aber vor allem Gott, der mich buchstäblich durchgeführt hatte.

# Kapitel 14

### Können Rinder fliegen?

Die Missgeschicke auf der Rückreise nach Paraguay mit einer Rinderherde an Bord

Einkommensdiversifikation im Zentralen Chaco hatte seit den Mitfünfzigern exponentiell zugenommen. Damals hatte die Kolonieverwaltung eine konzertierte Anstrengung gemacht, um den Bauern mehr Optionen zu bieten. Seit der Einführung von mechanisierter Buschrodung und neuen Grasvarianten hatte die Viehzucht sich etabliert und gewann immer mehr Boden.

Robert Unruh und seine Frau spielten dabei eine bedeutende Rolle. Er wollte am liebsten Bob genannt werden. Bob Unruh war ein Agronom, ursprünglich aus Montana. Seine Frau, Myrtle, kam aus Kansas. Sie war Ernährungsberaterin. Sie waren vom MCC entsandt, um bei der allgemeinen Entwicklung in den Kolonien auf technischem Niveau beratend mitzuhelfen. Keiner kann aufzählen, wie viele Kurse sie gegeben haben. Myrtle gab Kurse in Ernährung, Hauswirtschaft, Haushaltsführung, Maschinenschreiben und manches mehr. Sie erstellte ein Kochbuch, das der lokalen Situation angepasst war, d.h. mit derzeit allgemein verfügbaren Zutaten. Der Titel dieses Kochbuches spiegelte ihre Liebe für den Chaco und seine Menschen wider: *Mit Manna gespeist.* Sie wollte vermitteln, dass alles, was wir haben, von Gott geschenkt ist, und wenn man es auf vielseitige Weise verarbeitet, kann dieses Geschenk auch sehr schmackhaft und gleichzeitig nahrhaft sein.

Bob leitete die Versuchsstation etwa dreizehn Kilometer nördlich von Filadelfia. Es lag nahe der alten Grenze zwischen den Territorien der Lengua und der gefürchteten Moros. Es war nicht ganz ungefährlich, hier zu arbeiten. Die nördlich abgelegenen Stationen wie die der Stahls und die Versuchsstation boten leichte Ziele für die Angriffe der Moros.

Aufgrund der häufigen von Moros durchgeführten Angriffe, die ohne jegliche Warnung geschahen, hatte die Verwaltung einen sechs Meter breiten

Streifen von Ost nach West durch den Chacobusch geöffnet, mehrere Kilometer lang an der nördlichen Grenze der Kolonie. Dieser Korridor verlief einige Kilometer entfernt von der Versuchsstation, wo Bob und andere arbeiteten. Auf diesem Korridor konnten unbewaffnete Siedler und ihre indigenen Helfer zufuß patrouillieren und nach Fußspuren Ausschau halten. Wenn die Moros in die Siedlung kommen wollten, mussten sie diesen Korridor überqueren, und wenn sie das taten, würden Spuren sie verraten. Ihre Füße hinterließen eine sehr andersartige Spur als die der anderen Indigenen oder der mennonitischen Siedler - ob mit ihren selbstgemachten Buschsandalen oder auch barfuß. Wenn man Spuren fand, würde die ganze Siedlung gewarnt werden, dass die Moros vielleicht in der Nähe waren, und zu jeder möglichen Vorsicht mahnen.

Es war durch die dauerhafte Arbeit von Bob, dass eine beginnende Milchindustrie sich zu etablieren begann. Er war auch immer bemüht, alle verfügbare Information und Literatur über Fleischproduktion zu recherchieren. Nebenbei unterrichtete Bob einen Kurs in der Zentralschule. Ich höre ihn heute noch, wie er uns in seinem eigenartigen Deutsch mit amerikanischem Akzent erklärte, dass man das richtige Tier für einen bestimmten Zweck aussuchen müsste: „Eine Kuh mit dickem Schwanz taugt nicht für die Milchproduktion und eine Kuh mit dünnem Schwanz taugt nicht für Fleischproduktion." Offensichtlich war die Wissenschaft tiefgründiger als das und Bob wusste es genau. Aber er fand immer Wege, um seinen Unterricht interessant zu machen. Ich hatte immer ein starkes Interesse an Viehproduktion gehabt und der Unterricht mit Bob verstärkte dieses Interesse.

Als Bob und Myrtle für einen verlängerten Urlaub nach Nordamerika zurückkehrten, nutzte Bob diese Zeit, um an der Texas A&M Universität seinen Master-Abschluss zu machen, mit dem Ziel, sein Wissen zu erweitern, damit er den Chaco Siedlern besser helfen konnte. In Texas entdeckte er ein Gras, das aus Afrika eingeführt worden war und in Texas bei den Viehzüchtern breite Akzeptanz gefunden hatte. Er schickte sofort etwas Saat davon zum Experimentieren in den Chaco. Es war das Büffelgras, welches das bevorzugte Gras der Bauern wurde, nachdem sie den dornigen Busch gerodet hatten. Somit entstanden im Bereich der Kolonien in der Landschaft herrliche Weidelandflächen. Und damit bekam die Tierhaltung zur Fleischproduktion ihren Aufschwung und ist bis heute unglaublich angewachsen. Es war Bob gewesen, der mich zuerst auf die Texas A&M hingewiesen hatte.

Und nun zurück zur anfänglichen Frage: Können Rinder fliegen? Eigentlich nicht, es sei denn, man lädt sie in ein Flugzeug und lässt den Piloten mit ihnen abfliegen. Und genau das hat Bob Unruh viermal organisiert, bevor er in den Ruhestand ging. Ich hatte das Privileg und das Erlebnis, bei den zwei letzten Sendungen mit im Team zu sein.

Nach meiner Rückkehr in den Chaco nach dem Studienabschluss arbeitete ich zuerst sechs Monate lang als Volontär beim Ausführen von Versuchsplots von Baumwolle für Sortenvergleiche. Zu diesem Zeitpunkt hatten die drei Mennonitenkolonien im Chaco zusammen einen gut organisierten landwirtschaftlichen Beratungsdienst unter lokaler Führung etabliert, der sich SAP nannte. Agronome und Veterinäre waren hier die Techniker. Tierhaltung und Ackeranbau boomten. Wie die Welt sich in den Kolonien verändert hatte!

Mit meinem Abschluss in Tierwissenschaft, dachte ich, würde ich gerade in die Bereiche der Tier-Ernährung, Zuchtprogramme und Herdenverbesserung, Weidemanagement, Genetik, Allgemeines der Fleisch-, Schweine- und Milchproduktion, Geflügelproduktion usw. hineinpassen. Ich glaubte, einen wertvollen Beitrag geben zu können. Darauf hatte ich mich vorbereitet. Es war nicht immer leicht gewesen.

Aber die Leitung des Beratungsdienstes sah es anders. Man musste entweder ein Agronom oder ein Veterinär sein. Was immer auch die Gründe waren, mir wurde keine bezahlte Arbeitsstelle angeboten, doch dürfte ich als Volontär bleiben.

Bob war nicht zufrieden. Ich war es auch nicht, doch ich musste vorwärts. Ich war noch ledig und meine einzigen Besitztümer waren meine Kleider, ein Paar robuste Arbeitsstiefel und ein 175 cc Yamaha Motorrad. Ich wollte weiter; ich musste weiter. Ich brauchte verzweifelt einen bezahlten Job. Aber nicht nur das. Nach der Ablehnung fühlte ich, dass ich mich vor der Kolonie beweisen musste. Es wäre unehrlich, wenn ich sagen würde, dass ich keine Verletzung davontrug. Die

Wunden würden mit der Zeit heilen, aber auch geheilte Wunden hinterlassen gewöhnlich Narben. Und Narben können auch noch manchmal empfindlich sein.

Eine Woche nachdem es klar geworden war, dass der SAP mir keine Anstellung bieten wollte, wurde mir ein anderes Angebot gemacht: eine vollzeitige Anstellung bei Interbeef del Paraguay, wo ich den ganzen Rassenzuchtbetrieb als Berater und Techniker übersehen sollte. Mein Bruder war bei Interbeef der Manager, doch der Eigentümer war ein deutscher Investor. Im Gesamtbetrieb gab er meinem Bruder viel Spielraum, kontrollierte aber streng die Richtung, in die er gehen wollte. Er wollte, dass Interbeef als der wichtigste reinrassige Viehzuchtbetrieb der Nation bekannt wurde.

Das war die Stellenbeschreibung, die er mir gab, und er fragte mich, was ich dachte, dass wir tun müssten, um dies zu erreichen. „Nun", sagte ich, „mein Bruder Peter hat Ihnen schon einen enormen Vorsprung mit den lokal zur Verfügung stehenden Ressourcen gegeben. Wenn Sie es auf die nächste Stufe bringen wollen, wird es ernsthaftes Geld kosten. Geld darf kein Hindernis sein, wenn das Ziel erreicht werden soll."

Und damit waren die Räder einiger ernsthafter genetischer Verbesserungen im reinrassigen Rinderbetrieb von Interbeef in Gang gesetzt worden. Peter war mein täglicher Chef. Er gab mir die volle Start- und Landepiste, die ich brauchte. Er war nie für unnötige Ausgaben gewesen, aber einen begründeten Vorschlag lehnte er nie ab, unabhängig von den Kosten.

Bei Interbeef arbeiteten wir mit vier verschiedenen Rassen: Gelbvieh, Fleckvieh, Santa Gertrudis und Brahma. Gelbvieh und Fleckvieh waren deutsche Milch- und Rindfleischrassen mit doppeltem Verwendungszweck. Santa Gertrudis war eine Rasse, die in den USA durch einen komplizierten Kreuzungsprozess zwischen Englischem Shorthorn, einer Bos Taurus Rasse, und Zebu, einer Bos Indicus Rasse, entwickelt worden war.

Santa Gertrudis und Brahma waren Rinderrassen, die gut an das Chacoklima adaptiert waren, aber Fleckvieh und Gelbvieh, die beide zu doppeltem Zweck (Milch und Fleisch) verwendbar waren, hatten mit dem heißen Klima etwas Mühe. Außerdem hat das Fleckvieh helle Hufen, im Gegensatz zu den anderen drei

Rassen, die dunkle Hufen haben. Fleckvieh war dadurch anfälliger für die Huffäule-Krankheit, die einige wirtschaftliche Verluste verursachte.

Es war klar, dass die gut angepassten Santa Gertrudis- und Brahma-Rassen das Hauptziel für schnelle genetische Verbesserungen wären; aber da Herr Weber, der Eigentümer von Interbeef, Deutscher war und Fleckvieh und Gelbvieh auch quasi deutsch waren, konnte man diese nicht vernachlässigen.

Das genetische Aufrüsten einer Herde war damals ein langwieriger Prozess. Man musste eine kreolische Kuh nehmen und sie mit einem reinrassigen Bullen decken, damit sie ein halbrassiges Kalb produziert. Reinrassige Bullen waren rar und teuer zu erwerben. Embryotransfer wäre die Lösung gewesen, aber diese Methode stand noch nicht zur Verfügung, obwohl in den USA und in Europa umfangreiche Forschung betrieben wurde und Live-Testläufe sehr erfolgreich waren.

Ein Werkzeug stand uns wohl zur Verfügung, nämlich die künstliche Befruchtung oder KB, wie sie allgemein genannt wurde. Ich hatte die Gelegenheit, die besten Zucht- und Sperma-Sammelzentren in den USA zu besuchen. Ich kam auch zum berühmten Universitätsforschungszentrum für Zucht und Spermasammlung in Hohenheim in Deutschland. „Geld", hatte Herr Weber gesagt, „Geld sollte kein Hindernis sein, wenn das Ziel, der beste Rassenviehzüchter in Paraguay zu werden, damit erreicht werden konnte."

Im vernünftigen Rahmen bestellten wir so viel Sperma von höchstem genetischem Standard, wie wir glaubten, in den nächsten zwei Deckungszeiten zu benötigen. Jede Ampulle Sperma würde zwischen 100 bis 150 Dollar kosten und es bräuchte durchschnittlich 1,5 Ampullen, um eine strubbelige Chaco-Kuh trächtig zu bekommen. Dazu kam die Tatsache, dass ihre Nachkommen bestenfalls Viertel-, Halb- oder vielleicht Dreiviertelrasse des Bullen, dessen Sperma verwendet wurde, aufweisen würden.

Das war ein langer und langwieriger Prozess, um in kurzem Zeitrahmen nach oben zu streben. Die Mutterherde enthielt einfach zu viel kreolisches Blut. Was benötigt wurde, wenn auch nur in geringer Menge, war eine Mutterherde, die bereits reinrassige Blutlinien hatte. Das würde den langsamen genetischen Aufzuchtprozess um mindestens zwanzig Jahre beschleunigen.

Bob Unruh hatte in den späten Fünfzigern und Anfang Sechziger erfolgreich zwei Fuhren von verbessertem Zuchtbestand aus Kansas und Oklahoma per Flugzeug nach Paraguay eingefahren. Man sprach beim SAP jetzt davon, dass es wieder Zeit war, nochmal eine Einfuhr zu tätigen, nur dieses Mal mit mehr Gewicht auf genetischer Qualität. Die beiden vorigen Einfuhren waren gute Tiere gewesen, ohne Zweifel, aber die Bauern in den USA hatten ihre Tiere gespendet, und niemand spendet Tiere aus dem besten Zuchtbestand. Bob Unruh wurde gewählt, um nochmal für die Kolonien nach USA zu fliegen, und Interbeef wurde eingeladen, sich an dem Vorhaben zu beteiligen. Ich wurde als Vertreter von Interbeef geschickt.

Dieses Mal sollten die Tiere gekauft werden und das Kriterium für die Auswahl sollte Qualität sein. Für Interbeef wurde im Flieger Platz für 12 Tiere zugeteilt. Bob fuhr nach Kansas, ich nach Texas. Mit einem Limit von nur zwölf Tieren musste ich mich schon vergewissern, dass diese hervorragend waren und sich wirklich lohnten. Das Flugzeug war klein und konnte nur knapp 85 Tiere fassen, wenn wir einjährige oder jüngere Tiere kauften. Wenn die Tiere jedoch voll ausgewachsen waren, würden viel weniger mitfliegen können. Deshalb hatte man beschlossen, nur Tiere, die unter zwölf Monaten alt waren, einzukaufen. Eine schwierige Aufgabe, Zuchttiere von bester Qualität auszuwählen, wenn sie noch nicht voll ausgewachsen und entwickelt sind. Eine visuelle Beurteilung war schwierig; wir mussten uns auf Daten stützen: Geburt, Entwöhnung, Jährlingsgewichte und die genetischen Daten der Mutter, des Vaters und möglicher Geschwister, wenn verfügbar.

Schließlich kaufte ich zehn Santa-Gertrudis-Färsen und zwei Bull-Kälber, nebst einigen Brahma-Bull-Kälbern. Bob kaufte das restliche Vieh in Kansas und Oklahoma. Wir ließen alle eingekauften Tiere zu einer Farm in der Nähe von Buhler, Kansas, transportieren, da die Ausfuhrladung über den Wichita-Flughafen in Kansas abgehen sollte, wie es mit den vorigen Sendungen gemacht worden war. Es nahm aber einige Zeit und Mühe in Anspruch, bevor wir sie ausführen konnten.

Ich wohnte bei Elmer und Lovella und fuhr täglich zweimal die elf bis zwölf Kilometer hin, um die wertvolle Fracht zu tränken und zu füttern.

Bob musste abfliegen; er vertraute mir die Herde und das Ausfuhrverfahren an. Der Flug sollte in Wichita starten. Das Flugzeug war von der Kolonie bestellt worden. Eine Luftfrachtfirma mit Sitz in Chile wurde engagiert. Sie hatte drei Maschinen und hatte schon vorher einige Rindertransporte gemacht. Bob gab mir eine Telefonnummer, über welche ich den Flughafen in Wichita erreichen konnte, um rechtzeitig für die Exportpapiere zu sorgen und den Abflugtermin und -uhrzeit zu arrangieren. Wenn ich diese Information hatte, sollte ich die Kolonieverwaltung in Paraguay anrufen, damit diese sich um den Rest kümmern konnte. Einfach genug.

Als ich beim Exportbüro am Wichita-Flughafen anrief, informierten sie mich, dass die Exportanlage für lebende Tiere gerade geschlossen worden war. „Nun", sagte ich, „wir haben fünfundachtzig Kopf Rindvieh bei Buhler, so fünfzig Kilometer entfernt, die für den Export nach Paraguay eingekauft wurden, und solche Fuhren haben wir schon vorher vom Wichita-Flughafen aus losgeschickt."

Sie verwiesen mich an die staatliche Landwirtschaftsbehörde in Kansas. Vielleicht könnten die mir dort behilflich sein. Sie würden auch dort anrufen und mich voranmelden. Zu diesem Zeitpunkt stellten sich bei mir Sorgen ein. Die Tiere waren gekauft. Sie waren alle unter tierärztlicher Aufsicht auf dem Hof Krehbiel sicher in Quarantäne, um sicherzustellen, dass keines der Tiere krank sei. Die Quarantäne sollte zwei Wochen dauern, bevor wir sie ausfahren konnten. Und jetzt das.

Jakob Fehr (rechts) und ich, 1977

In der Zwischenzeit war Jacob Fehr, Bürokoordinator für SAP, nach Kansas geflogen, um bei der Versorgung und der Ausfuhr der Tiere zu helfen. Zusammen sollten wir den Flug nach Paraguay begleiten. Er blieb nun bei dem unter Quarantäne gestellten Vieh.

In Kansas City wurde mir mitgeteilt, dass der ganze Bundesstaat Kansas keine Exportanlage für lebende Tiere mehr besaß. Jede Anlage war wegen mangelnden Umsatzes geschlossen und abgebaut worden. Auch wenn sie wollten, konnten sie mir nicht helfen.

Sie verwiesen mich nach Texas. Das Landwirtschaftsministerium von Texas teilte mir mit, sie glaubten, mir helfen zu können. Es gab eine riesige Export- und Quarantäneeinrichtung für lebende Rinder am Houston International Flughafen. Wenn das Vieh in Texas gekauft worden war, würde uns die Einrichtung mit dem Vieh unter direkter Aufsicht ihres Personals und eines ausgewiesenen Tierarztes kostenlos zur Verfügung stehen. Aber ich müsste hinkommen und persönlich die Details, d.h. Datum, Exportpapiere, Fütterung der Tiere usw. in korrekter Weise arrangieren. Also wieder zurück an den Anfang...

Ich rief Elmer an, um zu melden, dass ich nicht zurückkommen würde, da ich nun direkt nach Houston zu einem Treffen am Morgen fahren würde. Ich bedankte mich für ihre Gastfreundschaft und Hilfe und verabschiedete mich. Ja, und was ist mit Jacob und dem Vieh, das auf der Krehbiel Farm unter Quarantäne ist? „Nun, die können wahrscheinlich nicht ewig in Quarantäne bleiben, wenn wir sie nicht von Kansas ausfliegen können", sagte ich. Elmer lachte und wünschte mir Glück mit dem Problem, in dem ich mich befand.

Am nächsten Morgen - etwas müde, aber dennoch sicher in Texas - führten Beamte des Houston Flughafens mich durch die Export- und Quarantäneeinrichtung. Sie stellten mich dem Personal der Einrichtung vor und gingen dann mit mir zu dem Treffen, um die Einzelheiten zu den Quarantäneverfahren und die für die Ausfuhr lebender Rinder erforderlichen Unterlagen darzulegen. Ein Frachtbrief für die gesamte Ladung, ein Gesundheitszeugnis und ein Ursprungszeugnis für jedes einzelne Tier, aus denen hervorgeht, dass es sich um reinrassige, registrierte Tiere handelt. Und ja, all diese Dokumente müssten von einem texanischen Exportmakler zertifiziert und dann auch vom paraguayischen Konsulat legalisiert werden, damit Paraguay den Tieren den Zutritt ermöglichen würde. Ich war verblüfft; meine Mama hatte mir nie davon erzählt. Ich nickte nur mit dem Kopf und sagte ab und zu Ja oder Okay dazwischen. Sie waren so professionell, dass ich es mir nicht leisten konnte, wie der Dummkopf auszusehen, der ich jetzt war.

"Noch Fragen?", wollten sie wissen. Ich dankte ihnen von tiefstem Herzen, denn jetzt hatte ich das Gefühl, dass es einen Weg für unser Vorhaben gab. Und dann stellte ich die Frage, die mir im Kopf brannte: „Und all diese Dienstleistungen und der erforderliche Papierkram werden von diesem Exportzentrum kostenlos erledigt?"

„Wenn Sie das Vieh in Texas kaufen, ist alles für Ihre Organisation kostenlos, mit Ausnahme der Exportpapiere. Für diese müssen Sie einen Exportmakler finden und die Gebühren bezahlen, was auch immer sie sind." Als sie hörten, dass alle Rinder bereits gekauft waren und die meisten davon in Kansas und Oklahoma gekauft worden waren und dass sich alle Rinder derzeit in Kansas unter Quarantäne befanden, betraten sie einen Nebenraum, um miteinander zu beraten. Sie lächelten schwach, als sie wieder auftauchten, um mir das Urteil mitzuteilen. Angesichts unserer Lage würden sie uns für die Einrichtungen und Dienstleistungen keine Gebühr berechnen, selbst wenn wir nicht alle Tiere in Texas gekauft hatten.

"Das nächste Mal werden Sie hoffentlich alles in Texas kaufen." Ich nickte nur zustimmend. „Die Quarantäne in Kansas wird nicht mehr gültig sein, da Sie sie erneut auf einen LKW laden und hierher bringen müssen. Lassen Sie es uns ein oder zwei Tage im Voraus wissen, damit wir die Einrichtungen bereithalten können. Je früher Sie sie hier haben, desto eher können Sie mit der zweiwöchigen Quarantäne beginnen. "

Ich war begeistert. Jacob Fehr war bei den Tieren in Kansas. Er sprach gut Englisch, daher wäre es für ihn kein Problem, die Quarantäne abzubauen, eine Spedition zu finden und mit den Tieren nach Texas zu kommen. Zwei Tage und eine Nacht später war Jacob mit allen Tieren bei guter Gesundheit dort. Wir hatten noch eine große Sorge.

Würden wir in den nächsten zwei Wochen alle legalen Exportpapiere beschaffen können, während sich die Tiere in Quarantäne befanden? Ein Exportmakler, den die Quarantäneeinrichtung empfohlen hatte, wollte 28.000 USD für den gesamten Auftrag. Obwohl dies gewiss ein sehr vernünftiger Preis war, hatten wir nach all den bisherigen Problemen und Stolpersteinen nicht mehr so viel Geld übrig. Ich spürte, dass wir vor dem Start noch viel Arbeit vor uns hatten.

Auf einem meiner Flüge von Asunción in die USA hatte ich neben einer älteren Dame gesessen. Sie war sehr freundlich und gesprächig. Ob ich verheiratet sei? Nein. Sprach ich Guarani? Nur ein wenig. "Oh", sagte sie, "Guarani ist die süßeste Liebessprache der Welt und du solltest sie besser lernen." Sie ließ mich auch wissen, dass sie die Konsulin für Paraguay in Chicago war; sollte ich jemals etwas brauchen, sollte ich sie nur wissen lassen, und gab mir ihre Visitenkarte. Ich hatte ihre Visitenkarte, zusammen mit vielen anderen, so wie immer auf die Reise mitgenommen.

Ich wusste sofort, dass ich diese Dame jetzt anrufen musste. Hoffentlich war sie immer noch die Konsulin. Sie hieß Adler. Frau Adler erinnerte sich an unser Gespräch auf dem Flug vor einiger Zeit. „Oh ja, Sie sind der Mennonit aus dem Chaco, der Guarani lernen musste. Und wie kann ich Ihnen helfen? Legalisierung aller Exportpapiere - kein Problem, und es wird keine Gebühr anfallen; schicken Sie sie mir einfach pünktlich per Kurier." Ja, einen Exportmakler kannte sie in Houston. Er würde angemessene Preise verlangen, weil er Latino war, sagte sie. Ich notierte seine Telefonnummer und dankte ihr sehr. „Kein Problem", sagte sie, "halten Sie mich einfach auf dem Laufenden." Ich musste noch einen Anruf tätigen, und das war beim Makler.

Im Inneren des Flugzeuges steht man bereit für das Einladen der Tiere

Als ich anrief, war er bereits von Frau Adler informiert worden. Er war freundlich und da die Zeit knapp war, sagte er, dass wir uns heute noch treffen sollten. Er schlug acht Uhr abends in seinem Büro in einem Hochhaus in der Innenstadt von Houston vor. Ich ging zu der vorgeschlagenen Stunde zu ihm. Er verstand, dass Geld ein Thema für uns war. Wenn ich jeden Abend in sein Büro kommen würde, um die Formulare auszufüllen, würde er meine Arbeit überwachen und alles nach Bedarf notariell beglaubigen und abstempeln und uns nicht mehr als 2.500 US-Dollar in Rechnung stellen. Ich dachte, dass wir ein besseres Angebot nicht finden könnten und stimmte zu. Innerhalb weniger Tage war alles erledigt und per Kurier an Frau Adler verschickt. Alles kam vom Konsulat legalisiert und rechtzeitig zurück.

In zwei Wochen würden die Kühe fliegen. Jacob und ich auch. Elmer und Lovella kamen nach Texas, um uns zu verabschieden. Am hinteren Ende des Flugzeugs befanden sich zwei Sitze, die Jacob und ich sofort einnahmen, direkt hinter den Kühen, die anscheinend in kleinen Pferchen mit jeweils etwa zehn Tieren in der ersten Klasse flogen. Die Pferche hatten eine dicke Strohschicht zum Betten, aber das Stroh diente auch dazu, Urin und Mist aufzunehmen, und glauben Sie mir, davon gab es während des langen Fluges nach Asunción reichlich.

Die Tiere werden vom LKW in die Canadair CL-44 umgeladen, eine wahre Herausforderung.

Hinten gab es keine sanitären Einrichtungen für Jacob und mich. Wenn wir irgendwelche Bedürfnisse hatten, die sonst in einer Toilette erledigt werden, mussten wir in die Pferche zum Vieh klettern und uns dort erleichtern. Ich glaube nicht, dass Jacob und ich das jemals zuvor getan hatten, aber dies war die Stunde, um buchstäblich "zu tun oder zu sterben".

Es war ein altes CL-44-Flugzeug, dessen Heck zum Laden zur Seite geschwenkt wurde. Sobald alle Rinder drin waren, mussten Jacob und ich im Heck an Bord gehen, wo sich unsere Sitze befanden. Einmal drin, wurde das Heck wieder in Richtung Flugzeug geschwenkt, um es mit dem Hauptrumpf zu verbinden. Es gab mehr als ein Dutzend elektronisch gesteuerter Riegel, um das Heck sicher am Flugzeug zu befestigen. Neben jedem Riegel gab es kleine grüne, gelbe und rote Lichter. Wenn der Riegel richtig geschlossen wurde, wurde das Licht grün. Falls ein Riegel nicht richtig geschlossen sein sollte, würde das Licht gelb blinken, und einige blieben insgesamt rot.

Bald kam ein Techniker, sich durch die Ställe schlängelnd, mit einem Hammer in der Hand nach hinten. Alle Verriegelungsbolzen wurden von oben mit dem Hammer angeschlagen. Die Lichter an den meisten Riegeln wurden grün, aber einige blieben gelb. Anscheinend war der Techniker zufrieden, denn er kam nicht mehr zurück, und ein paar Lichter blieben gelb, bis wir Asunción erreichten.

Jacob war gut gelaunt. "Nun, wir sind es gewohnt, dass der Nordsturm im Chaco durch die Fenster weht, egal wie gut wir sie schließen. Wenn wir also den Wind hören und fühlen, der durch diese halb geschlossene Flugzeugtür heult, wird es sich wie zu Hause anfühlen", sagte er. Ich freute mich über seinen Humor und versuchte, mich seiner Laune anzuschließen. Bei all dem Gestank nach Urin und Mist wäre frische Luft sehr willkommen, bot ich an. Und damit hatten die Piloten die Triebwerke hochgespult und bereiteten sich auf den Start vor. Als wir in Asunción landeten, hatten Jacob und ich über zehn Stunden lang ohne Toiletten und ohne Fenster in diesem Heck festgesessen.

Einige Jahre später organisierte SAP einen weiteren Import von Zuchttieren aus den USA. Zu diesem Zeitpunkt hatte ich Interbeef verlassen und arbeitete in Yalve Sanga für die Asociación de Servicios de Cooperación Indígena Menonita (ASCIM). Da auch Interbeef einen Einkauf machen wollte, ging Peter, mein Bruder, als dessen Vertreter mit. Bob Unruh und ich sollten die Siedlungen vertreten. ASCIM war nicht Teil dieses Vorhabens, aber die Leitung gab mir die

Erlaubnis zu gehen. Die chilenische Fluggesellschaft, die wir das letzte Mal benutzt hatten, existierte nicht mehr. Das Flugzeug, das wir benutzt hatten, war einige Monate nach unserer Reise abgestürzt und das Unternehmen konnte mit der Reparatur der beiden anderen Einheiten nicht Schritt halten, weshalb sie Insolvenz anmeldeten. Als wir das hörten, waren wir froh, dass das Flugzeug nicht während unseres Fluges abgestürzt war. Nicht, dass uns der Gedanke nicht in den Sinn gekommen wäre.

Ich war sehr froh, dass wir diesmal eine andere Fluggesellschaft einsetzen würden.

Bob und Peter flogen nach Kansas, um dort nach Möglichkeiten zu suchen, während ich einen Abstecher nach Los Angeles machte, um den Vertrag mit Flying Tiger Airlines in ihrem Hauptquartier auszuarbeiten. Das Flugzeug wäre diesmal größer - eine DC 8-Stretch-Version, die bis zu 145 einjährige Rinder aufnehmen könnte. Zweimal in der Woche flogen sie lebendes Vieh nach Südostasien und auf die südkoreanische Halbinsel. Der Preis nach Paraguay betrage 112.000 US-Dollar. "Möchten Sie eine Versicherung abschließen?", fragten sie. Ich wusste es nicht, also halfen sie mir, die Zahlen zu sehen. „Die Versicherung ist teuer und man müsste während des Fluges mehr als zehn Kopf Vieh verlieren, damit sich die Versicherung lohnt. Wir sind sehr erfahren und wir wissen, dass Sie niemals so viele Tiere im Flug verlieren werden. " Also lehnte ich die Versicherung ab.

Nach ein paar Stunden hatten sie den Vertrag erstellt und mich gebeten zu unterschreiben. "Ich habe noch eine Frage", sagte ich. „Schließen Ihre Riegel richtig?" Sie sahen mich ungläubig an. Ich sagte: "Die Riegel im Flugzeug, wenn Sie das Heck am Hauptrumpf befestigen."

"Nein, Sir", sagten sie, "wir fliegen solche Flugzeuge nicht. Sie sind klein, alt und außerdem viel zu anfällig für Abstürze."

"Danke, Sir", und damit unterschrieb ich den Vertrag.

In Kansas kaufte Peter einen anderthalb Jahre alten Hengst mit einer weißen Blesse und weißen Socken. Er erinnerte uns beide an Foss, den lebhaften Hengst, den wir im Dorf 11 nicht halten konnten.

Elmer überließ uns seinen großen brandneuen Buick so lange, wie wir ihn brauchten. Also fuhren Bob, Peter und ich nach Oklahoma und Texas. In Texas präsentierten wir uns dem State Department of Agriculture und unseren Kontakten, die wir dort aufgebaut hatten. Wir wurden wie Könige behandelt. Für die nächste Woche wurden sie unsere Gastgeber. In Staatsautos fuhren sie uns durch ganz Texas zu allen wichtigen Ranches und Züchtern. Wir haben mehr hochwertige, reinrassige Tiere gesehen, als wir uns hätten vorstellen können. Die Viehzüchter fütterten uns mit den besten Grillmahlzeiten. Sicher, sie alle hofften, uns Zuchttiere verkaufen zu können, aber wir haben auch ihr echtes Interesse an uns festgestellt und sie wollten, dass wir insgesamt eine gute Erfahrung haben, ob wir etwas von ihnen kauften oder nicht. Die große internationale Messe in Houston war für uns ein besonderes Erlebnis. Wie gehabt, ging alles aufs Haus, mit freundlicher Genehmigung des texanischen Landwirtschaftsministeriums.

Eines Tages besuchten wir die Husfeld Ranch. Ihre Weide war mit Pekannussbäumen durchsetzt. Peter probierte einige dieser Nüsse und war fasziniert. "Das brauchen wir im Chaco", dachte er, "Weiden mit Pekannussbäumen."

Hier haben wir einige gute Brahma-Färsen und Jährlingsbullen gekauft. Auf dem Rückweg zum Hotel sahen wir am Eingang einer Ranch ein Schild: „Pekannüsse zum Verkauf." Peter befahl mir, auf den Hof zu fahren. Ja, sie verkauften Pekannüsse, aber nur in loser Schüttung, also Säcke mit einem Gewicht von fünfzig Pfund. Peter hielt das für ungefähr die richtige Größe für uns und wir kauften einen 50-Pfund-Sack und setzten ihn mitten auf den Boden direkt hinter die Vordersitze. Die Fünf-Personen-Limousine war jetzt eine Vier-Personen-Limousine. Die Pekannüsse waren die besten, die wir je hatten, und nachdem wir einige für Elmer und Lovella aufgehoben hatten, aßen wir in der nächsten Zeit den ganzen Sack auf.

Dieses Mal haben wir die meisten Tiere in Texas gekauft. Alles verlief reibungslos. Wir kannten uns jetzt aus und das Landwirtschaftsministerium von Texas war sehr hilfreich. Nachdem wir alle Tiere gekauft und für den Versand an die Export- und Quarantäneeinrichtung in Houston gesorgt hatten, machten wir uns auf den Weg zurück nach Kansas, um Elmers Auto zurückzugeben. Peter und

Bob flogen aus Kansas nach Hause. Ich kehrte rechtzeitig nach Texas zurück, damit ich die Tiere bei der Quarantäneeinrichtung empfangen konnte. Es waren 145 Färsen und Jungbullen sowie fünf Pferde.

Während dieser Zeit rief ein Nachrichtenreporter der Houston Chronicle an. Er wollte einen Artikel über Agrarexporte aus Texas verfassen und fand unser Unternehmen faszinierend. "Könnten wir ein Interview machen?", fragte er. Am nächsten Morgen gab es eine große, auffällige Titelgeschichte mit meinem Bild und einer spritzigen Überschrift: „Paraguayischer Rancher kauft einen Jet und reinrassiges Vieh und fliegt alles nach Hause." Innerhalb weniger Stunden rief Flying Tigers Airline an: „Wir möchten nur, dass Sie wissen, dass die 112.000 US-Dollar, die Sie bezahlt haben, nicht einmal für den Kauf eines kompletten Satzes neuer Reifen reichen würden. Warum haben Sie nicht für Flying Tiger Werbung gemacht? Wir haben Ihnen einen ganz besonderen Preis gegeben." Die Houston Chronicle wurde nicht nur in Texas, sondern in den meisten großen Städten der USA gelesen. Sie wird noch heute herausgegeben.

Ich rief die Zeitung und den Reporter an. „Wir haben eine gute Geschichte daraus gemacht, und Sie haben in der Öffentlichkeit ein hervorragendes Bild erhalten. Worüber beschweren Sie sich? Außerdem ist das Blatt raus. Was können wir tun?" In den nächsten Tagen wurde ich von Anrufen anderer Nachrichtenagenturen sowie von Radio- und Fernsehsendern überschwemmt. Meine Betreuer vom texanischen Landwirtschaftsministerium wollten, dass ich so viele Anfragen wie möglich akzeptierte, denn es war auch Werbung für sie. Ich habe mehrere Telefoninterviews geführt, aber nie nachgesehen, was aus ihnen geworden war. Außerdem war ich an der Quarantänestation sehr beschäftigt und bereitete alle Unterlagen für den Export vor, womit ich mich jetzt auskannte.

Der Tag kam, an dem wir fliegen konnten. Flying Tiger war pünktlich da und wir fingen sofort mit dem Laden der Tiere an. Die Pferde bekämen im hinteren Teil des Flugzeuges ein Abteil für sich. Ansonsten wurden die Tiere in Zehnergruppen nach Gewicht geladen. Nach einigen Stunden war das Laden abgeschlossen. Dann kamen die Flughafeninspektoren, einige Exportbeamte und die Quarantäne-Tierärzte des Staates, um alles noch einmal zu überprüfen. Ein bisschen spät, dachte ich, die Tiere sind geladen. Aber alles war in Ordnung und wir setzten uns alle auf Heuballen, um die Dokumente zu unterschreiben, und die Piloten erhielten die Erlaubnis, die Türen zu schließen. Diesmal gab es keine Sitze im hinteren Teil des Rumpfes und ich durfte mit der Besatzung - zwei Piloten und einem Flugingenieur - im Flugdeck sitzen.

Als das Flugzeug langsam von den Quarantänestationen wegrollte, überprüfte der Flugingenieur sorgfältig die Gewichtverteilung. Ich hatte ihre Anweisungen sorgfältig befolgt und die Tiere entsprechend gruppiert. Ich war erleichtert, als der Ingenieur dem Piloten das O.K.-Zeichen gab. Der Kapitän muss mein Unbehagen bemerkt haben. Er drehte sich zu mir um, nickte und sagte mit einem Lächeln: "Gute Arbeit." Damit kurbelte er die Triebwerke hoch und machte sich auf den Weg zur Startposition. Bald hatte er die Freigabe vom Turm erhalten und auf sehr reibungslose Weise den Start ausgeführt. „Bei lebenden Tieren muss man das Flugzeug immer so reibungslos wie möglich handhaben, da sie durch unerwartete Bewegungen oder Ruckeln des Flugzeugs Angst bekommen, und das wird gefährlich, wenn sie sich bewegen. Sie tragen keine Sicherheitsgurte, weißt du ", sagte er.

Der Flug verlief sehr reibungslos. Es war später Vormittag und die Sonne schien liebevoll auf die Erde. Aus der Höhe sah einfach alles schön aus. Es erinnerte mich an eine ältere Dame zu Hause in der Siedlung, für die das Leben in der grünen Hölle nicht leicht zu ertragen war und die gespannt auf die Rückkehr unseres Herrn wartete. Irgendwann musste sie mit dem regulären DC3-Flugzeug von der Siedlung in die Hauptstadt fliegen.

Als die alte DC3-Maschine nach oben rasselte, warf sie einen Blick aus dem Fenster neben sich. Sie schaute und schaute, voller Neugier und Unglauben. Erstaunt über das, was sie dort unten sah, wandte sie sich an ihren Nachbarn und sagte mit fast erstickter Stimme: „Jetzt weiß ich, warum der Herr noch nicht auf die Erde zurückgekehrt ist. Von oben sieht alles so viel besser aus."

Ja, aus der Panoramaperspektive sieht alles so schön aus. Wer kann bei so einer Aussicht nicht an den allmächtigen Schöpfer glauben? Und ich saß direkt hinter dem Kapitän im Flugdeck und nahm alles in mich auf - nicht nur die Aussicht, sondern auch, wie die Piloten und der Flugingenieur das Flugzeug mit seiner eigenartigen Fracht handhaben.

Flying Tiger hatte einen Tankstopp auf dem Flughafen in Caracas, Venezuela, geplant. Sie hatten die richtigen Dokumente und den Flugplan eingereicht. Als wir uns Caracas näherten, identifizierte der Kapitän sich selbst und die Flugplannummer und bat um Anweisungen zur Landung. Am anderen Ende herrschte Stille, und dann teilte ihm der Kontrollturmbeamte in gebrochenem Englisch mit, dass weder die Papiere noch Flugplan bei ihnen eingereicht worden seien und die Erlaubnis zur Landung daher verweigert werde. Der Kapitän teilte dem Turm mit, dass er eine Ladung lebendes Vieh an Bord habe und auf dem Weg nach Asunción, Paraguay, sei. Er ließ sie auch wissen, dass er nicht genug Treibstoff habe, um nach Asunción zu gelangen, und dass er landen müsse. Nach einigem Hin und Her wurde die Landeerlaubnis unter der Bedingung erteilt, dass der Kapitän nach der Landung in das Flughafengebäude komme, um die Flughafengebühren für Landung und Auftanken zu bezahlen.

Da der Kapitän kein Spanisch sprach, bat er mich, mit ihm zu kommen. Als wir drinnen waren, wurden wir immer wieder von schwer bewaffneten Soldaten angehalten, um einige Leute in schwarzen Anzügen und glänzenden Schuhen vorbeizulassen. Die Beamten befahlen uns mit lauter Stimme anzuhalten, und dann hielten sie ihre Furcht einflößenden Maschinengewehre etwa fünf Zentimeter unter unserem Kinn. Sobald diese wichtigen Männer vorbeigegangen waren, konnten wir so weitermachen, als wäre nichts passiert, zumindest bis die nächste Gruppe wichtiger Personen auf uns zukam und sich das Verfahren wiederholte. Es stellte sich heraus, dass die Ölminister der OPEC-Staaten ein wichtiges Treffen in Caracas hatten, und diese waren immer ein Ziel von Terroranschlägen und Erpressungen.

Sobald wir im richtigen Büro angekommen waren, konnte alles gelöst werden. Als wir zum Flugzeug zurückkehrten, sah ich uns unsere Fracht an. Alle Türen standen offen, aber die meisten Tiere waren klatschnass von ihrem eigenen Schweiß. Einige atmeten sehr schwer mit heraushängenden Zungen. Es sah nicht gut aus.

Ich hatte eine Versicherung abgelehnt. Müssten wir jetzt einen hohen Preis für meinen Fehler zahlen?

In Caracas war es sehr heiß und feucht. Wir brauchten dringend Luftzirkulation in diesem Flugzeug. Das Bodenpersonal sagte, dass sie keine Anweisungen bezüglich dieser Dienstleistung hatten, da wir keinen Flugplan und keine ordnungsgemäße Landeerlaubnis eingereicht hatten.

Es waren Latinos, und ich wusste, dass Nervosität die Situation nicht verbessern würde. Mit freundlicher Stimme fragte ich sie, ob sie tote Tiere mochten. „Warum?", wollten sie wissen.

„Nun, sieh dir diese Tiere an. Wenn sie in wenigen Minuten keine Luft bekommen, sterben alle hundertfünfundvierzig von ihnen. Kannst du uns nicht helfen?", fragte ich. Latinos sind immer freundlich und helfen immer gerne. Eilig schalteten sie die Ventilatoren ein und verbanden die langen, flexiblen Schläuche mit dem Flugzeug. Innerhalb weniger Minuten besserte sich die Situation.

Die Tiere waren noch nass, als wir abhoben, aber sie atmeten jetzt normal. Ich bat die Piloten, die kalte Luft nicht zu früh einzuschalten, da die Tiere nass waren und eine Lungenentzündung bekommen könnten, wenn sie von sehr kalter Luft getroffen würden. Sie taten dies so gut sie konnten.

Während des langen Fluges wurden die Tiere von Zeit zu Zeit unruhig. Die Piloten spulten die Triebwerke ein wenig auf und hoben die Nase des Flugzeugs leicht an. Dies führte dazu, dass die Tiere in eine Stützposition gingen und stillstanden. Die Piloten senkten dann wieder langsam die Nase und alles wurde für eine Weile wieder ruhig. Die Manager im Büro in Los Angeles hatten mir erzählt, dass Flying Tiger viel Erfahrung mit fliegenden Tieren hatte, und das hatten sie wirklich.

Der Abend brach an und das Panorama änderte sich drastisch, obwohl ein Vollmond aufging. Jetzt würden nur die Lichtcluster größere und kleinere Bevölkerungszentren anzeigen. Wir verließen den bolivianischen Luftraum und kamen über die Region Chaco, in der sich die Siedlungen befinden, nach Paraguay. An den Lichtclustern konnte ich die Siedlungen von oben klar identifizieren. Ich sagte den Tieren nicht, sie sollten aus den Fenstern auf ihr baldiges, neues Zuhause schauen, denn in diesem Frachtflugzeug gab es keine Fenster. Die Piloten hatten kurz nach dem Verlassen von Caracas auf Autopilot umgestellt. Jetzt erhielten sie ein Signal auf ihrem Radarschirm, dass sie sich ihrem Ziel näherten. Der Kapitän identifizierte unseren Flug und bat um Anweisung zur Landung.

Wie in Caracas war die Kommunikation vom Kontrollturm in einem sehr gebrochenen Englisch. Der Kapitän wollte einen längeren Anflug. "Niedrig und langsam", scherzte er, "wegen der Tiere." Es war fast 22:00 Uhr, als wir ganz am Beginn der Landebahn aufsetzten. Er brachte das Flugzeug sehr langsam zum Stehen. Für mich war die Mission vorbei. Leute vom SAP würden nun die Aufgabe übernehmen, die Tiere zu entladen, zu füttern und zu tränken und sie dann in die grüne Hölle zu transportieren.

Kapitel 15

## Yalve Sanga

Anfänge der Missionsarbeit bei den Ureinwohnern im Chaco

In der Stammessprache der Enlhet bedeutet Yalve Sanga "Gürteltier Wasserstelle" oder "Teich".

Als die ersten Siedler ankamen, waren die Enlhet der Stamm, den sie kurz nach ihrer Ankunft trafen. Die argentinische Firma Carlos Casado, von der das Land gekauft wurde, hatte ihnen mitgeteilt, dass dieses Land unbewohnt sei. Was für ein Wunder, dass diese unbewohnte, weite Fläche plötzlich Menschen hatte. Und ja, es war ein Wunder im wahrsten Sinne des Wortes, denn beide Gruppen würden später einander brauchen, um in der neuen Situation zu überleben.

Die Lenguas, wie sie damals genannt wurden, waren die wahren Bewohner der Region des zentralen Chaco. Sie waren von Stammeskriegen feindlichen Eroberern in dieses Gebiet gezwungen worden, das damals als unbewohnbare Region angesehen wurde. Spätere Schätzungen besagten, dass sie zum Zeitpunkt der Ankunft der Siedler in dieser Region zwischen vierhundert und sechshundert Seelen zählten. Und ihre Zahl war am Schrumpfen. Vom ersten Tag an waren die Siedler ihnen in der Zahl bei weitem überlegen. Diese Situation kehrte sich später um, als die Bevölkerung der Lengua zunahm, einige Siedler abreisten und eine große Anzahl anderer indigener Stämme hauptsächlich aus wirtschaftlichen Gründen in das Gebiet zog. Diese Situation herrscht bis heute vor.

Aber die Lenguas waren die Leute, die die Region des zentralen Chaco am besten kannten. Dies war ihre Heimat. Hier kämpften sie um ihr Überleben. Sie kannten das Klima, die Jagd, den tückischen dornigen Busch, die Früchte und essbare Knollen und die Wasserlöcher. Sie hatten sogar eine Technik entwickelt, mit der Treppen in den Boden gegraben werden konnten, um trinkbares Grundwasser zu finden. Im wahrsten Sinne des Wortes ein Lexikon für das Überleben in dieser feindlichen Umgebung, aus dem die Siedler lernen konnten. Und sie lernten tatsächlich - manchmal auf die harte Tour, wie in dem Fall, als sie die Warnungen der Lenguas vor den Ayoreos, den Moros, wie sie sie nannten, nicht beachteten.

Die Siedler wussten, wie man das Land zähmt, obwohl keiner von ihnen jemals unter semitropischen bis semiariden Bedingungen gelebt, geschweige denn eine Ernte produziert hatte. Aber in ihren Genen hatten sie Hunderte von Jahren Landwirtschaft und Isolation hinter sich. Die Landwirtschaft steckte ihnen im Blut und sie würden ihr Bestes geben, selbst in dieser neuen und seltsamen Umgebung. Was konnten sie auch sonst tun? Sie mussten buchstäblich versuchen zu überleben. Und das haben sie - mit Gottes Hilfe und der Hilfe der Lenguas.

Bis heute wurde noch nie eine umfassende und ernsthafte Studie über die Auswirkungen leicht verfügbarer und erschwinglicher indigener Arbeitskräfte auf die wirtschaftliche Entwicklung der Einwanderersiedlungen im zentralen Chaco durchgeführt. Das wäre in den letzten neunzig Jahren.

In diesen Zahlen könnte man das wahre Wunder sehen - vielleicht für beide Gruppen. Einige meinen, dass es Zeit für die Siedler ist, mehr zurückzuzahlen als das, was sie bereits tun. Einige meinen, dass die Siedler mehr Mitgefühl zeigen müssen als das, was sie tun. Andere meinen: „Wir haben für alles bezahlt und haben uns selbst an den Haaren aus dem Sumpf gezogen. Warum können andere nicht dasselbe tun? " Ich sage Ja, vielleicht all das oben Genannte.

Vor allem aber ist es auch Zeit für die jetzt wohlhabenden Siedler, einen breiteren Blick auf den zentralen Chaco zu werfen und zusammen mit den verschiedenen kulturellen Gruppen langfristige Richtlinien, Strategien und eine integrative Vision zu entwickeln, die die Gesamtbevölkerung des zentralen Chaco umfasst. Eine neue Mission in den Bereichen Gesundheitswesen, Bildung sowie soziales und wirtschaftliches Wohlergehen, so wie es unsere Vorfahren vor langer Zeit, unter den damaligen Gegenbenheiten, getan haben. Die jetzt sehr vielfältige und multikulturelle Gesellschaft des zentralen Chaco verfügt über die Ressourcen und ist in der Lage, dies gemeinsam zu tun - wenn sie nur wollen. Das Wunder kann für alle Beteiligten erneut geschehen. Man wird die guten Taten sehen und den Vater im Himmel preisen.

*******

Kurz nachdem die Neusiedler in der Region des zentralen Chaco angekommen waren, veranlassten die freundschaftlichen Kontakte mit den Lenguas die Siedler, über Missionsbemühungen nachzudenken. Eine Gruppe von auf Mission ausgerichteten Menschen bildete das, was später **Licht den Indianern** genannt wurde. Sie wollten eine Missionsstation errichten. Ein Ort, der nicht nur den Bemühungen der Mission als „Hauptquartier" dienen, sondern auch ein Treffpunkt für die nomadischen Lenguas sein sollte, wenn sie es wollten. Cacique Antonio war ihre Kontaktperson. Der von ihnen ausgewählte Ort lag in der Nähe der Dörfer 5 und 11. Er war nur dreizehn Kilometer vom Siedlungszentrum Filadelfia entfernt. Es gab offenes Grasland, eine natürliche Wasserstelle und viel Busch für die Jagd. Auf ihren langen Jagd- und Sammelreisen konnten die Lenguas diesen Posten dann als Basis nutzen. Sie könnten nach Belieben vorbeikommen und sich ausruhen, und man hoffte, dass die Missionare die Enlhet-Sprache von ihnen lernen könnten.

Die Arbeit hatte gerade erst begonnen, als der Krieg zwischen Bolivien und Paraguay ausbrach, bei dem es darum ging, wem der Chaco gehöre. Und es war den Kriegsparteien klar, dass er weder den Lenguas noch irgendeiner anderen einheimischen Gruppe gehörte.

Beide Nationen beanspruchten die Souveränität über die Region, doch Paraguay hatte jetzt Einwanderer mittendrin angesiedelt. In der nordwestlichen Region des Chaco hatte es schon immer kleine bolivianische Außenposten gegeben.

Auch das paraguayische Militär hatte einige Außenposten im Chaco, die sich jedoch eher im Süden und insbesondere im Osten, entlang dem Westufer des Paraguayflusses befanden. Zwischen diesen Außenposten lag eine riesige Fläche Niemandsland. Dorthin hatten sich die Lenguas zurückgezogen und dort hatte Paraguay nun die Einwanderer angesiedelt - und somit diese riesige, „unbewohnte" Zone effektiv als paraguayisches Staatsgebiet beansprucht. Ja, das Land erhob sogar Anspruch auf Souveränität über den gesamten Chaco. Bolivien meinte, keine andere Wahl zu haben, als in den Chaco einzudringen, um seinen vermeintlichen Anspruch auf dieses Land geltend zu machen.

Hinter den Kulissen gab es noch andere, wichtigere Gründe für den Krieg. Ausländische Ölfirmen hatten in Bolivien in der Nähe des Chaco beträchtliche und verwertbare Ölmengen entdeckt. Sie bohrten und pumpten bereits am nordwestlichen Rand des Chaco. Sie glaubten auch, dass es viel mehr Öl gebe, je tiefer sie in den Chaco eindrangen. Und so war es kein Problem, die Kriegsanstrengungen der Armeen zu finanzieren. Standard Oil unterstützte die bolivianischen Interessen, während Shell Oil Paraguay unterstützte. Der deutsche General Hans Kundt leitete die bolivianischen Militärbemühungen. 1932 drangen die Bolivianer tief in den Chaco ein, bevor den Paraguayern überhaupt bewusst wurde, dass sie einen Krieg im Hause hatten. Doch als es ihnen klar wurde, war ihre Reaktion schnell. Der paraguayische Oberst, der die Truppen anführte, war Mariscal José Félix Estigarribia. Der Krieg brachte ihm die Beförderung zum General. Schließlich würde er Präsident von Paraguay werden und eine Stadt in der Nähe der Siedlungen würde später nach ihm umbenannt werden.

Bald wurden die Hauptkampflinien um die neuen Siedlungen gezogen. Die neuen Siedler und die Lenguas befanden sich eingeschlossen in der Mitte. So seltsam es auch klingen mag, die Siedler, eine pazifistische, religiöse Gruppe und völlig gegen jeden Krieg eingestellt, profitierten stark vom Handel, hauptsächlich mit dem paraguayischen Militär. Das Militär brauchte Wasser und frische Produkte wie Bohnen, Erdnüsse, Eier, Milch, Käse, Butter, Wassermelonen, Zitrusfrüchte, sogar gebackenes Brot usw. Die Siedler hatten solche Produkte, aber bisher hatten sie diese nur für ihren eigenen Gebrauch verwendet, weil es in ihrer Umgebung niemand gab, an den man sie verkaufen konnte. Das Militär brauchte sie dringend, weil ihr Versorgungsweg lang und langsam war. Das Militär hatte Bargeld und Eisenware, Werkzeuge und Corned Beef Dosen. Die Siedler brauchten das alles dringend. Und so florierte der Handel zum Nutzen beider Gruppen.

Die Lenguas verloren jedoch erneut und litten sehr. Sie hatten keinen Anteil an diesem Kampf und wurden dennoch zu Spionen und Verrätern erklärt, die von beiden Kriegsparteien erschossen wurden, sobald sie gesichtet wurden. Und so flüchteten sie in die Unsichtbarkeit, in die Wildnis des Chaco, um nur gelegentlich gesehen zu werden, wenn der Hunger sie aus dem Versteck trieb, um die Siedler um Nahrungsmittel zu bitten. Sie wurden von den Siedlern nie zurückgewiesen. Aber selbst dann kamen einige Lenguas bei diesen Besuchen in der Siedlung ums Leben. Das Militär, sowohl Boliviens als auch Paraguays, waren überall. Wenn sie einen Indigenen sahen, erschossen sie ihn einfach, ohne Fragen zu stellen. Dies galt auch für andere Gruppen von Ureinwohnern in verschiedenen Teilen des Chaco.

Die Bemühungen der Mission, einen Posten für die Interaktion mit den wandernden Nomaden einzurichten, waren abrupt zum Stillstand gekommen und alle fragten sich, was aus der Beziehung zwischen den Siedlern und den Lenguas werden würde.

1935 wurde von den beiden Krieg führenden Nationen ein Waffenstillstand vereinbart, obwohl erst 1938 ein endgültiges Friedensabkommen unterzeichnet wurde. Paraguay hatte die bolivianische Front so weit wie möglich zurückgedrängt und es wurde nun schwierig, die Versorgungswege über große Entfernungen in einem feindlichen Gelände aufrechtzuerhalten. Es gab keine Straßen außer den Feldwegen, die das Militär mit seinen Fußsoldaten, Ochsenkarren und einigen Ford-Lastwagen des Modells A ausgetreten hatte. Die Wasserversorgung wurde sehr knapp und Paraguay dachte, es hatte das meiste Land, das sie verloren hatten, wieder zurückerobert. Die Verluste an Menschenleben waren auf beiden Seiten extrem hoch. Das Fehlen von Wasser hatte auf beiden Seiten genauso vielen Soldaten das Leben gekostet wie die feindlichen Kugeln. Paraguay hatte den Tod von 40.000 Soldaten zu beklagen und Bolivien mit 60.000 Toten noch mehr.

Bolivien hatte das Gefühl, den Chaco verloren zu haben, und sein Militär war gebrochen. Zu Beginn hatten sie die besseren Waffen und Ausrüstung gehabt. Über die Hälfte der paraguayischen Soldaten hatten nur Macheten erhalten. „Wir haben keine Waffen mehr", hatten ihre Generäle gesagt. "Der Weg, eine zu bekommen, besteht darin, einen bolivianischen Soldaten mit der Machete zu töten." Was für ein schrecklicher Gedanke! Aber genau das haben sie getan. Auf Befehl sprangen die Soldaten aus ihren Gräben und rannten mit hoch erhobenen Macheten auf die bolivianischen Gräben zu. Die meisten starben auf ihrem Weg, aber diejenigen, die es bis zur bolivianischen Kampflinie schafften, zerschnitten und töteten so viele bolivianische Soldaten wie möglich und nahmen sich ihre

Waffen und Vorräte. Inzwischen war die Moral der bolivianischen Armee gebrochen und sie stimmten einem Waffenstillstand zu.

Jahre später kommentierte ein bolivianischer Ex-Kämpfer dieses blutigen Krieges meinem Cousin Klaus Kroeker, der in Bolivien lebte, gegenüber wie folgt: „Es war Krieg und ich habe für die Ehre meines Landes gekämpft. Wir waren Soldaten im Dienst unserer Nation. Wir alle wussten, dass einige von uns niemals nach Hause kommen würden. Wir wurden für die Möglichkeit ausgebildet, als Soldat, der unsere Nation verteidigt, einen ehrenvollen Tod zu sterben. Aber als wir die feindlichen Soldaten aus ihren Schützengräben springen sahen – Macheten hoch erhoben, ihre scharfen Schneiden in der heißen Sonne glitzernd – überkam uns eine unbeschreibliche Angst. Wir mussten dieses Gemetzel nur einmal sehen. Als wir das nächste Mal sahen, dass der Feind auf diese Weise auf uns zukam, stiegen wir aus unseren Schützengräben , ließen unsere Waffen und alle Vorräte zurück und rannten und rannten. Wir waren bereit, an einer feindlichen Kugel zu sterben, aber mit einer Machete zerschnitten zu werden und in der unerträglichen Hitze, unter der unbarmherzigen Sonne des Chaco sterben zu müssen, das war etwas anderes. Am Ende fürchteten wir nichts mehr als einen paraguayischen Soldaten mit erhobener scharfer Machete. So haben sie unsere militärische Moral gebrochen. "

Der endgültige Friedensvertrag wurde mit Hilfe anderer südamerikanischer Länder und der USA vereinbart. Es war 1938.

Keines der beiden Länder hat sich nach Kriegsende gut geschlagen. Bolivien hatte jahrelang mit gegensätzlichen Ideologien und schwachen Regierungen zu kämpfen, die 1952 zu einer Revolution führten. Paraguay verfiel in eine Wirtschaftskrise und Militärdiktaturen, die schließlich in der Diktatur von Alfredo Stroessner gipfelten, die von 1954 bis Februar 1989 dauerte.

Kurz nach dem Waffenstillstand im Jahr 1935 trat der Kreis der Missionsfreunde, die 1932 Licht den Indianern gegründet hatten, wieder in Aktion und nahm 1936 seine Arbeit an der Missionsstation, wie ursprünglich geplant, vollständig wieder auf. Die einst Krieg führenden Armeen befanden sich weit oben im Nordwesten, in der Nähe der heutigen Grenzregion zwischen Paraguay und Bolivien. Aber ihre Waffen waren verstummt. Langsam tauchten die Lenguas wie aus dem Nichts wieder auf. Sie kannten den Busch besser als jeder andere. Der Busch hatte sie beschützt und die meisten hatten überlebt. Gott war bei ihnen. Cacique Antonio war auch da. Er hatte sein Volk gut geführt.

Es stellte sich bald heraus, dass der Ort, den man für die Missionsstation ausgewählt hatte, zu klein war. Mehr Lenguas als man erwartet hatte, benutzten den Ort jetzt als vorübergehende Station und blieben auch mal länger.

Cacique Antonio machte sich Sorgen. Die Wasserstelle war klein. Sie würde für die längeren Dürrezeiten, wie sie im Chaco üblich sind, nicht genug Wasser für so viele Menschen haben. Er kannte den Chaco besser als jeder neue Siedler es jemals könnte. Und er sah eine Katastrophe am Horizont. Vorsichtig begann er mit den Missionaren über einen Ort zu sprechen, den er kannte, etwa einen Tagesmarsch südöstlich der heutigen Station. Es gab dort viel offenes Grasland, um Pflanzen wie Kürbis, Mais, Wassermelonen und andere anzupflanzen. Es gab Platz für ihre Ziegen, und vor allem gab es viel Wasser und Busch, um Antilopen, Ameisenbären, Tapire und anderes Groß- und Kleinwild, insbesondere Leguane, zu jagen. Fast lief ihm schon das Wasser im Mund zusammen. Diesen Ort, sagte er, nannten sie Yalve Sanga, wegen der großen Wasserstelle und der vielen Gürteltiere.

Wenn er und seine Sippe nach Yalve Sanga zogen, würden die Missionare mit ihnen kommen, wollte er wissen? Er wollte in der Nähe der Siedlung bleiben, aber er musste auch einen sicheren Ort für sein Volk schaffen. Er arrangierte eine Expedition, um den Ort mit den Missionaren zu erkunden. Die Missionare waren angenehm überrascht vom Naturreichtum und Überfluss dieses Ortes und es wurde beschlossen, Cacique Antonio nach Yalve Sanga zu folgen und dort ein Zentrum einzurichten.

Schild am Eingang nach Yalve Sanga, eine Siedlung für Indigene im Chaco, wo wir zwölf Jahre gedient haben.

Im Laufe der Zeit wuchs Yalve Sanga. Weitere Lengua-Gruppen kamen und blieben. Die Missionare wollten die meiste Zeit damit verbringen, die Sprache Enlhet mit ihren indigenen Assistenten zu lernen. Bald jedoch wurden andere Bedürfnisse sehr offensichtlich. Eine Schule wurde gebraucht. Ein Gesundheitsposten war unverzichtbar. Sogar ein Kinderheim wurde eingerichtet. Einige Enlhet-Familien wollten versuchen, außer Kleingärten mit Feldfrüchten, welche sie immer angebaut hatten, Landwirtschaft zu betreiben. Land musste vermessen und kleine Farmen gegründet werden. Landwirtschaftliche Geräte und Pferde für Zugkraft waren erforderlich. Eine edle Aufgabe, aber viel zu groß für ein paar Missionare, die ihre Zeit mit dem Erlernen der Sprache verbringen wollten. Und so wurden schon früh viele Missionshelfer hinzugezogen, um die Aufgabe zu meistern.

Yalve Sanga wuchs jenseits aller Vorstellungskraft. In den späten fünfziger bis zu den frühen sechziger Jahren begannen sich hier auch Nivaclé-Gruppen niederzulassen. Nun musste eine zweite Sprache gelernt werden. Heute ist es ohne Zweifel das größte und bekannteste Missionszentrum in ganz Paraguay.

Yalve Sanga spielt auch in unserer Familie eine große Rolle. Viele unserer Familienmitglieder haben hier länger oder kürzer gedient. Einige meiner Geschwister wurden hier geboren, aber ich glaube, ich bin der einzige, der hier seinen Ehepartner gefunden hat.

Unsere Eltern hatten ihren Ruf zur Mission in der Nacht, in der ein Junge etwa in Willys Alter in den Grashütten gestorben war, auf ganz besondere Weise vernommen. Meine Eltern, Heinrich und Sara Dürksen, geb. Kroeker, zogen kurz nach der festen Einrichtung der Station nach Yalve Sanga. Der Bruder meines Vaters, Martin mit seiner Frau Käthe, zog ebenfalls hierher. Heinrich Kroeker, der Bruder meiner Mutter mit seiner Frau Margarete, diente hier viele, viele Jahre mit großem Engagement. Mein Bruder Peter und seine Frau Else haben hier mehr als acht Jahre gedient. Meine Schwester Sylvia und ihr Ehemann Sieghard arbeiteten viele Jahre als Lehrer an der Schule. Nicole und ich haben hier über zwölf Jahre gedient. Unser Neffe Torsten Dürksen war ebenfalls längere Zeit im Beratungsbereich in Yalve Sanga tätig. Einige Cousins, zum Beispiel Werner Kroeker, Annegret Horsch und Dr. Frank Dürksen, haben dort ebenfalls gedient. Und es könnte andere in der Großfamilie geben, deren Namen mir derzeit möglicherweise nicht bekannt sind.

Warum liste ich all diese Dienstzeiten innerhalb unserer Familie in Yalve Sanga auf? Ich möchte deutlich klarstellen, dass ich mich hier mit nichts rühme. Weit davon entfernt. Was ich hier sage, ist mit großer Demut gemeint, aber ich wollte es sagen. Mein einziges Ziel ist es, zu bezeugen, dass Gott gut ist, und wenn er auf seine eigene Weise und zu seiner Zeit zu uns spricht und wir zuhören, dann gibt es einen Zweck und einen Segen, der damit einhergeht.

Papa haderte im alten Land hart gegen Gott, aber am Ende konnte er wahrnehmen, wie Gott zu ihm sprach. Heinrich und Sara wollten so sehr von Gott hören, warum ihr Sohn Willy so früh sterben musste. Sie wollten zuhören und konnten schließlich durch den Tod eines Lengua-Jungen Gottes Stimme vernehmen.

Der Segen, der mit dem geduldigen Zuhören und Warten auf Gott einhergeht – dieser Segen, den Papa, Mama, Heinrich und Sara an die nächste Generation weitergegeben haben –, ist das Ultimative, was Eltern für ihre Kinder tun können. Es liegt an uns und den nachfolgenden Generationen, diesen Segen zu ergreifen und in Besitz zu nehmen.

Während der Woche war ich manchmal für Interbeef in der Kolonie. Oft ging ich zum Mittagessen zum Haus meiner Eltern, da die Geschäfte und Büros zwischen 11:30 Uhr und 14:00 Uhr für das Mittagessen und die Siestapause schlossen. Einmal war ich spät dran und hatte meiner Mutter nicht gesagt, dass ich in der Stadt sei, und so beschloss ich, in einem kleinen Restaurant zu Mittag zu essen, dass eine Weile in der Trebol Straße Geschäfte machte. Mein Cousin Heinrich und seine Frau Annie haben es betrieben. Sie servierten köstliche, hausgemachte Mahlzeiten. Um die Mittagszeit hatten sie immer viele Kunden. Es befand sich ein paar Häuser vom ASCIM-Büro entfernt. ASCIM war eine kürzlich gegründete christliche Organisation für Bildung, wirtschaftliche Entwicklung und Gesundheitsfürsorge, um die Arbeit von Licht den Indianern zu ergänzen. Tatsächlich waren sie Schwesterorganisationen, die Hand in Hand arbeiteten.

Als ich eintrat, gab es nur noch einen kleinen Tisch mit zwei Stühlen. Ich setzte mich schnell hin und bestellte das Menü des Tages. Es gab immer eine Vorspeise (meistens Suppe), ein Hauptgericht und ein Dessert, im Preis inbegriffen. Als ich meine Suppe löffelte, kam ein ernst aussehender, gut gekleideter Mann herein.

Das Restaurant war noch voll, also bot ich ihm den leeren Stuhl an meinem Tisch an. Er nahm mit höflichem Dank an und zog den Stuhl zurück, um sich zu setzen. Er bestellte sein Essen und sah kurz zu mir hinüber, während ich meine Suppe weiter löffelte. Bald wurden seine Suppe und mein Hauptgericht zu unserem jetzt geteilten Tisch gebracht. Der Tisch war etwas klein, aber wir haben beide Platz gefunden. Nachdem sein Hauptgericht serviert wurde, wirkte er etwas entspannter. Er sah mich freundlich an und fragte, ohne sich vorzustellen, wer ich sei.

Ich wusste, wer er war. Sein Name war Jacob Reimer. Er stammte aus der benachbarten Siedlung, die gemeinhin als Kolonie Menno bezeichnet wird. Diese Leute waren 1927, drei Jahre vor der Ansiedlung der Gruppe meiner Eltern und Großeltern, hier angekommen. Sie waren freiwillig aus Kanada in den Chaco umgesiedelt, um ihre religiösen und kulturellen Traditionen und ihr

Bibelverständnis aufrechtzuerhalten. Diese Gruppe war für die Siedler, die 1930 als Flüchtlinge ankamen, äußerst hilfreich. Diese Hilfe war mir aus den Geschichten, die mein Vater mir erzählt hatte, sehr bewusst.

Jacob Reimer war, genau wie mein Vater in unserer Kolonie, viele Jahre lang der Siedlungsleiter in der Kolonie Menno gewesen. Ich hatte ihn sofort erkannt, als er hereinkam, weil er das war, was wir heute eine öffentliche Persönlichkeit nennen würden. Aber ich hatte nie mit ihm gesprochen. Er war jetzt der Geschäftsführer der ASCIM, ein paar Türen weiter.

Ich sagte ihm meinen Namen und mit überraschter Stimme bat er mich, meinen Namen zu wiederholen. Er kenne meinen Vater gut, sagte er, und schätze ihn sehr. Im Laufe der Jahre, in denen jeder die Führung in seiner jeweiligen Siedlung übernahm, habe er in vielen Bereichen eng mit ihm zusammengearbeitet, fuhr er fort. „Aber dass du und ich hier zusammen an diesem Esstisch sitzen, das muss ein Fingerzeig Gottes sein." Ich sagte ihm, ich verstünde nicht, was er damit meinte. „Nun, sieh mal, wir hatten heute Morgen unsere monatliche Vorstandsitzung und dein Name wurde genannt. Wir müssen den Posten des Koordinators aller wirtschaftlichen Entwicklungsarbeiten der ASCIM mit den indigenen Gemeinschaften besetzen. Dein Name wurde für diesen Posten vorgeschlagen und ich wurde gebeten, dich diesbezüglich zu kontaktieren, um zu sehen, ob du interessiert wärest und ob du eine Berufung zu einer solchen Arbeit und allen damit verbundenen Verantwortlichkeiten verspürst. Du wärst in Yalve Sanga stationiert, aber deine Aufgaben würden vier weitere Missionsstationen umfassen, die im zentralen Chaco, etwa 50 bis 90 Kilometer voneinander entfernt, verstreut sind. Diese Missionsstationen dienen etwa fünfhundert einheimischen Kleinbauerfamilien. Es wird eine Menge Reisen geben", und er fügte hinzu, „es stehen noch fünfhundert Familien auf der Liste, die in den kommenden Jahren Hilfe bei der Umsiedlung auf ihre eigenen Farmen benötigen. Für solche Projekte suchen wir immer internationale Hilfe. Du sprichst fließend Englisch und das ist ein Vorteil für uns. Würdest du darüber nachdenken?", fragte er.

Nicht nötig zu sagen, dass ich überrascht war. Die Tatsache, dass ich bei SAP keinen Vollzeitjob bekommen hatte, lag mir noch immer auf. Ich war jetzt glücklich, wo ich war, aber ich hatte auch immer gewusst, dass ich eine solche Anfrage, wie mir jetzt von Herrn Reimer vorgelegt wurde, annehmen würde. Ich schluckte und sagte Herrn Reimer, dass ich darüber nachdenken und beten und ihn in etwa einem Monat über meine Entscheidung informieren würde. „Fair genug", sagte er. Wir hatten beide unsere Desserts beendet und es war Zeit zu gehen.

Ungefähr einen Monat später kontaktierte ich Herrn Reimer und ließ ihn wissen, dass ich an der Position als Koordinator für die landwirtschaftliche und wirtschaftliche Entwicklung, die er mir angeboten hatte, interessiert war. Er sagte mir, dass der Vorstandsvorsitzende Abram Klassen mich kontaktieren würde, um es offiziell zu machen.

„Was ist mit einem ausführlicheren Vorstellungsgespräch?", erkundigte ich mich und dachte daran, dass einer der Gründe, die mir SAP genannt hatte, mich nicht einzustellen, darin bestand, dass sie mich, wie sie es ausdrückten, nicht gut genug kannten.

„Nun, jeder im Vorstand und im Exekutivkomitee kennt dich und hat beschlossen, dich einzustellen, wenn du interessiert bist. Daher ist kein weiteres Gespräch von unserer Seite erforderlich. Wenn du jedoch weitere Fragen hast, lege diese bitte dem Vorstandsvorsitzenden vor, wenn er dich kontaktiert ", sagte Reimer.

Ich kannte Abram Klassen gut. Er war genau wie ich in Dorf 11 aufgewachsen und war ungefähr zwölf Jahre älter als ich. Er hatte sein ganzes Leben in der Mission gedient und wurde von allen sehr geschätzt. Ein paar Tage später, als wir uns trafen, hatte ich einige Fragen, die sich hauptsächlich auf Wohnung und solche Angelegenheiten bezogen. Er dankte mir für die Zusage und wünschte mir Gottes Segen für meine Entscheidung. Wir tranken einen kalten Tereré und gaben uns die Hand. Damit hatte mein Leben eine neue Wendung genommen.

Jetzt musste ich Interbeef wissen lassen, dass ich gehen würde. Peter, mein Bruder, hatte Verständnis für meine Entscheidung. Er hatte zusammen mit seiner fürsorglichen Frau Else mehr als acht Jahre in Yalve Sanga gedient. Das

Programm zur Aufzucht einer der besten reinrassigen Herden des Landes war auf einem guten Weg. Auf meine Empfehlung hin hatte Interbeef nicht wenig Geld ausgegeben, um das Programm auf den Weg zu bringen. Interbeef begann, Bullen der Halb- und Dreiviertelrasse zu Zuchtzwecken an andere Viehzüchter zu verkaufen. Immer noch weit entfernt davon, wo das Programm sein sollte. Aber es war ein Anfang und brachte Interbeef als ernst zu nehmenden Züchter auf die Landkarte.

Bei seinem nächsten Besuch musste ich Herrn Weber über meine Entscheidung informieren. Er war eine wohlmeinende Person, aber Interbeef war sein Geschäft und es musste als Geschäft geführt werden. "Nun, ich höre das nicht gern, aber wenn Ihr Aufhören bei Interbeef etwas mit Geld zu tun hat, nennen Sie einfach Ihr Gehalt und ich werde zustimmen", betonte er.

Ich sagte ihm, nein, Geld sei nicht das Problem, und um meinen Standpunkt zu beweisen, fügte ich hinzu: "Wohin ich gehe, werde ich weniger Geld verdienen, als ich jetzt bei Interbeef verdiene." Er wusste durch Peter und Else von Yalve Sanga.

"Das ist wie Missionsarbeit, und das verstehe ich nicht", schloss er.

Bevor mein Termin abgelaufen war, fragten mich Herr Weber und Peter, ob ich bei Bedarf als Berater für das reinrassige Zuchtprogramm bleiben könne. Das habe ich gerne angenommen. Ich war froh, weiterhin auf technischer Ebene im Zusammenhang mit meinem Studium tätig zu sein, aber auch um mein Gehalt gegenüber den ASCIM-Einnahmen ein wenig aufzubessern.

# Kapitel 16

## Nicole

### Romanze am Ende der Welt

In Yalve Sanga teilte ich mir ein neues Haus mit noch einer anderen Person. Es war eine Wohngemeinschaft, in der jeder sein eigenes Schlafzimmer hatte und die anderen Bereiche des Hauses geteilt wurden. Alle meine Mahlzeiten nahm in der Krankenhausküche ein. Nach gewisser Zeit musste ich umziehen und mir wurde eine Seite eines Duplex-Hauses zugewiesen. Die andere Seite war von Dr. Wilfried Kaethler, dem Leiter des medizinischen Programms, besetzt.

ASCIM bestand zu dieser Zeit aus vier verschiedenen Abteilungen. Das medizinische Programm wurde vom Hauptkrankenhaus in Yalve Sanga aus durchgeführt. Dieses Krankenhaus diente als Überweisungskrankenhaus für fünf bis sechs kleinere Kliniken der indigenen Siedlungen, die im zentralen Chaco verstreut waren. Die Bildungs- sowie die Sozial- und Gemeinschaftsentwicklungsprogramme und die Koop-Entwicklungsprogramme wurden vom ASCIM-Hauptbüro in Filadelfia aus durchgeführt. Das landwirtschaftliche Entwicklungsprogramm hatte sein Zentrum auf Yalve Sanga, diente jedoch mehreren indigenen landwirtschaftlichen Siedlungen, die in der gesamten Region des zentralen Chaco verstreut waren. Das Agrar- und das Genossenschaftsprogramm wurden später in das Wirtschaftsentwicklungsprogramm mit Hauptsitz in Yalve Sanga integriert. Dies wurde über zwölf Jahre lang meine Verantwortung.

Eines Sonntagabends kam die lang erwartete Krankenschwester aus der Schweiz in Yalve Sanga an. Sie hieß Nicole Widmer. Ich war in der Krankenhausküche auf der Suche nach etwas Essbarem, als Dr. Kaethler mit ihr hereinkam. Sie sah ein bisschen müde aus und war nach einer langen und etwas abenteuerlichen Reise, wie sie diese später beschrieb, von Asunción in den Chaco, nicht sehr in der Stimmung, neue Leute kennen zu lernen. Außerdem saßen viele große Frösche herum und starrten sie an. Sie trug ein ärmelloses grün-weiß gestreiftes Kleid mit Trägern. Ich war froh, als sie weitergingen, denn ich hatte an diesem Abend unerträgliche Ohrenschmerzen und aus meinen Ohren ragten Wattetupfer. Also keine Chance, sie jetzt zu beeindrucken.

Am nächsten Tag, mussten wir ihr helfen, ein paar Bilder in ihrem Zimmer anzubringen.  Sie hatte ihren eigenen Hammer mitgebracht, denn man hatte ihr in der Schweiz gesagt, dass sie in einer völligen Wildnis leben würde, und so dachte sie, sie sollte besser ihre eigenen Werkzeuge mitbringen. Eine Feldflasche war Teil ihrer Ausrüstung. Man hatte ihr auch gesagt, dass der Chaco trocken sei. Sie wollte nicht verdursten.

Sie erzählte mir von der Reise von Asunción mit Dr. Wilfried Kaethler und seiner Verlobten Frieda. Als sie Asunción in Wilfrieds Kleinwagen verlassen und den Paraguayfluss überquert hatten, hatte Wilfried sein Auto an den Rand gefahren, angehalten und gesagt, dass sie zuerst beten müssten, bevor sie in den Chaco fahren. Nicole war an Schweizer Straßen und Schweizer Verhältnisse gewöhnt. Man hatte ihr gesagt, dass der Chaco immer noch eine Wildnis sei, aber jetzt schien es ihr gefährlich zu sein. Wilfried hatte inbrünstig um Schutz gebetet. Schutz vor was, hatte sie gedacht. War es, dass in der Wildnis noch gefährliche Stämme lebten, oder meinte er Schutz vor wilden Tieren oder vielleicht vor Terroristen? In beiden Fällen würde ihre Ausrüstung mit Hammer und militärischer Feldflasche nichts nützen. Also beschloss sie, die Dinge einfach so geschehen zu lassen, wie sie kamen.

Aber sie brauchte nicht lange, um herauszufinden, warum Wilfried so leidenschaftlich gebetet hatte. Die Trans-Chaco-Straße war zu dieser Zeit nur teilweise asphaltiert und es gab eine Million oder mehr große und kleine Schlaglöcher. Wilfried brachte sein kleines Auto auf volle Geschwindigkeit und zeigte nicht die Absicht, für einen von ihnen langsamer zu werden, und bei denjenigen, denen er nicht ausweichen konnte, donnerte er mit voller Wucht durch. Das Gebet, dachte sie, ist zwecklos, wenn man sich absichtlich und unnötig in Gefahr bringt. Diese Reise hatte ihr alle Kräfte entzogen und sie war nicht in der Stimmung, jemanden kennenzulernen – geschweige denn einen Mann, dem Watte aus den Ohren ragte -, als sie an diesem Abend endlich in Yalve Sanga ankamen. Sie wollte nur den Staub abduschen und ein Bett zum Ausruhen finden.

Viele wollen den Ruhm dafür, dass Nicole nach Yalve Sanga kam, für sich beanspruchen. Ich war Mitglied des Exekutivkomitees, als Nicoles Bewerbung von Dr. Hans Epp der damaligen Exekutive vorgelegt wurde. Ja, genau derselbe Hans Epp, der mein Grundschullehrer war und mich gezwungen hatte, zu offenbaren, dass ich Long Johns trug - ein kulturelles Verbrechen, das niemand zugeben wollte. Er brauchte dringend Krankenschwestern für das zentrale Krankenhaus in Yalve Sanga. Aber er hatte in letzter Zeit einige Schwierigkeiten mit ausländischen Krankenschwestern gehabt und irgendwie fiel Nicole in diese Kategorie. Am Ende wurde ihr Antrag abgelehnt.

Ich muss hier einfügen, dass Dr. Epp ein ausgezeichneter Arzt war. Er hatte sich in Paraguay und in den Vereinigten Staaten ausgebildet. Sein besonderes Interesse lag bei der Volksgesundheit der Chaco-Ureinwohner. Ihm ist es zu verdanken, dass das ganze Gesundheitsprogramm innerhalb der ASCIM einen Richtungswechsel von medizinischer Betreuung hin zur medizinischen Vorbeugung einschlug. Also ein wahres Volksgesundheitsprogramm.

Kurz nachdem Dr. Epp das Programm verlassen hatte und durch Dr. Wilfried Kaethler ersetzt wurde, bestand der Mangel an Krankenschwestern weiter. Bei einer Sitzung der Exekutive erinnerte ich ihn an den Antrag einer Krankenschwester aus der Schweiz, der sechs Monate zuvor von uns abgelehnt worden war, aber die Akte habe gut ausgesehen. Vielleicht sollte er sie sich genauer ansehen. Und so kam Nicole nach Yalve Sanga. Später hatte ich das Gefühl, meine eigene Braut bestellt zu haben, aber bis heute hat Wilfried das Gefühl, dass er für mein Glück verantwortlich ist.

Meine Frau Nicole und Lossa, ein lieber Enlhet Freund

Irgendwann tauchte Alfred Neufeld mit seiner Frau Wilma - mit der Nicole zusammen an der Bibelschule Bienenberg studiert hatte - vor meiner Haustür in Yalve Sanga auf, um von mir *Miggritch* zu verlangen, welche, wie er glaubte, ich ihm schuldete, denn er behauptete tatsächlich, dafür verantwortlich zu sein, dass Nicole nach Paraguay gekommen war. Er hatte gehört, dass Nicole und ich jetzt in einer Beziehung waren. Miggritch war eine alte russisch-mennonitische Tradition, die eine Art Entschädigung für die Dorfjugend darstellte, wenn ein junger Mann aus einem anderen Dorf mit einem Mädchen aus ihrem Dorf ausging. Sie sagten dem neuen Freier, dass das Dorf einen guten Partner für ihn erzogen habe und dass sie ein Mädchen verlieren, das ein lokaler Dorfjunge möglicherweise hätte heiraten können. Die Bezahlung bestand normalerweise aus einem saftigen Asado (Gegrilltes), den die Dorfjugend zusammen mit dem neuen Freier aß, und dadurch wurde Frieden geschlossen.

Und jetzt wollte Alfred einen Asado von mir. Das war eine große Herausforderung mit dem mageren Gehalt, das jeder in Yalve Sanga verdiente. Alfred teilte mir mit, dass seine Frau Wilma zusammen mit Nicole in der Schweiz an der Bibelschule Bienenberg studiert hatte. Es waren Wilmas Geschichten über Paraguay, die Nicole dazu verleitet hatten, nach Paraguay zu kommen, und deshalb wäre ich ihnen jetzt eine Miggritch schuldig. Alfred hat das Konzept der Miggritch sicherlich extrem ausgedehnt und es wurde kein Asado angeboten, aber Alfred und Wilma blieben gute Freunde von uns.

Nicole und ich genießen eine Buggy Fahrt um die Baumwollfelder in Yalve Sanga zu inspizieren.

Mit der Zeit lernten Nicole und ich uns auf einer tieferen Ebene kennen und verlobten uns am 12. Mai 1982. Um an diesen Punkt zu gelangen, musste ich mir jedoch einige Mühe geben. Nicole war vorsichtig. Die größte Sorge ihrer Mutter, als Nicole ihr gesagt hatte, dass sie eine zweijährige Dienstzeit in Paraguay verbringen würde, war, dass Nicole einen Ehemann aus Paraguay finden und in Paraguay bleiben würde.

Mein erster Versuch, sie zu einer Verabredung einzuladen, wurde mit einem qualifizierenden Nein beantwortet. „Um mit dir auszugehen, müsste ich mich zuerst in dich verlieben", sagte sie. Autsch, das tat weh, aber es gab mir auch einen Fahrplan, an dem ich arbeiten konnte.

Im November 1982 kehrte sie nach zweijähriger Dienstzeit in Yalve Sanga in die Schweiz zurück. Sie fand es am besten, etwas Zeit alleine mit ihrer Familie zu verbringen, besonders mit ihrer Mutter oder Mamama, wie wir sie immer nannten. Ich folgte im Januar 1983 und wir heirateten am 29. Januar 1983 in der Holee Mennonitengemeinde in Basel. Einen Monat später wurden Mamamas schlimmste Befürchtungen Wirklichkeit: Wir zogen zurück nach Yalve Sanga, um unseren Dienst bei den Indigenen fortzusetzen.

Ich werde diesen Abreisetag vom Flughafen Zürich-Kloten nie vergessen. Mamama und Papapa fuhren uns dorthin, gefolgt von Nicoles beiden Schwestern mit deren Männern in ihren Autos. Die Stimmung war unheimlich einem Trauerzug ähnlich. Nachdem wir am Schalter eingecheckt hatten, gingen wir zusammen ins Restaurant, um eine „letzte Mahlzeit" zu essen. Für mich fühlte es sich eher wie das biblische letzte Abendmahl an, und es war nur ein Judas im Raum. Niemand fragte: "Bin ich es, Herr?", denn alle wussten, wer der Schuldige war.

Nicole und ich hatten Glück und Liebe gefunden. Aber diese hatten einen Preis für ihre Familie. Ich fühlte gleichzeitig starken Schmerz, Schuldgefühle und Scham. Als die Familie nach dem Essen anfing, sich zu umarmen und sich zu verabschieden, wurde es für mich unerträglich zu bleiben. Ich verließ den Raum und versteckte mich seitlich vom Eingang zum Restaurant, um meine eigenen Tränen abzuwischen. Ich war mir des großen Opfers, das Nicole brachte, um mich zu heiraten, immer sehr bewusst. Und wenn wir vor unserer Hochzeit darüber gesprochen haben, hatte sie immer gesagt: „Ich liebe meine Familie und ich liebe auch die Schweiz. Aber wir sind zu dieser Arbeit auf Yalve Sanga berufen und das liegt mir auch am Herzen, deshalb bleibe ich gerne bei dir, um in Paraguay zu leben."

Später besuchten uns Mamama und Papapa dreimal im Chaco. Mamama sagte immer, dass der Chaco das Ende der Welt sei. Und manchmal dachte ich, sie meinte es nicht nur wörtlich. Das war es auch, aber unbewusst bedeutete es vielleicht auch ein Ende ihrer Welt, da sie gedacht hatte, dass Nicole in der Schweiz physisch immer in ihrer Nähe wäre. Was auch immer, sie hat versucht, mir das Gefühl zu geben, von ihr akzeptiert zu sein. Sie tat das, indem sie sagte: "Rudolf, wir lieben dich und sind glücklich mit dir als unserem Schwiegersohn, wenn nur Paraguay nicht so weit weg wäre."

Wer hatte also Nicole nach Paraguay gebracht? Am Ende war es weder Dr. Wilfried noch Alfred und noch viel weniger ich. Es war Gottes Berufung für ihr Leben. Und Gott macht keine Fehler. Sie hat seitdem so viele Menschen gesegnet.

# Kapitel 17

## Das Zentrale Kreditkomitee (CCC)

### Gründung der Indigenen Stiftung für Agrarentwicklung

Die ASCIM wurde von Anfang an auf der Grundlage des Modells der mennonitischen Kolonien gegründet. Die Organisation verfügt über separate Abteilungen in den Bereichen Bildung, Gesundheit, Konsum und Produktion, soziale/kulturelle Fragen und den landwirtschaftlichen Beratungsdienst. Das war etwas überraschend, wenn man bedenkt, dass das allgemeine Konzept, seine Statuten und Satzungen von zahlreichen Fachleuten, einschließlich anthropologischen Erkenntnissen, maßgeblich beeinflusst wurden.

Die indigene Gemeinschaft, ihre Kultur, ihre Denkweise und ihr gesamter Entscheidungsprozess sind tatsächlich nicht so unterteilt, wie es unsere „westliche" Struktur manchmal sein kann. Sie denken und handeln viel ganzheitlicher und integrierter, d.h. wenn ein Mitglied ihrer Gemeinschaft leidet, wenn es ein Bedürfnis gibt, das einen Einzelnen ernsthaft betrifft, wirkt es sich auf sein gesamtes Wesen und seine Gemeinschaft aus. Das ist natürlich eine Vereinfachung, aber wir bleiben hier einfach. Schauen wir uns mal ein Beispiel an.

Eines Tages kam ein Kleinbauer in niedergeschlagener Stimmung in mein Büro. Er erzählte mir, dass er nur zwei Kühe besessen habe und kürzlich eine an einer Krankheit gestorben sei. Es war ein verheerender wirtschaftlicher Schlag für ihn, sagte er und fügte hinzu, dass er sehr traurig sei, dass seine Familie und das ganze Dorf sehr traurig seien. Aber er kam zu dem Schluss, dass jetzt alles wieder gut war, und alle, auch er selbst, wieder sehr glücklich waren. „Schon wieder glücklich", überlegte ich. "Wie hast du das gemacht?"

„Nun, das Dorf kam zusammen und sagte mir, dass sie sehr von meinem Verlust und meiner daraus resultierenden Traurigkeit betroffen seien. Sie schlugen vor, dass ich die Kuh, die ich noch hatte, schlachte und dass das ganze Dorf zusammenkomme und ein paar Tage feiere und schlemme, um wieder glücklich zu werden. Und das haben wir getan und jetzt bin ich wieder glücklich, weil ich mein ganzes Dorf wieder glücklich machen konnte. Und jetzt ist alles wieder gut." - *Nu es schmock"* ("schmock" ist ein plattdeutsches Wort, in seiner

Bedeutung dem biblischen Konzept von Shalom ähnlich, in dem man in völligem Frieden mit sich selbst und der Welt um sich herum ist), sagte er mit einem breiten Lächeln auf seinem wettergegerbten Gesicht. Aber er hätte eine Frage an mich: „Könntest du mir einen Kredit gewähren, um zwei Kühe zu kaufen? Wenn du es kannst, wäre alles noch besser." Wieder lächelte er – ‚seja (überaus) schmock.' "Könntest du mir einen Kredit gewähren, um zwei Kühe zu ersetzen, die ich durch seltsame Lebensumstände verloren habe?"

"Nun", warf ich langsam ein, "die beiden jetzt toten Kühe hast du ebenfalls auf Kredit gekauft. Hast du den Kredit zurückgezahlt?"

Er sah mich ungläubig an: "Wie könnte ich? Würdest du für tote Tiere bezahlen? Sie sind tot und nützen mir nichts mehr. Wie könnte ich für so etwas bezahlen?

Ich muss zugeben, dass ich ratlos war. Er hatte fast nichts, als seine erste Kuh starb, er hatte nichts mehr, als er seine zweite Kuh schlachtete, um die kulturellen Anforderungen zu erfüllen, und jetzt wollte dieser dumme Berater wissen, ob er, der alles verloren hatte, dafür bezahlen würde. Er verstand nicht, wieso ich nicht sehen konnte, dass es das Schicksal war, das ihn ohne eigenes Verschulden in diese Notlage gebracht hatte. Warum wurde jetzt von Geld gesprochen? Das konnte er einfach nicht verstehen.

Schicksal-Denken, Aberglaube und Angst, gekoppelt mit einem Überlebensinstinkt beherrschten oft das Denken dieser ehemaligen nomadischen Stammesangehörigen. Und diese drückten sich in ihren Handlungen aus. Und sie haben überlebt.

Diese zugrunde liegenden Faktoren mögen sich in unterschiedlichen Variationen von Stamm zu Stamm gezeigt haben, aber in irgendeiner Form waren sie immer vorhanden und mussten bei den technischen oder wirtschaftlichen Planungsprozessen berücksichtigt werden. Das Schlüsselelement war: Planen wir? Planen wir zusammen? Oder, unter den besten Umständen, können wir sie planen lassen?"

Das Planen-wir-für-sie hat nie gut funktioniert, wie das Beispiel des Bauern zeigt, der eine Kuh durch Krankheit verloren und dann die letzte geschlachtet hat, um seinen sozialen und inneren Stress abzumildern. Der Wirtschaftsberater hatte gesagt, um vom Land zu leben, müsse man produzieren. Für den Chaco bedeutete das Tierhaltung und Landwirtschaft. Also war ihm ein Darlehen angeboten worden, um zwei Kühe zu kaufen. Es war jetzt unser Problem, dass die Kühe tot und nicht bezahlt waren.

Schon früh in meiner Arbeit mit der ASCIM wurde mir klar, dass Planung nur dann sinnvoll ist, wenn sie zusammen mit den Begünstigten des Programms durchgeführt werden kann und diese nach Möglichkeit die Führung übernehmen. Dies waren nomadische oder seminomadische Stämme gewesen. Jagen, Sammeln und Fischen waren ihre wirtschaftliche Stütze gewesen. Sie wussten, wie man einen Baum schüttelt, damit Früchte herabfallen. Und jetzt waren sie dabei, eine sesshafte Gesellschaft zu werden und versuchten sich in der integrierten Landwirtschaft als neue wirtschaftliche Grundlage.

Auf lange Sicht bedeutete es, dass sie die Dinge auch anders angehen mussten – immer noch die alte und bewährte Weise, aber auch mit Offenheit für neue wirtschaftliche Denk- und Überlebensstrategien. Es war ihre Entscheidung - na ja, vielleicht nicht ganz. Mit der fortgesetzten Besiedlung des Chaco wurde es immer schwieriger, die alte Lebensweise aufrechtzuerhalten, und es mussten Anpassungen vorgenommen werden. Sich nicht zu ändern, war also keine Option mehr, aber die Entscheidung, in welche Richtung sie sich bewegen sollten, lag immer noch bei ihnen.

Das Comité Central de Créditos (CCC) trat normalerweise einmal im Monat zusammen. Es bestand aus zwei Vertretern aus jeder Siedlung – dem Leiter und dem Genossenschaftsmanager. Von der ASCIM war der Leiter der Genossenschafts- und Finanzabteilung anwesend und leitete de facto diese Sitzungen. In den ersten Jahren meiner Tätigkeit bei der ASCIM wurde ich nie zu diesen Treffen eingeladen. Der Leiter der Landwirtschaftsabteilung sollte sich nicht in Planungs- und Finanzentscheidungsprozesse einmischen. Schließlich organisierte die ASCIM ihre Struktur neu, um den Bedingungen vor Ort besser zu entsprechen. Durch diese Umstrukturierung wurde meine Arbeit für mich viel interessanter und bedeutungsvoller.

Als ich zum ersten Mal an so einem Treffen des CCC teilnahm, war ich im Allgemeinen der einzige ASCIM-Vertreter im Raum. Es hat mich überrascht, wie viele der Themen, die auf der Tagesordnung standen, mir direkt zur Stellungnahme vorgelegt wurden. Anfangs war ich durchaus bereit, meine Meinung zu äußern, obwohl dies bedeutete, dass meine Meinung sich ausnahmslos in einen Vorschlag verwandelte, über den abgestimmt wurde, ohne dass die indigenen Führer viel dazu beigetragen hätten. Ich erkannte bald, dass ich, obwohl unabsichtlich, die Person geworden war, die zu viel Einfluss auf die Entwicklung ihrer Siedlungen hatte. Solange die Dinge gut liefen, schien es kein Problem damit zu geben. Wenn die Dinge jedoch nicht gut liefen, beschuldigten sie mich einer dummen oder vielleicht zu schwer umsetzbaren Idee.

Innerhalb des CCC drehten sich die meisten Fragen um wirtschaftliche Aktivitäten und deren Finanzierung. Es gab fast fünfhundert Kleinbauern, die einen kleinen Produktionskredit für die Landwirtschaft benötigten. Die letzten acht bis zehn Jahre waren hart gewesen. Sie hatten sich einen Farmkredit gewünscht, der die Vorbereitung, Aussaat, den Anbau, das manuelle Jäten und die manuelle Ernte vor Ort finanzierte, genau wie es die größeren mennonitischen Bauern taten. Die Wirtschaftlichkeit der kleinbäuerlichen Landwirtschaft unterscheidet sich jedoch erheblich von der großflächigen, mechanisierten Landwirtschaft. In der kleinbäuerlichen Landwirtschaft sind die leicht verfügbaren unbezahlten Familienarbeitskräfte und ein Familiengarten die geheimen Zutaten für einen Geldgewinn am Ende der Erntesaison.

Mechanisierung war die Antwort gewesen, aber das hatte das wirtschaftliche Ergebnis nur verschlechtert. Die Kleinbauern begannen zu zweifeln, ob es denn Sinn machte, überhaupt zu pflanzen. So schrumpfte die bepflanzte Anbaufläche innerhalb der einheimischen Siedlungen Jahr für Jahr.

Das CCC war für alle Kreditfragen der Siedlungen verantwortlich und begann langsam, unter der Last Kredite, die nicht eingebracht werden konnten, zu ersticken. Aufgrund von Ausfällen hatten die meisten einheimischen Landwirte keinen Anspruch auf ein neues Produktionsdarlehen. MEDA - eine nordamerikanische Kreditagentur für Mikrokredite - zog sich zurück und teilte dem CCC mit, dass, wenn sie noch einige der ausstehenden Kredite zurückerhielten, sie dieses Geld einfach behalten könnten. Da kam uns nachträglich eine Idee, und wir stellten MEDA einen Antrag auf ein fünfjähriges Darlehen zur Refinanzierung des gesamten ausstehenden Kreditportfolios von CCC.

Wir waren nicht wenig überrascht, dass MEDA uns ein Darlehen mit niedrigen Zinsen gewährte, das am Ende des Fünfjahreszeitraums vollständig in einer Summe zurückgezahlt werden sollte.

Da sie jetzt etwas Luft hatten, machte sich das CCC daran, das Produktionsmuster und die Kapazität aller Kleinbauern in ihrem Portfolio zu bewerten. Wie sich für die letzten fünf Jahren herausstellte, hatten alle Landwirte etwas produziert. Im Durchschnitt hatten die meisten Landwirte in zwei der letzten fünf Jahre gut produziert und waren in drei der letzten fünf Jahre in Verzug. Mit diesen Daten machte sich das CCC daran, ein „Reglamento de Credito" festzulegen. Das bedeutete feste Richtlinien für die Kreditvergabe, die die Landwirte verstanden und die vom CCC leichter umgesetzt werden konnten.

Ob in Zukunft ein Kreditantrag abgelehnt oder bewilligt würde, wäre nicht mehr von einer Person oder einer kleinen Gruppe von Personen abhängig. Es wäre nicht *Jemand* daran schuld, sondern man hatte nach den Kreditregeln gehandelt.

In ihrem Grundkonzept besagte die neue Kreditpolitik, dass jeder Landwirt, der in zwei der letzten fünf Jahre gut produziert hatte und bereit war, einen Familiengarten anzulegen, seine Familienmitglieder für die Arbeit einzusetzen und seinen Kreditbedarf auf den mechanisierten Teil seiner Landwirtschaft zu beschränken (Operationen wie Pflügen, Sprühen usw.), wieder kreditwürdig war, unabhängig von der Höhe seiner unbezahlten früheren Kredite.

Durch diese Umstrukturierung konnte das CCC alle ausstehenden Schulden vollständig erhalten. Die indigene Siedlungsführung war in diesem Prozess von zentraler Bedeutung. Sie sahen darin eine langfristige Strategie, um weiterhin vom Land zu leben. Das Restrukturierungsdarlehen von MEDA wurde nie in Anspruch genommen. CCC hatte es in ein Konto mit hohen Zinsen bei einer der mennonitischen Genossenschaften investiert.

Am Ende des Fünfjahreszeitraums hat CCC das Darlehen zurückgezahlt. Die Zinsen, die das Konto verdient hatte, waren höher als die Zinsen, die sie für MEDA zahlen mussten. Dieser Überschuss an Zinserträgen plus all das Geld mit den von den Landwirten zurückgeforderten Zinsen wurde zum neuen Kreditfonds für CCC, um voranzukommen.

Während meiner Dienstzeit bei ASCIM hatte das CCC ständig erwähnt, dass sie eine juristische Person werden möchten. Nach eingehender Recherche entschied die CCC-Führung, dass es für das CCC am einfachsten sei, sich als gemeinnützige Organisation für wirtschaftliche Entwicklung zu registrieren. Und so wurde die Fundación Indigena para el Desarollo Agropecuario – kurz FIDA – gegründet.

Mechanisierung der Landwirtschaft bei den Indigenen. Kleinere Massey Ferguson Traktoren mit Zubehör, (Ackergeräten) welche durch die Interamerikanische Entwicklungsbank finanziert wurden.

Nun, da FIDA eine rechtliche Struktur hatte, wurde es mit der Zeit zu einem angesehenen und florierenden Zentrum für alle wirtschaftlichen Entwicklungsaktivitäten in den zwölf verschiedenen indigenen Siedlungen in der gesamten Region des zentralen Chaco. Bald konnten sie langfristige Entwicklungskredite von der Interamerikanischen Entwicklungsbank (BID) und anderen aufnehmen. Diese Kredite förderten die Mechanisierung der landwirtschaftlichen Produktion, aber die größten Auswirkungen hatten die Kredite für die Rindfleischproduktion. Es schuf eine starke wirtschaftliche Basis für die indigenen Siedlungen, die sie vorher nicht hatten. Und diese wirtschaftliche Basis ist heute mehr denn je die treibende Kraft, die diese Siedlungen stützt.

Diese Kredite wurden vom CCC immer pünktlich an die Bank abgezahlt. Solche Kredite kamen immer mit einem Zuschuss, um die indigenen Institutionen wie FIDA und andere zu stärken, die für die Ausbildung, berufliche Entwicklung und Stärkung der indigenen Führung verwendet werden sollten. Solche Zuschüsse waren direkte Hilfsgelder an das CCC und mussten nicht zurückgezahlt werden. Diese Faktoren waren in gleichem Maße wie die Produktionssteigerung ausschlaggebend für die ordnungsgemäße Abwicklung und Rückzahlung der Kredite. Dies wiederum machte FIDA noch kreditwürdiger und öffnete die Tür für eine weitere Entwicklung, die weit über die wirtschaftliche Entwicklung hinausgeht.

Heute ist FIDA auch nach außen hin über ihren eigenen Tätigkeitsbereich hinaus hoch angesehen und hat sich weit über ihre Grenzen hinaus zu einer Referenzorganisation entwickelt.

# Kapitel 18

## Hans Teichrieb

Wie Gott einen ausgesetzten Jungen rettete und ihn zu einem Leiter

in seiner Gemeinschaft vorbereitete

Er ist jetzt beim Herrn. Doch das Leben von Hans Teichrieb muss geehrt werden, denn es hat für so viele Menschen so viel bedeutet, obwohl er ein ganz einfacher Mann war. Alle nannten ihn Juan.

Ich hatte mein ganzes Leben lang von Juan gewusst, aber nie mit ihm einen direkten Kontakt gehabt. 1979 traf ich ihn zum ersten Mal, nachdem ich nach Yalve Sanga gezogen war. Eines Tages kam er in mein Büro, um sich vorzustellen. Er kenne meine Familie gut, sagte er. Mein Vater und er seien Freunde; und er habe es genossen, während ihrer Zeit in Yalve Sanga, mit meinem Bruder Peter und seiner Frau Else zusammenzuarbeiten. Dann zählte er die Namen aller meiner Geschwister auf, als wollte er unterstreichen, dass wir keine Fremden waren.

„Aber mit dir", sagte er, „habe ich noch nie gesprochen", und dann wollte er wissen, warum das so wäre.

"Nun", sagte ich, "ich war eine gute Zeit weit weg vom Chaco, um mich auf das Leben vorzubereiten."

"Ja, ja, darüber hatten sie auf der Vorstandssitzung gesprochen", antwortete er.

„Bei der Vorstandssitzung?"

Nun ja, er vertrat den Stamm der Lengua im Vorstand der ASCIM, der Organisation, die mich gerade eingestellt hatte. Und dann setzte er das Gespräch fort und stellte hauptsächlich Fragen zu meiner Person, durchsetzt mit Kommentaren über sein eigenes Leben. Er sprach in einem sehr fließenden Plattdeutsch und musste nie nach Worten suchen. Er wollte, dass ich mich in Yalve

Sanga willkommen fühlte und erwähnte, dass er der Anführer der Lenguas in Yalve Sanga war.

Er hoffte, dass wir oft miteinander reden könnten. Das ganze Gespräch fühlte sich eher wie ein freundlicher Smalltalk zwischen zwei Freunden an.

Und ich denke, das ist genau das Gefühl, das er mir geben wollte. Die Lenguas können in ihrer Beziehung zu Außenstehenden sehr diplomatisch sein. Es war sein Ziel, eine Beziehung aufzubauen, die über eine gute Arbeitsbeziehung hinausging. Er wollte, dass wir Freunde seien, und er wollte mir helfen, durch das komplexe Netz erfolgreicher interkultureller Beziehungen zu navigieren und alles, was es für die Arbeit mit verschiedenen Stämmen, Kulturen und Persönlichkeiten bedeutete.

Hans Teichrieb in seinen jüngeren Jahren fährt den ersten von den Enlhet erworbenen Traktor in 1961.

Später, viel später, erfuhr ich, dass Juan selbst solche Hilfe von einem rücksichtsvollen Onkel erhalten hatte, als sein Leben auf den Kopf gestellt worden war und er nichts als Verzweiflung empfunden hatte.

Im Laufe der Zeit wurden wir enge Freunde, die über alles reden und Dinge direkt ansprechen konnten, ohne Missverständnisse oder, noch schlimmer, Entfremdung zu befürchten.

Es war ein warmer Sonntagmorgen. Wir besuchten einen Gottesdienst im Lengua-Dorf namens Naoc Amyip. Es war der jährliche Erntedankgottesdienst nach einer reichen Ernte. Dies war eine Praxis, die die Lenguas von den Einwanderersiedlern übernommen hatten. Der Gottesdienst war natürlich ganz in ihrer Sprache und wir mussten uns anstrengen, um zu folgen. Es wurde gepredigt, viel gesungen – ungefähr elf verschiedene Gruppen – und eine Kollekte eingesammelt. Die Kirche war mit Früchten, traditionellen Handarbeiten und Ernteprodukten geschmückt. Dann wurde angekündigt, dass, bevor das Essen serviert wurde, Zeit für freie Beiträge eingeräumt werde. Jeder, der etwas sagen oder ein Zeugnis geben wollte, wurde eingeladen, auf das leicht erhöhte Podium zu kommen und zu den Anwesenden zu sprechen.

Natürlich gab es kein Mikrofon, also mussten die Leute laut sprechen. Es gab viele Beiträge und alle sprachen in Lengua. Sie hatten ermutigende Worte an alle, aber einige richteten sich speziell an uns als Besucher.

Und dann machte sich Juan auf den Weg zum Podium und stellte sich direkt hinter die Kanzel, als wollte er die Kontrolle im Raum übernehmen. Er sah uns direkt an, räusperte sich ein wenig, sah uns wieder direkt an und begann auf Plattdeutsch zu sprechen. Er muss die Überraschung in unseren Gesichtern bemerkt haben, denn nach ein paar Sätzen hielt er an. "Macht euch keine Sorgen", fuhr er fort, "was ich euch hier auf Plattdeutsch sagen werde, wissen meine Leute bereits. Ich habe ihnen meine Geschichte oft in Lengua erzählt. Es ist also keine Übersetzung erforderlich und ich werde auf Plattdeutsch weitermachen. Meine Leute kennen und verstehen mich und ich möchte, dass auch ihr mich kennt und versteht."

Er wurde von seinen Eltern als Baby im Busch zum Sterben liegen gelassen. Sie waren natürlich Nomaden, und es war schwierig, für eine große Familie zu sorgen, wenn Dürre und Knappheit einsetzten, wie es im Chaco immer in den Wintermonaten der Fall war. Aber vielleicht hatten seine leiblichen Eltern nicht gewollt, dass er starb, denn sie ließen ihn im Busch in der Nähe eines

Mennonitendorfes zurück. Vielleicht dachten sie, dass er gefunden werde und zogen weiter, um für ihr eigenes Überleben zu kämpfen. Und er wurde gefunden.

Eine Siedlerfamilie suchte im Busch nach Brennholz und hörte ein Baby weinen. Sie nahmen das unterernährte und ausgetrocknete Baby auf, um sein Leben zu retten. Die Familie Teichrieb nannte ihn Hans, genauer gesagt Hans Teichrieb. Sie zogen ihn als einen ihrer eigenen auf. Er spielte mit den Dorfkindern, besuchte die Sonntagsschule und besuchte schließlich die Dorfgrundschule. Er sprach zu Hause Plattdeutsch und in der Schule und in der Kirche Hochdeutsch. Er war einer von ihnen und ahnte nicht, dass es vielleicht nicht so war.

Und dann passierte eines Tages das fast Unvermeidliche. Hans und ein anderer Junge hatten einen kleinen Streit in der Schule. Der andere Junge nannte Hans einen ‚Schwoata' und fügte hinzu: "Du bist nur ein Indianer." Hans kannte die Bedeutung dieses Wortes zu gut. *Schwoata* bedeutete in seiner unschuldigsten Bedeutung „Schwarzer". Aber wenn es auf Menschen angewendet wurde, war es ein sehr abfälliger Begriff. Hans hatte sich noch nie so gesehen. Er hatte sich immer als einer der Dorfbewohner, dieser Einwanderer, gefühlt.

Hans geriet in Schock, Tränen liefen ihm über das Gesicht. Er rannte nach Hause zu Mama Teichrieb. Er verlangte ein Stück Seife und einen Eimer Wasser. Er schäumte seine Arme mit Seife ein, während er seine Arme schrubbte und in den Eimer tauchte, um sie zu waschen. Seine Mutter war ihm gefolgt und fragte leise hinter ihm: "Hans, was machst du?" Hans brach wieder in Tränen aus.

"Sie haben mich in der Schule *Schwoata* genannt und ich versuche nur, den Dreck wegzuwaschen."

„Hans, du wurdest mit dieser Hautfarbe geboren", antwortete seine Mutter mit sanfter Stimme. "Du bist ein sehr schöner Junge, und was sie in der Schule sagten, war falsch." Schließlich hatte er sich beruhigt, aber das Mobbing dieses Tages überschattete seine nächsten Jahre.

Im Alter von neun, vielleicht zehn Jahren, fuhr er fort, wurde beschlossen, ihn in seinen Clan zurückzubringen. Sein Stamm hatte sich dauerhaft in Yalve Sanga niedergelassen. Sogar seine leiblichen Eltern, die ihn im Busch zum Sterben zurückgelassen hatten, lebten jetzt dort. Aber niemand hatte ihn bezüglich dieser Entscheidung befragt.

In Yalve Sanga hatten seine wirklichen Probleme begonnen. Er verstand kein Wort der Enlhet-Sprache, geschweige denn, dass er sie sprach. Ihre Kultur war ihm ebenso fremd wie die der chinesischen oder Swahili Kultur aus fernen Ländern. Er kannte sich überhaupt nicht mehr aus.

Ein Onkel von ihm, der auch viel Plattdeutsch gelernt hatte, besuchte ihn eines Tages. „Schau, Hans", hatte er gesagt, „ich glaube, du hast es nicht leicht. Ich möchte für dich mehr als ein Onkel sein. Ich möchte dein Freund sein und dir helfen, unsere Sprache zu lernen und unsere Kultur zu verstehen." Hans hatte diese Gelegenheit ergriffen, wie ein Ertrinkender im tobenden Meer nach einem Strohhalm greift. Und es hat für Hans funktioniert.

Schließlich ließ der tiefe Schmerz, der ihn an dem Tag getroffen hatte, als sie auf die Farm gekommen waren, um ihn abzuholen und zu seinem Stamm zurückzubringen, auf ein erträgliches Maß nach. Er erinnerte sich immer an die Worte, die seine Mutter am Tag der Trennung gesprochen hatte. Sie hatte gesagt, dass sie den gleichen Schmerz fühlte, den er fühlte. Sie versicherte ihm, dass sie immer für ihn da sein würden. Aber vielleicht hatte Gott einen höheren Plan für sein Leben. Vielleicht war seine Rettung aus dem Busch als Baby nicht dafür gedacht, dass er nur ein weiterer mennonitischer Dorfjunge wurde. „Vielleicht hat Gott dich gerettet und darauf vorbereitet, eines Tages dein Volk zu führen."

Abschließend sagte er, dass er sich tief in seinem Inneren bis heute noch nie wie ein Lengua gefühlt habe. Er habe sich immer so gefühlt und sei immer noch Teil der Gemeinschaft, in der er aufgewachsen ist - im Dorf 17. "Aber ich kann Gottes Hand in meinem Leben sehen und bin sehr glücklich an dem Ort, an dem ich heute bin. Mein Leben im Dorf 17 bereitete mich darauf vor, mein Volk zu führen. Und das, fühle ich, ist meine Berufung. Das ist alles, was ich euch heute zu sagen habe, und ich danke euch, dass ihr zugehört habt", sagte er in typischer Lengua-Manier. Und dann setzte er sich.

Stille hatte sich im Raum ausgebreitet. Nicht einmal die Babys weinten. Es schien, als hätten alle begriffen, dass dies ein heiliger Moment war. Ich war so beeindruckt, dass ich ein bisschen schlucken musste, bevor ich auf ihn zugehen konnte, um ihm die Hand zu schütteln. Ich war auch demütig stolz darauf, dass dieser Mann, der mich Monate zuvor in Yalve Sanga willkommen geheißen hatte, meine ganze Familie als seine Freunde bezeichnet und mich zu einer Freundschaft mit ihm eingeladen hatte. Nie in meinem Leben ist mir größere Ehre zuteil geworden.

Die Zeit verging und an einem kalten Winterabend kurz vor dem Abendessen klopfte Hans an meine Haustür. Ich ließ ihn herein und wir setzten uns. Er gab nicht zu erkennen, dass er etwas wollte. Ich wusste inzwischen, dass ein wahrer Lengua nicht sofort damit herausrückte, was sein Anliegen war. Ich wusste auch aus Erfahrung, dass, wenn jemand direkt fragen würde, was er wollte, er höchstwahrscheinlich sagen würde: "Nichts." Also saßen wir nur da und tauschten ein paar belanglose Worte aus. Das Abendessen war fertig und Nicole lud uns an den Tisch ein. Er wollte mehr über Nicoles Familie in der Schweiz wissen und wie sie Paraguay mochte.

Nach dem Abendessen machten wir es uns in dem kleinen Wohnzimmer bequem. Langsam begann er zu sprechen. „Als ich gerade nach Yalve Sanga gebracht worden war, um mit meinen Leuten zusammen zu sein, habe ich hier hinter eurem Haus, direkt neben dem Gürteltierteich etwas erlebt, das ich nie vergessen habe. Es gab ein großes Feuer. Daneben lag ein Toter. Eine Gruppe von Ältesten saß mit überkreuzten Beinen um die Leiche. Sie sangen, machten wilde Gesten und ihre Stimmen klangen sehr wütend. Ich sprach noch nicht fließend Lengua, verstand aber das meiste, was sie sagten. Ein feindlicher Clan, der an einem Ort namens "Eulenkamp" lagerte, hatte einen bösen Geist geschickt, um den Mann zu töten, der vor ihnen lag. Es war ein Ort voller böser Geister, nachdem die Nacht erst mal den Tag verjagt hatte. Und der feindliche Clan hatte jetzt Zugang zu diesen Geistern und griff die Menschen in Yalve Sanga an.

„Der Gesang wurde stärker. Der Schamane zog ein Messer heraus und schnitt dem Toten den Bauch auf. Die anderen Ältesten zogen heiße Steine aus dem Feuer und legten sie in die offene Bauchhöhle des Toten. Als die heißen Steine die Eingeweide trafen, gab es ein zischendes Geräusch und viel übelriechenden Rauch. Mit Holzstücken drückten die Ältesten die heißen Steine immer tiefer in die Körperhöhle und sangen noch lauter, während sie dem bösen Geist befahlen, den Körper des Toten zu verlassen und an den Ort namens "Eulenkamp" zurückzukehren, um den Anführer von dieser Gruppe dort zu töten, um Rache zu verüben."

„Dann hatte der Gesang plötzlich aufgehört. Der Schamane hatte mit dem Finger direkt vor ihnen in die Luft gezeigt, als hätte er dort etwas gesehen. Er hatte langsam höher gezeigt und gesagt: ´Da geht er. Er bewegt sich in Richtung des sieben Kilometer entfernten Eulenkamps.´ Alle anderen Ältesten hatten mit dem Kopf genickt und ausgerufen, dass sie auch gesehen hatten, wie sich der böse Geist wegbewegt hatte."

Hans sagte, er hatte nichts gesehen.

„Am nächsten Tag war ein Läufer vom Eulenkamp gekommen. Der Anführer dieses feindlichen Clans war am Tag zuvor tot umgefallen. Es war ungefähr zur gleichen Zeit geschehen, als die Schamanen aus Yalve Sanga dem Geist befohlen hatten, zu gehen, um sie zu rächen."

Als er mit der Geschichte fertig war, hatte Hans fast einen verwirrten Gesichtsausdruck. Er hatte keinen Geist gesehen, der den Körper des Toten verlassen hatte. Die Schamanen behaupteten, sie hätten ihn gesehen. Die Tatsache, dass der Mann vom Eulenkamp am selben späten Nachmittag ohne Anzeichen von Krankheit tot umgefallen war, als die Schamanen von Yalve Sanga dem bösen Geist befohlen hatten, sich zu rächen, hatte Hans in riesige Zweifel und innere Unruhe geworfen. Er hatte diese Erfahrung nie vollständig verdauen können. Er hatte so viele Fragen.

Viele seiner Leute waren Christen geworden, aber viele von ihnen fürchteten immer noch die bösen Geister, besonders nach Einbruch der Dunkelheit. Gab es einen glaubwürdigen Grund für ihre Angst? "Was noch schlimmer ist", fuhr er fort, "ich zweifle manchmal, und vielleicht sollte auch ich die bösen Geister fürchten, wie es so viele meiner Leute tun. Sag mir, was du denkst."

*Was denkst du?*

Diese Frage lag schwer in der Luft. Ich glaubte, etwas über Landwirtschaft und Tierwissenschaften zu wissen. Aber böse Geister? In ihren religiösen Ausdrucksformen waren die Enlhet eine animistische Kultur. Die Angst vor bösen Geistern hatte sie ständig im Griff. Es gab kein Konzept eines guten Geistes, der ihnen helfen oder sie beschützen könnte. So war es zumindest gewesen, bevor sie das Evangelium gehört hatten. Also wusste ich, dass ich Hans antworten musste; ich wusste nur nicht wie.

„Juan", antwortete ich schließlich, „du und ich, wir sind Christen, und unsere Haupterfahrung ist mit dem guten Geist. Es wäre also schwierig für mich und auch für dich, zu sehen, wie der böse Geist die Körperhöhle verlässt und an einen anderen Ort reist, um eine Person zu töten. Aber die Schamanen - ja, ich glaube, sie haben ihn gesehen. Außerdem gab es beim Eulenkamp einen Toten, der ihnen den Beweis erbrachte."

"Für uns ist es wichtig, die Existenz böser Geister zu erkennen und dass sie die Macht haben, Schaden zuzufügen und Menschen in Knechtschaft zu halten. Umso wichtiger ist es zu wissen, dass es den guten Geist gibt, der alle bösen Geister überwunden hat. Wir können glauben, dass es böse Geister gibt, und ja, wir können sie sogar fürchten. Aber wir glauben nicht an sie in dem Sinne, dass sie über uns herrschen oder unsere Zukunft bestimmen. Dafür glauben wir an Gott und sind auf ihn angewiesen."

Juan dachte ein wenig darüber nach, stand dann auf und sagte: "Das ist alles, was ich zu sagen hatte."

In der Mitte sitzend Hans Teichrieb, im Büro des Zentral Komitee

In solche und ähnliche Gespräche wurden viele Mitarbeiter von Yalve Sanga von Zeit zu Zeit hineingezogen. Und es gab noch die andere Frage, welche ausländische Anthropologen in den Vordergrund stellten: Ist es richtig, dass wir als "weiße" Kultur mit den Ureinwohnern des Chaco arbeiten? Haben wir nicht versucht, ihre Kultur zu beeinflussen und zu verändern, insbesondere, indem wir ihnen das Evangelium gebracht haben? Tatsächlich sagten sie, wir würden ihre Kultur zerstören, damit wir ihnen das Evangelium aufzwingen könnten.

Dies waren gute und berechtigte Fragen. Es waren Fragen, die an uns nagten und die uns dazu veranlassten, uns eine Auszeit zu nehmen, um weitere Schulung in diesem Bereich zu suchen.

1984 packten Nicole und ich unsere Koffer und fuhren vorübergehend nach Europa. Nicoles Familie lebte in der Schweiz; durch Jacob Lepp, der Missionar in Yalve Sanga war, hatten wir von einer neuen evangelischen Universität gehört, die in Korntal bei Stuttgart gegründet worden war. Diese war speziell dazu angelegt, um Missionsarbeiter mit beträchtlicher Felderfahrung auszubilden. Die Professoren waren keine "Sesselanthropologen" oder Theologen. Es waren alles Menschen mit einer umfassenden akademischen Ausbildung – alle mit einem Doktortitel, einer war sogar ein Dr. Dr. -, aber auch mit langjähriger Erfahrung als Missionare auf dem Feld.

Jacob war auf dem Weg dorthin und ich beschloss, dasselbe für zwei Semester zu tun. Ich pendelte wöchentlich aus Basel, Schweiz. Vom ersten Tag an in Korntal hatte ich das Gefühl, dass es die richtige Entscheidung war, hierher zu kommen. Ich brauchte ein besseres und tieferes theologisches und anthropologisches Verständnis für die Arbeit, die wir in Yalve Sanga leisteten.

Als wir anderthalb Jahre später im April 1986 zurückkehrten, um unsere Arbeit in Yalve Sanga wieder aufzunehmen, waren wir zu dritt. Rafael war uns kurz vor Weihnachten 1985 geschenkt worden. Er bekam eine erste Kostprobe vom Leben in den Tropen, als wir für einen Transitstopp in Recife, Brasilien, landeten. Wir durften das Flugzeug nicht verlassen und es wurde heiß dort. Er fing an zu schreien und bekam einen Anfall. Als wir ihn schließlich in seinem Adamskostüm auf unserem Schoß stehen hatten, beruhigte er sich. Die anderen Passagiere atmeten erleichtert auf. Rafael konnte die Hitze einfach nicht ertragen.

# Kapitel 19

## Es geht weiter

Wir verlassen den Chaco und ziehen zur Hauptstadt

Um die Wende des Jahrzehnts hatten wir das Gefühl, dass wir eine Veränderung brauchten. Es war eine sehr arbeitsreiche Zeit gewesen. Während unserer Zeit wurden fünf neue Siedlungen mit jeweils bis zu hundert Gehöften gegründet. Die älteren, zuvor errichteten Siedlungen, hatten etwa 20 Hektar pro Gehöft. Die fünf neuen Siedlungen hatten ungefähr 100 Hektar pro Gehöft. Die gesamte Neuansiedlungsphase für die fünf neuen Siedlungen war für jede Gruppe auf drei Jahre verteilt. Es war ein großes Unterfangen und verlangte lange Tage. Aber es brachte auch die große Belohnung mit sich, fast fünfhundert Familien auf ihre eigenen Gehöfte ziehen zu sehen, um einen Ort zu schaffen, den sie Zuhause nennen konnten, wo sie Teil einer Gemeinschaft sein und vor allem in eine hoffnungsvolle Zukunft blicken konnten.

Es war nicht so, dass wir ausgebrannt waren. Wir hatten noch Kraft und Mut, jedoch verspürten wir eine gewisse Ermüdung. Yalve Sanga hatte uns so viel gegeben - unendlich mehr als wir geben konnten. Rückblickend war es eine der besseren Zeiten in unserem Leben. Wir fühlten uns mit diesen Menschen verbunden. Es war also nicht leicht, von hier wegzugehen. Wir hatten etwas damit zu kämpfen. Und dann war da noch der Gedanke, was vor uns liege, wenn wir gehen. Wir haben gebetet und wir haben überlegt, und kamen zu dem Entschluss, die erforderliche Kündigungsfrist von sechs Monaten einzuhalten. Für das, was vor uns lag, wollten wir auf Gott vertrauen.

In der Kolonie stand inzwischen eine Wahl zum Siedlungsleiter (Oberschulze) an. Im ersten Prozess wurden die Kolonisten aufgefordert, Namensvorschläge für diesen Posten einzusenden, die so genannte erste Runde. Diese erste Runde ergab ungefähr sieben Namen. Zu meiner großen Überraschung war mein Name unter ihnen. In Vorbereitung auf die zweite Runde befragte das Wahlkomitee alle nominierten Personen – beginnend mit der Person mit den meisten Stimmen -, ob sie die Kantidatur annehmen. Es wurde fast erwartet, dass die Person mit der höchsten Anzahl von Nominierungen ihren Namen stehen lasse, und sie tat es. Als nächster auf der Liste stand mein Name. Ich akzeptierte nicht und sie gingen weiter, nur um ein paar Tage später zurückzukommen und mich zu drängen, meinen Namen stehen zu lassen, da auch alle anderen Kandidaten abgelehnt hatten.

"Wir müssen eine Wahl durchführen", sagten sie, "und das können wir nur, wenn wir zwei Namen zur Wahl stellen." Ich spürte keine Berufung für diese Arbeit.

Einer von ihnen sagte scherzhaft: "Wenn wir Ihnen garantieren können, dass Sie nicht gewählt werden, würden Sie es akzeptieren, Ihren Namen als Dienst an der Gemeinschaft stehen zu lassen?" Und so tat ich es. In den Riss für das Team und die Gemeinschaft zu springen, mag eine ehrenvolle Sache sein, aber es war trotzdem nicht einfach und etwas überwältigend. Man steht in der Öffentlichkeit. Es wird immer Menschen geben, die für einen und andere, die gegen einen sind. Man hört automatisch Kommentare zur Ablehnung und/oder Unterstützung. Und man weiß mit Sicherheit, dass man am Esstisch Gegenstand von Diskussionen sein wird – gut oder schlecht. Man muss in der Lage sein, alles nicht zu ernst zu nehmen und es niemals zu persönlich werden zu lassen.

Also hat der andere gewonnen, sehr zu meiner Erleichterung. Durch einen anschließenden Prozess wurde ich für eine Amtszeit von drei Jahren in den Verwaltungsrat der Siedlung und der Genossenschaft der Kolonie gewählt. Mein Zuständigkeitsbereich wäre die Entwicklung der Landwirtschaft und der Tierhaltung. Die Position passte zu meiner Vorbereitung und meinen Erfahrungen in der Vergangenheit. Aber irgendwie konnte ich weder eine tiefere Leidenschaft oder ein tieferes Engagement entwickeln noch spürte ich, dass dieses Engagement die Möglichkeit einer großen Erfüllung bieten würde. Ich habe es zu sehr mit Yalve Sanga verglichen, und für mich konnte es nicht mithalten.

Kurz danach bat mich ein Mann namens Dietrich Klassen, zu einem Gespräch vorbeizukommen, wie er es nannte. Ich kannte ihn. Ich hatte ihn auf Missionskonferenzen mehrmals sprechen gehört. Er stammte aus der benachbarten Kolonie Neuland - einer Siedlung, die nach dem Zweiten Weltkrieg von Flüchtlingen aus der Ukraine gegründet worden war, die mit der sich zurückziehenden deutschen Armee geflohen waren, um dem Kommunismus zu entkommen.

Er war jetzt Vorsitzender einer Vereinigung von mehr als dreißig Gemeinden (Gemeindekomitee), die fünf verschiedenen Denominationen oder Konferenzen angehörten. Dieser Verein betrieb unter anderem eine Dienstorganisation namens SERVOME (Christlicher Dienst) mit Hauptsitz in Asunción, der Hauptstadt Paraguays. Der Hauptzweck dieser Organisation war es, freiwillige Dienstleistende in einem Leprakrankenhaus und einem von der Regierung geführten Heim für ältere Obdachlose in Ostparaguay anzustellen. In Asunción war diese Organisation an einer von der Regierung geführten psychiatrischen Einrichtung beteiligt, in der Fachpersonal und Freiwillige quasi unabhängig in diesem Krankenhaus arbeiteten und ein Ergotherapie-Zentrum betrieben. Außerdem betrieb SERVOME eine kleine Kindertagesstätte für Kinder alleinerziehender Mütter mit etwa 25-30 Kindern. Herr Klassen schloss seine Erklärungen damit, dass sie einen neuen Leiter für SERVOME suchten.

Nichts von dem, womit SERVOME sich beschäftige, passte zu meiner Vorbereitung und Erfahrung. Wäre ich bereit, über dieses Stellenangebot nachzudenken, wollte Herr Klassen wissen. Darüber nachdenken würden wir, denn als wir bei der ASCIM unsere Kündigung eingereicht haben, hatten wir gesagt, dass wir in Bezug auf die Zukunft auf den Herrn und seine Führung vertrauen würden. Aber, Junge, fühlte sich das alles seltsam an!

Nach intensiven Überlegungen, Gebeten und eingehenden Gesprächen mit Freunden und Familienmitgliedern, deren Meinung wir schätzten, fanden wir ein Ja. Und es war ein bewusstes und frohes Ja. Ein neuer Weg für unser Leben, eine neue Herausforderung und ein erneutes Vertrauen in Gottes Führung. Yalve Sanga würde für immer in unseren Herzen bleiben, und das gab uns die Kraft, vorwärts zu gehen.

Unser erstes Haus in Filadelfia, mit unseren zwei jungen Söhnen

Und die Kraft, zu glauben, dass wir die richtige Entscheidung getroffen hatten, würden wir früh genug brauchen. Wir waren gerade in unser eigenes Haus gezogen. Unser erstes. Und jetzt mussten wir gute Mieter und ein Haus zur Miete in Asunción finden. Das erwies sich für die Preisspanne, die wir uns leisten konnten, als nahezu unmöglich, aber schlussendlich haben wir eines gefunden. Während wir uns auf den großen Umzug vorbereiteten, sahen uns unsere Söhne manchmal ungläubig an. Sie waren noch klein, haben aber auf ihre Weise vollständig erfasst, dass es auch für sie Folgen haben würde. Warum sollten wir unser Haus verlassen, das wir endlich hatten bauen können? Warum wollten wir, dass sie ihre Freunde verlieren? Warum bereitet ihr euch auf einen Umzug vor, wenn ihr nicht einmal wisst, wo wir wohnen werden? Die Liste der Fragen wurde länger und länger.

Einer von ihnen erklärte schließlich kategorisch, dass er in Asunción niemals zur Sonntagsschule noch mit uns in die Kirche gehen würde. Dies weckte unsere besorgte Neugier. Nun, erklärte er, in Asunción sei alles in Spanisch. Und Spanisch sei wirklich spanisch für ihn. Zu Hause und in der Kolonie wurde nur Deutsch gesprochen. „Also", schloss er, "in Asunción verstehe ich kein Wort und werde einfach die ganze Zeit zu Hause bleiben." Nicole und ich waren mit unseren eigenen Sorgen so beschäftigt, dass es uns entgangen war, dass unsere eigenen Kinder von diesem großen Schritt vielleicht genauso tief betroffen waren wie wir selbst.

Als der große Lastwagen sich rückwärts auf der Einfahrt unserem Haus näherte, wussten wir, dass die Stunde der Abrechnung gekommen war. Alles war gepackt. Nicole war darin eine Meisterin geworden. Freunde und Nachbarn kamen, um uns beim Beladen des Lastwagens zu helfen. Wir haben beim Laden so gute Arbeit geleistet, dass am Ende noch etwas Platz übrig war. Hinter dem Haus hatten wir Obstbäume wie Mangos, Orangen, Mandarinen und ein Feld mit Kürbis, Süßkartoffeln, Maniok und großen, essbaren, gelben Kürbissen. Deshalb haben wir alle gebeten, uns zu helfen, so viel wie möglich zu ernten und zu laden, vor allem die großen gelben Kürbisse. Diese Kürbisse waren bei sachgemäßer Lagerung an einem kühlen und dunklen Ort viele Monate haltbar.

Das Haus, das wir in Asuncion, der Hauptstadt Paraguays, mieteten

An dem Tag, als wir mit dem alten und ramponierten Lastwagen vor unserem gemieteten Haus in der Hauptstadt vorfuhren, wurden wir neugierig von mehreren Menschen beobachtet. Sie alle begrüßten uns freundlich und fragten, ob wir jetzt in dieses Haus einziehen. Wie wir herausfanden, waren die meisten von ihnen Nachbarn.

Da die Früchte und Kürbisse zuletzt geladen worden waren, mussten sie jetzt zuerst abgeladen werden. Eine der Damen, die danebenstand, fragte mich nach dem Zweck dieser Kürbisse. Ich sagte ihr, wir würden sie zum Nachtisch benutzen. Überrascht griff sie mit beiden Händen nach ihrem Gesicht. "Oh nein", sagte sie, "das ist Schweinefutter." Verlegen über sich selbst verschwand sie schnell und dachte vielleicht, dass der nächste Lastwagen, der vorfahren würde, eine Ladung Schweine sein könnte.

Diese feinen Großstadtmenschen ahnten nicht, dass man nach dem Entfernen der Kerne und der harten äußeren Schale die Kürbisse in mundgerechte Stücke schneiden, sie al dente in Wasser kochen, Zucker und Zitrone hinzufügen und als ein exquisites Dessert oder als einen Snack zu sich nehmen kann. Der Schweinetransporter kam also nie an und wir aßen lange Zeit Kürbisdessert. So lange, dass unsere Jungs anfingen, sich über Joghurt, Pudding oder andere Obstsalate zum Nachtisch zu äußern. „Immerhin", sagten sie, "sind wir jetzt in Asunción." Sobald alle Kürbisse weg waren, wurde ihr Wunsch erfüllt.

# Kapitel 20

## El Abrigo

### Eine Herberge für Straßenkinder

Straßenkinder waren ein Begriff, mit dem wir nicht allzu vertraut waren. Wir hatten vor einigen Jahren während einer Übernachtung auf dem Weg in die Schweiz, um Nicoles Familie zu besuchen, eine Favela in Rio De Janeiro, Brasilien, gesehen. Es war Brasiliens größte Favela, wurde uns gesagt. Ein riesiges Ghetto. Nur Hütten und Anschein von Häusern in allen Formen und Größen am Berghang. Extreme Armut. Wir durften nicht aus dem Fahrzeug steigen. "Fahren Sie einfach weiter, halten Sie nicht an. Nicht einmal die Polizei würde zufuß auf Patrouille gehen", wurde uns gesagt. Die Straßenkinder der Copacabana nannten dies ihr Zuhause. Banden, hartgesottene Kriminelle, Straßendrogenbosse, Prostituierte und arme Mütter, die ums Überleben kämpften.

Für uns war es eine sehr kurze Begegnung mit einer Realität, die gleichzeitig so extrem und seltsam ist. Es war beeindruckend, aber schwer zu verdauen und vielleicht würden wir sie bald vergessen. Die Schweiz - mit ihrer atemberaubend beeindruckenden Natur, ihren wunderschönen alten Städten und der makellosen Sauberkeit - lag vor uns.

Kurz bevor wir für die neue Aufgabe bei SERVOME nach Asunción zogen, wurden wir zu einem informellen Treffen mit einigen uns bekannten Ehepaaren eingeladen. Eines von ihnen war mein Bruder Peter mit seiner Frau Else. Diese Paare hatten kürzlich eine Flusskreuzfahrt auf dem Amazonas in Brasilien unternommen. Bei jedem Stopp, den das Flussboot gemacht hatte, waren Horden kleiner Boote mit armen Menschen, von denen viele voller hungriger Kinder waren, vom Flussufer losgefahren, um an ihrem Schiff anzudocken und um Essen zu bitten.

Genau wie bei Nicole und mir beim Besuch der Favela in Rio hatte diese Erfahrung bei diesen Paaren einen unauslöschlichen Eindruck hinterlassen. Und genau wie für uns in Rio war es für sie schwierig, die Erfahrung in die richtige Perspektive zu rücken, geschweige denn in einen Aktionsplan umzusetzen. Ein Paar hatte eine beträchtliche Spende an eine Organisation geleistet, die mit

Kindern in Notsituationen in Brasilien arbeitete - weit mehr als die Flusskreuzfahrt für alle zusammen gekostet hatte. Aber jetzt ging es darum, was sie für Kinder in Paraguay tun könnten.

Da wir nach Asunción ziehen würden, um SERVOME zu leiten, und da SERVOME eine Kindertagesstätte für Kinder alleinerziehender Mütter betreibt, könnte vielleicht ein Weg gefunden werden, diese Arbeit mit der Betreuung von Straßenkindern zu kombinieren. Wir berichteten über eine Erfahrung, die wir kürzlich in Asunción gemacht hatten, als wir dort auf der Suche nach einem Haus zum Mieten waren. Wir hatten mehr Straßenkinder getroffen, die auf der Straße bettelten, als jemals zuvor. Regierungsstatistiken und NGO-Berichte zeigten, dass die Zahl der Straßenkinder in Asunción um 32.000 schwankte. In denselben Berichten wurde auch darauf hingewiesen, dass Straßenkinder für Paraguay ein relativ neues Phänomen seien. Aus diesem Grund gab es noch keine Organisationen oder Programme, die sich ausschließlich dieser Aufgabe widmeten.

Wir erzählten der Gruppe von vier Ehepaaren auch, dass wir in Asunción herumgefahren sind, um uns ein wenig umzuschauen, wo sich die Straßenkinder am Abend für die Nacht versammelten. Wir waren in eine kleine, unbeleuchtete Straße direkt neben dem Parque Caballero gefahren. Der Parque Caballero war ein schöner Park und tagsüber wurde er von den besser gestellten Stadtbewohnern zum Spazierengehen, Joggen und Trainieren genutzt.

Direkt hinter dem Park lagen die beiden großen Slums von Asunción: Pelo Pincho und Chacarita. Als wir in diese kleine, dunkle und kurvenreiche Straße einbogen, wussten wir nicht, dass sie uns direkt ins Herz von Pelo Pincho führen würde. Auf jeden Fall keine sichere Angelegenheit für einen Außenstehenden. Schon gar nicht nachts. Als wir um die erste Ecke bogen, brachten unsere Scheinwerfer etwas in Sicht, das aussah wie eine Herde schlafender Rinder, die die ganze Straße blockierten. Das wäre kein ungewöhnliches Szenario auf dem Land und sogar am Rande der großen Städte Paraguays.

Ich schaltete das Fernlicht ein und machte mich bereit, die Hupe zu betätigen, während wir näherkamen, als mir plötzlich mit Entsetzen klar wurde, dass es sich nicht um Vieh, sondern um Menschen handelte, die auf der Straße schliefen. Genauer gesagt, war es eine große Gruppe von Kindern. Ich schaltete das Licht aus und stellte den alten Pick-up in den Rückwärtsgang. Langsam fanden wir den Weg aus dieser verwinkelten kleinen dunklen Straße.

Die Gruppe von vier Ehepaaren beschloss, dass man sich bald wieder treffen würde.

Ein paar Wochen später, als wir uns wieder trafen, hatten drei der vier Paare nach einigen ernsthaften Überlegungen entschieden, dass sie ein Projekt auf lokaler Ebene bevorzugen würden. Asunción schien ihnen zu weit entfernt, um sich auf direkte Weise persönlich zu beteiligen, und das Straßenkinderszenario schien zu groß, um von ihnen angegangen zu werden. Sie waren verständlicherweise zurückhaltend und hatten in Bezug auf diese Frage Recht. Peter und Else wollten offen bleiben, um zu sehen, ob etwas gegen das Problem der Straßenkinder unternommen werden konnte, auch wenn es zu diesem Zeitpunkt ein großes Rätsel zu sein schien. Sie baten Nicole und mich, diese Sache im Blick zu behalten und schließlich einen Vorschlag zu unterbreiten, was möglicherweise getan werden könnte. Wir selbst hatten zu diesem Zeitpunkt auch keine Ahnung. Wir hatten noch nicht einmal unsere neue Aufgabe angetreten und wussten nicht, ob etwas über SERVOME - unserem neuen Aufgabenbereich - gestartet werden könnte. So wie es aussah, würden erst einmal viele andere Dinge auf der Prioritätenliste stehen.

In Asunción angekommen und unseren neuen Job angetreten, erregte die Kindertagesstätte für alleinerziehende Mütter unsere besondere Aufmerksamkeit. Dies waren alleinerziehende Mütter mit wenig oder keiner Schulbildung, die verzweifelt ums Überleben kämpften, um für ihre Kinder zu sorgen. Dabei gerieten sie oft an Männer, die ihnen Hilfe versprachen. Sogar ein schwimmendes Holzbrett in einem tiefen Ozean verspricht einem Ertrinkenden Hoffnung.

Diese Männer hatten nie die Absicht oder Fähigkeit, diesen kämpfenden Müttern zu helfen. Sobald sie ihre Partnerin schwängerten, verließen sie diese für ein weiteres Abenteuer. Die Mütter hielten sich an ein baumelndes, aber gerissenes Seil mit der zusätzlichen Last eines neuen Kindes auf dem Weg. Ein nie endender Teufelskreis der Verzweiflung inmitten eines Meeres von Schmerzen.

Wie ein kleines Mädchen in Brasilien es einmal gesagt hat: „Das Wasser im Meer ist so bitter wegen all der Tränen, die von armen Müttern geweint worden sind."

Die Kindertagesstätte war für diese Mütter ein wahrer Zufluchtsort. Hier waren ihre Kinder für den Tag in Sicherheit, während die Mütter nun einen Job als Haushaltshilfe, Fabrikarbeiterin oder auch als Straßenverkäuferin ausüben konnten. Am späten Nachmittag kehrten sie zurück, um ihre Kinder abzuholen und die Nacht zusammen zu Hause zu verbringen, selbst wenn dies nur eine prekäre Hütte war. Zuhause ist dort, wo das Herz ist. Zuhause ist, wo die Familie zusammen sein kann.

SERVOME hatte das schon lange vor unserer Ankunft erkannt. Sie hatten ein geräumiges Grundstück mit einer alten, kleinen und unzureichenden Gebäudestruktur gemietet. Mit Hilfe von Freiwilligen und einigen Spenden wurde das Gebäude zu einem brauchbaren Raum ausgebaut. Ein gespendetes kleines Holzhaus war als Büro an einer Ecke des Grundstücks aufgestellt worden. Alles war sehr einfach, aber sauber und voll funktionsfähig.

Die Kindertagesstätte hieß "Emanuel" - Gott mit uns. Und dazu gehörten auch die Mütter mit ihren Kindern. Hier in Emanuel konnten die Mütter ihre Kinder nicht nur für den Tag zurücklassen; hier in Emanuel konnten die Mütter selbst einen Zufluchtsort finden. Ein/e Sozialarbeiter/in würde ihnen helfen, einen Job zu finden, sie bei Bedarf ins Krankenhaus bringen und in Zeiten großer Schwierigkeiten ihnen eine Schulter zum Weinen bieten. Hier kamen die Mütter wöchentlich zu einer zweistündigen Feier, der Mutterstunde, bei der sie sangen, Geschichten anderer Mütter hörten und Essen und Gesellschaft teilten. Das verankerte so viele dieser Mütter. Es war wirklich "Emanuel".

Es wurde uns bald klar, dass diese Kinder in der Kindertagesstätte - zumindest die meisten von ihnen - höchstwahrscheinlich Straßenkinder wären, wenn es diesen Ort namens Emanuel nicht gäbe. Von da an haben wir uns bemüht, den Ausbau dieser Kindertagesstätte zu einer Priorität unserer Arbeit zu machen. Wir haben versucht, die Immobilie zu kaufen, konnten es aber nicht. Der Eigentümer verlängerte den Mietvertrag kostenfrei um zwei Jahre. Er schlug vor, dass wir danach einem alternativen Standort suchen sollten, da er das Grundstück wahrscheinlich für seine eigene Familie benötigen würde. Adolf Loewen war sein Name und er war eine sehr liebenswürdige Person.

Gleichzeitig rückte eine mögliche Initiative zugunsten der Straßenkinder langsam in den Vordergrund. Peter und Else hatten finanzielle Unterstützung angeboten. Wir haben umfangreiche Nachforschungen angestellt und alle Projekte in Asunción besucht, die in gewisser Weise, wenn auch nur minimal, Straßenkindern Unterstützung boten. Was wir aus all dem am meisten gelernt haben, war, dass es keine leichte Aufgabe war, was auch immer wir unternehmen würden. Bei den meisten Projekten, die wir besuchten, waren sich die Handelnden sehr unsicher darüber, was sie taten, und noch weniger sicher über das Ergebnis ihrer Bemühung. Es gab einfach kein Modell, dem man folgen oder von dem man lernen konnte. Nicht für sie und deshalb auch nicht für uns.

In unseren Teamgesprächsrunden bei SERVOME haben wir uns mit drei Themen befasst, von denen wir glaubten, dass sie zu diesem Zeitpunkt für uns alle wichtig waren. Eines war, dass wir einen festen Ort haben sollten, um den Straßenkindern grundlegenden Schutz zu bieten. Zweitens müssten die Kinder freiwillig von der Straße kommen. Und zu guter Letzt würde unsere Arbeit mit diesen Kindern aus christlicher Liebe geboren werden. Diesen Kindern würde die Gute Nachricht unterrichtet werden - die Botschaft des Evangeliums in Wort und noch mehr in Tat.

Dietrich Klassen und das von ihm geleitete Gemeindekomitee stimmten der Initiative und unserem Ansatz zu. Es gab nur eine Einschränkung: Der Verein verfügte weder über die erforderlichen Mittel noch würden in absehbarer Zeit welche für eine neue Initiative wie diese zur Verfügung stehen. Sie hatten bereits Mühe, die gegenwärtigen finanziellen Anforderungen zu erfüllen. Sie versprachen jedoch, diesen neuen Dienst moralisch und im Gebet zu unterstützen. Und damit, dachten wir, sei die Schlacht mehr als zur Hälfte gewonnen.

In der Zwischenzeit suchten wir nach einem größeren Haus zum Mieten in der Innenstadt, in der Nähe der meisten Straßenkinder und auch in der Nähe von Pelo Pincho und Chacarita, wohin sich viele gelegentlich zurückzogen. Viele Menschen beteten für dieses Unterfangen und durch Gottes Gnade wurde ein geeignetes großes Haus gefunden. Es musste renoviert werden, aber wir hatten freiwillige Mitarbeiter zur Verfügung. Das Gebäude bot zwei große Räume im Erdgeschoss und darüber auf der zweiten Ebene die gleichen großen Räume, in denen bei Bedarf jeweils neun Etagenbetten untergebracht werden konnten. Es gab eine große Küche, einige Büroräume und einen überdachten Spielbereich im Hinterhof. Es war, als wäre es direkt für unseren Zweck entworfen worden. Die Jungen würden im zweiten Stock mit ihrem jeweiligen Bad wohnen, und die Mädchen würden das Erdgeschoss besetzen, das die gleichen Einrichtungen hatte.

Nachdem die Renovierungsarbeiten abgeschlossen waren, hatten wir alles. Das dachten wir zumindest. Wir hatten schöne helle Installationen und eine voll ausgestattete Küche. Wir hatten das nötige Personal und die Freiwilligen. Sogar die Toiletten hatten genügend Papier, was in Paraguay nicht immer selbstverständlich ist.

Peter und Else Duerksen, die die Arbeit mit Straßenkindern möglich machten

Durch eine schriftliche Vereinbarung hatten Peter und Else die Betriebskosten für die ersten fünf Jahre übernommen. Wir hatten sichtbar den Segen Gottes für dieses neue Unterfangen gespürt. Aber, und das war ein großes *Aber*, wir hatten keine Straßenkinder, die hierher kommen wollten.

Sie hatten tatsächlich Angst vor uns. Sie dachten, wir hätten eine Falle für sie aufgestellt, damit die Polizei sie fangen konnte. Die Regierung wollte nicht zugeben, dass Paraguay Straßenkinder hatte. Es stimmte nicht mit dem Image überein, welches das Land Investoren und Touristen gleichermaßen präsentieren wollte. Nachts bewegten sich Polizeieinheiten durch die Straßen, wo sie diese Kinder vermuteten, um die Straßen von ihnen zu befreien. Die Kinder, die nicht schnell genug rennen konnten, wurden in ein Sammelfahrzeug geworfen und mussten zur Abschreckung ein oder zwei Nächte unter unmenschlichen Bedingungen im Gefängnis verbringen.

Die Kinder konnten tatsächlich nicht glauben, dass es jetzt einen Ort gab, wo man sie haben wollte. Es musste eine Falle oder eine Illusion sein. Es wäre also besser, sich diesem Ort nicht zu nähern.

Aber wir hatten Zeit. Eigentlich war nur ein Jahr vergangen, seit wir nach Asunción gezogen waren, und wir hatten mehr Zeit als Geld. Nicole wies darauf hin, dass wir dem Ort noch nicht einmal einen Namen gegeben hatten. Sie erinnerte sich, dass sie in der Schweiz einmal ein Heim für Kinder gesehen hatte, das "Huesli" hieß - das kleine Haus. Die Übersetzung ins Spanische gab uns „Abrigo", was "Schutz" oder "warmer Ort" oder "warmer Mantel" bedeutet. Ein warmer Ort des Schutzes. Ja, das klang gut – eigentlich sehr gut. Und so wurde der Name "El Abrigo" für unsere Kinderherberge geboren.

Als nächstes haben wir kleine Broschüren in der Größe einer Karteikarte vorbereitet. Es zeigte die Skizze eines Hauses mit dem Namen El Abrigo und einem Bibelvers darunter. Die Rückseite zeigte die Adresse und eine Skizze der Straßen rund um El Abrigo. Niemand sollte sich verirren, wenn er nach uns suchte. Abends, mit diesen Flugblättern bewaffnet, gingen wir oft zu Fuß oder mit dem Auto auf die Straße, um sie zu verteilen. Wenn wir mit dem Auto an einer Ampel anhielten, an der die Kinder sich oft aufhielten, kurbelten wir die Fenster herunter, um sie zu verteilen.

Manchmal nahmen sie sie und manchmal nicht. Im letzteren Fall warfen wir die Karten einfach aus dem Fenster auf den Bürgersteig. Wenn wir wegfuhren, konnten wir im Rückspiegel immer sehen, dass die Kinder sie schnell aufhoben und überflogen. Wir wussten also, dass unsere Botschaft über El Abrigo im Umlauf war. Trotzdem klopften keine Kinder an die Tür.

Manchmal gingen wir durch die Straßen, um nach Kontakten zu suchen. Eines Abends kam Volker Weber, ein Freiwilliger aus Deutschland, mit mir. Volker hatte dunkles Haar und hatte immer einen ordentlichen Haarschnitt, ähnlich wie bei den Polizeibeamten. Als wir uns der Ecke Estados Unidos und 25 de Mayo näherten, sahen wir Gruppe von Kindern an der Kreuzung arbeiten. Volker war begeistert, fast außer sich. Ich mahnte zur Vorsicht, aber er hatte Gold gefunden. Sein deutscher Instinkt für Gründlichkeit hatte bereits eingesetzt. Mit großen Schritten setzte er den Kindern nach.  Aber sie hatten ihn entdeckt, bevor er es überhaupt wusste. Und sie rannten los und Volker folgte ihnen. Ich schrie Volker nach, er solle nicht rennen, sondern einfach anhalten. Aber Volker rannte und die Kinder rannten. Ich hatte keine andere Wahl, als auch zu rennen und zu versuchen, Volker einzuholen, um ihn aufzuhalten.

Sehr erschöpft holte ich einen atemlosen Volker an der Plaza Uruguaya ein. Wir waren gut sechs lange Straßenblöcke gelaufen. Erschöpft und nach Luft schnappend hörten wir die Kinder auf der gegenüberliegenden Seite des Platzes vor Schadenfreude lachen. Sie waren besser trainiert als wir, denn sie waren oft vor der Polizei geflohen.

Eines Abends, nicht lange nach diesem Ereignis, fuhren wir zur Kreuzung der Avenida Mariscal Lopez und Calle Peru. Wir hatten eine Weile beobachtet, dass ein und dieselbe Gruppe von Kindern an dieser Kreuzung arbeitete.

Das Arbeiten an einer Kreuzung war eine dieser Einkommen schaffenden Aktivitäten: Windschutzscheiben reinigen, Betteln, Stehlen, gestohlene Ware wie Süßigkeiten oder Kaugummi verkaufen, Taschendiebstahl und Schmuckraub oder eine Kombination davon. Wenn eine feine Stadtdame mit edlem Schmuck wie Halsketten oder aufsteckbaren Armbändern vorbeiging oder mit einem offenen Autofenster an einer roten Ampel anhielt, hatten diese Kinder den Jackpot geknackt.

Mit Blitzgeschwindigkeit traf einer von ihnen das Opfer, während die anderen Kinder sich anschrien und großes Spektakel veranstalteten, um die Aufmerksamkeit von dem abzulenken, was tatsächlich vor sich ging. Der Täter rannte dann mit der gestohlenen Ware um sein Leben, während die anderen Kinder ihn anschrien, er solle die Waren zurückzubringen und sich beim Opfer entschuldigen. Manchmal entschuldigten sie sich sogar beim Opfer, was meistens zu einer kleinen Belohnung seitens des Opfers führte. Das Opfer verließ die Szene mit einer gewissen Befriedigung, dass es noch am Leben war und dass nicht alle Straßenkinder schlecht seien und dass es durch die kleine Gabe die guten entschädigt habe.

Jeder, der unter extremen Bedingungen lebt, muss Überlebensstrategien entwickeln, um am Leben zu bleiben. Diese Kinder hatten unter dem Gesichtspunkt des Erfolgs hervorragende Überlebensfähigkeiten entwickelt. Und sie überlebten.

Als wir uns der Gruppe näherten, gingen wir davon aus, dass sie jeden Moment abhauen würden. Aber sie taten es nicht. Wir konnten ein freundliches Gespräch mit ihnen führen. Auf unsere Einladung, nur für einen Blick und eine warme Suppe nach El Abrigo zu kommen, gaben sie an, dass sie wüssten, wo sich der Ort befinde und dass sie hier etwas mehr „Arbeit" zu erledigen hätten und danach kommen würden. Wir sollten schon mal vorgehen und auf sie warten.

Und wir haben gewartet, und wir haben gewartet, aber sie sind an diesem Abend nicht aufgetaucht. Am Ende haben wir die Suppe alleine gegessen.

Um uns nicht entmutigen zu lassen, gingen wir am folgenden Abend zur selben Kreuzung zurück. Es war nur etwa vier Blocks von El Abrigo entfernt. Gottes Vorsehung wollte es, dass dieselbe Gruppe von acht Kindern wieder an dieser Kreuzung „arbeitete". Wieder luden wir sie ein, eine Schüssel Suppe zu essen und den Ort zu erkunden. Und wieder sagten sie uns ja, aber wir sollten gehen, um auf sie zu warten. Wir wollten uns nicht zweimal täuschen lassen, deshalb boten wir an, zu bleiben und ihnen bei ihrer „Arbeit" zu helfen, und dann könnten wir zusammen zur Herberge gehen.

Die Aussicht, dass wir ihnen bei ihrer „Arbeit" helfen würden, schien sie nicht anzusprechen. Vielleicht dachten sie, wir würden auf Gewinnbeteiligung bestehen. Aber vielleicht war die wahrscheinlichste Überlegung für sie, dass sie uns nicht für qualifiziert genug für ihre „Arbeit" hielten und wir eher ein Hindernis als eine Hilfe wären. Was auch immer ihre Argumentation war, nur wenige Minuten später sagten sie uns, dass wir jetzt alle zusammen zur Herberge gehen könnten.

Das Haus war hell beleuchtet, der große Tisch war gedeckt, die Suppe dampfte, und das hausgemachte Brot sah für einen knurrenden Magen einladend aus. Die Kinder aßen sich satt, und nach einem Rundgang durch das Haus steuerten wir sie langsam zur Haustür. Draußen nieselte es und es war kalt. Die Kinder wollten nicht gehen, aber wir waren noch nicht bereit, sie über Nacht zu behalten. Mit schwerem Herzen stießen wir sie nach draußen in die Nässe und Kälte. Sie waren nur Kinder. Sie gehörten nicht auf die Straße und hatten so ein Leben nicht verdient. Wir sagten ihnen, dass sie morgen zurückkommen und Freunde mitbringen könnten.

Ohne es zu ahnen hatten wir damit gerade unsere Kampagne, die Straßenkinder wissen zu lassen, dass El Abrigo existiere und für sie da war, beendet.

Am nächsten Tag kamen sie, und in den kommenden Tagen kamen sie in Scharen. Unsere Kampagne, um sie zu finden, war vorbei und bald würde uns die Realität hart treffen. Wir hatten viel Platz zum Schlafen, und die Küche hatte keine Probleme, leckere Mahlzeiten zuzubereiten. In unserer Naivität hatten wir gedacht, dass, indem den Kindern eine Unterkunft und drei Mahlzeiten, begleitet von bedingungsloser Liebe, gegeben wurden, wir ihr größtes Problem - ein Leben auf der Straße - lösten. Aber das war nicht der Fall.

Was sie am meisten brauchten, war eine Zukunft, für die sie leben konnten. Ein Bett für die Nacht und Essen für den Tag waren etwas, das jeder in der Gesellschaft hatte. Und das hatten sie jetzt auch. Aber was war mit ihrer Zukunft? Diese Herberge namens El Abrigo war in Ordnung und gut, aber dieser Ort konnte nicht ihre Zukunft sein.

Eines Tages kam eine Gruppe von fünf Geschwistern herein und bat zu bleiben. Ihre Mutter war gestorben und ihr Vater schlug sie. Die Straße war ihr neues Zuhause geworden. Der älteste war elf und er war der Anführer dieser Geschwistergruppe. Er schaute sich das Haus gründlich an und fragte dann, wo die Schule sei. Er wollte zur Schule gehen. Er wollte eine bessere Zukunft für sich und seine Geschwister. Wenn sie einziehen würden, wollte er wissen, ob sie dann auch die Möglichkeit hätten, zur Schule zu gehen.

Herberge El Abrigo, mit der ersten Kindergruppe die dort einzog

Nun, wir hatten keine Schule, aber inzwischen hatten wir auch völlig verstanden, dass wir ernsthaft daran arbeiten müssten, wenn diese Kinder eine bessere Zukunft haben sollten als ihre leiblichen Eltern. Wenn nicht, würden diese Kinder aufwachsen, um mehr Straßenkinder zu produzieren, genau wie ihre biologischen Väter oder Mütter.

Wir haben voll und ganz verstanden, dass diese Kinder eine bessere Zukunft für ihr Leben haben wollten und brauchten.

Die meisten Kinder konnten weder lesen noch schreiben. Wir konnten uns nicht vorstellen, acht- oder neunjährige Kinder in der ersten Klasse einer öffentlichen Schule unterzubringen. Außerdem war keiner von ihnen an irgendeine Struktur oder Disziplin gewöhnt. Über die Mauer in den Hof des Nachbarn zu springen oder auf die Dächer zu klettern, schien ihnen so natürlich wie das Fluchen oder sich vor dem Schlafengehen weder die Füße zu waschen noch die Zähne zu putzen. Einem Außenstehenden muss El Abrigo wie ein Irrenhaus vorgekommen sein.

Hausschule in der Herberge El Abrigo

Die Lösung wurde ein hausinternes Schulprogramm nach dem A Becca Book Homeschooling-Lehrplan. Im Laufe der Zeit kamen die Kinder den Mitarbeitern und einander immer näher. Der Betrieb beruhigte sich langsam auf ein normaleres Tempo. Es gab sogar eine Kirche in der Nähe, in welche die Mitarbeiter am Sonntagmorgen mit den Kindern gingen. Die Kirche schien diese Kinder zu umarmen und gab ihnen auch kleine Dienstaufgaben wie das Platzanweisen und die Kollekte einsammeln. Einige Mitglieder der Kirche nahmen die Kinder sogar am Sonntag zum Mittagessen mit nach Hause.

Und eines Tages passierte das Unvermeidliche. Die Kinder, die die Kollekte eingesammelt hatten, entschieden, dass sie zusätzliches Einkommen brauchten. Nachdem sie die Kollektenbeutel ins Hinterzimmer gebracht hatten, leerten sie sie in ihre eigenen Taschen und gingen zurück in ihre Kirchenbänke, als wäre nichts passiert.

Erst nach dem Gottesdienst, als die Diakone in das Hinterzimmer gingen, um das Geld zu zählen, stellten sie fest, dass die Kollekte dieses Sonntags bereits ihr Ziel gefunden hatte. Sie ließen uns deutlich wissen, dass wir unsere Kinder nicht gut erzogen hätten.

# Kapitel 21

## Ein neues Heim

Aus einem Schrottplatz ein geschätztes Zuhause für viele machen

Nicole und ich haben versucht, uns so stark wie möglich in El Abrigo zu engagieren. Nicole meldete sich jetzt fast ganztägig freiwillig, aber wir hatten unsere eigenen Kinder und wir haben immer versucht, unsere eigene Familie zu einer Priorität vor allen anderen zu machen. Als Direktor von SERVOME hatte ich auch andere Aufgaben. Das freiwillige Ehepaar aus Deutschland, Volker und Claudia Weber, war von Anfang an in der Koordination tätig, während sie gleichzeitig ein intensives Sprachtraining absolvierten. Ein Sozialarbeiter des Ergotherapie-Zentrums, das SERVOME im Nationalen Neuropsychiatrischen Krankenhaus betrieb, kam, um uns zu helfen.

Wir wollten diese Kinder nicht isolieren oder von ihren Familien trennen, wenn sie welche hatten. Die Aufgabe des Sozialarbeiters bestand darin, ausführliche Interviews mit den Kindern zu führen, um Vertrauen aufzubauen und so viele Informationen wie möglich über ihre Vergangenheit zu erfahren. Wenn es familiäre Verbindungen gab und nur mit Erlaubnis des Kindes, sollte der Sozialarbeiter versuchen, sie zu finden und - wenn möglich - Kontakt aufnehmen. Wir waren der Meinung, dass es im Interesse aller liege, der Familie zumindest mitzuteilen, wo sich ihr Kind befand. Wir hatten ein Haus voller Kinder - inzwischen achtunddreißig - die nicht unsere eigenen waren, und niemand hatte uns die Erlaubnis gegeben, uns um sie zu kümmern.

Inzwischen wussten wir, dass Straßenkinder in den meisten Fällen keine Waisen waren. Wir waren immer davon ausgegangen, dass die Straße der gefährlichste Ort für sie war. Aber wir mussten schmerzlich lernen, dass die Situation zu Hause, die sich aus dem Zusammenbruch von Familie und Gesellschaft ergab, für sie noch gefährlicher war als die Straße. Die Straße barg sicherlich große Gefahren für sie, aber in den meisten Fällen war sie eine Flucht vor einer noch größeren Gefahr. Dass eine solche Vergangenheit für sie schwer zu überwinden war, sollte niemanden überraschen.

Wir haben die Dienste einer Psychologin in Anspruch genommen, um die Bedürfnisse dieser Kinder besser zu verstehen und vor allem diesen Kindern eine sichere Instanz zu bieten, an die sie sich vertraulich wenden konnten. Wir haben für die Leitung der Herberge ein Ehepaar in vollzeitiger Anstellung engagiert, um mehr Struktur für den jetzt sehr angewachsenen Betrieb zu schaffen.

Der Ort wurde voll und war überfüllt, und die Kindertagesstätte Emanuel würde bald ihre Einrichtung verlieren. Am Ende gab es eine gewisse Flexibilität hinsichtlich des Termins für die Räumung der Kindertagesstätte, aber wir brauchten wirklich eine Lösung für beide: El Abrigo und Emanuel. Diese Einrichtungen waren für die Kinder und Mütter zu wichtig und zu bedeutungsvoll geworden. Ihre Schließung war keine Option, die wir in Betracht ziehen wollten.

Im Glauben gingen wir hinaus, um zu sehen, ob wir irgendwie eine Immobilie kaufen könnten, um die Herberge für Straßenkinder und den Zufluchtsort für alleinerziehende Mütter und ihre Kinder langfristig zu stabilisieren. Wir haben noch keine Finanzierung gesucht. Zuerst musste eine Immobilie gefunden werden, damit potenzielle Spender eine Lösung sehen konnten. Bald erregte eine Immobilie in der Nähe des SERVOME-Büros unsere Aufmerksamkeit. Es war ein riesiges Grundstück mit zwei langen Metallschuppen mit hohem Dach. Es war kein Verkaufsschild zu sehen, aber ich beschloss, trotzdem einen Blick darauf zu werfen.

Der Besitzer war ein alter Italiener. Er hatte eine jüngere paraguayische Frau geheiratet. Zusammen betrieben sie auf diesem Grundstück ein Pfandhaus und einen Schrottplatz. Sie waren recht freundlich, hatten aber nicht die Absicht, zu verkaufen.

In der Zwischenzeit war El Abrigo voll und neue Kinder, die kamen, konnten nur für den Tag bleiben. Wir wussten, dass wir in absehbarer Zeit keinen Platz mehr haben würden. Neue Kinder nur für den Tag aufzunehmen, brachte seine eigenen, fast unüberwindbaren Herausforderungen mit sich. Sie kamen von der Straße und wussten, dass sie nicht bleiben konnten. Sie wussten, dass die Straße für die Nacht wieder ihr Zuhause sein würde. Sie sahen also keinen Grund, sich an das Leben von El Abrigo anzupassen. Sie bemühten sich auch nicht, die Erwartungen, die El Abrigo an sie stellte, auch nur minimal zu erfüllen.

In den folgenden Monaten mieteten wir im Rahmen des El Abrigo-Budgets ein Haus in der Nähe des Zentrums von Asunción. Hier wollten wir ein Drop-in-Center betreiben, um El Abrigo zu entlasten. Ein freiwilliges Ehepaar zog ein und die geräumige Garage wurde zu einem Treffpunkt für Straßenkinder umgebaut. Es gab Milch, Schokoladenmilch und Brot, wovon die Kinder so viel sie wollten verspeisen durften. Schließlich wurde dieses Zentrum täglich von mehr als 200 Kindern genutzt. Es wurde auch ein Überweisungszentrum für Kinder, die in ein Heim ziehen oder die Beziehungen zu ihrer eigenen Familie wiederherstellen wollten. El Abrigo war jetzt eher ein Zuhause für die dort lebenden Kinder, ihre engen Freunde und Familien.

Gelegentlich besuchte ich diesen italienischen Pfandhaus- und Schrottplatzbesitzer. Eines Tages sagte er mir, dass er uns das Grundstück mit allem Drum und Dran verkaufen würde, wenn wir ihm 250.000 Dollar in bar zahlen würden. Dieser Umschwung war für uns ein Gebetsgegenstand, seit wir unsere Augen, wenn nicht Hoffnungen, darauf gerichtet hatten. Aber 250.000 Dollar? Wir wussten nicht einmal, wie wir dafür beten sollten.

Also begannen wir, unseren "unmöglichen" Traum mit anderen außerhalb von SERVOME zu teilen, aber auch mit Dietrich Klassen und meinem Bruder Peter und seiner Frau Else. Dietrich Klassen war persönlich überzeugt, war sich aber sicher, dass es innerhalb des Gemeindekomitees, dem er vorstand, erhebliche Vorbehalte gegen einen so großen Schritt wie diesen geben würde. Peter und Else nahmen die Informationen kommentarlos auf. Aber eines Tages rief Peter an und teilte mit, dass er nach Asunción komme und das Anwesen sehen möchte.

Mein kleiner italienischer Freund gab uns einen Rundgang durch das Anwesen. Peter war fasziniert von seinem lustigen Akzent und seinen freundlichen, aber ungewöhnlichen Manieren. Er gestikulierte wild, während er sprach, und lobte jeden Schrott-Gegenstand, als wäre er reines Gold. Peter wies mich an, in seinem Namen nach dem tatsächlichen Kaufpreis für Grundstück und Gebäude zu fragen.

Der Mann sah mich an, als wollte er sagen: "Nun, du kennst meinen Preis." Peter sah diesen Ausdruck im Gesicht des Mannes und sagte mir dann, ich solle 200.000 Dollar anbieten. Unser Freund lud uns nun ein, uns hinzusetzen und bat seine Frau, uns einen Kaffee zu servieren. Während wir so saßen und auf unseren Kaffee warteten, sagte er: "Rodolfo, du musst mit deinem Bruder sprechen." Wir nippten an unserem Kaffee und er sah mich erwartungsvoll an.

"Nein, mein Freund", erwiderte ich, "du musst mit uns reden. Peter hat bereits gesprochen."

"In Ordnung, in Ordnung", sagte er schließlich. "Aber es muss in bar sein."

Peter versicherte ihm, dass er 200.000 Dollar sauberes, nutzbares Geld bekomme, aber über einen Anwalt und in Form eines Bankschecks.

"In Ordnung, in Ordnung", sagte er, stand auf, um Peter die Hand zu geben, und machte somit klar, dass der Handel seinerseits besiegelt und keine Anzahlung erforderlich war. "Sag mir einfach, wann und wo ich in der Anwaltskanzlei auftauchen soll."

Ich konnte schier nicht glauben, was gerade passiert war. Ich wusste, dass der Pilot am Werk war. Nur so hatte dies passieren können.

Nachdem das Grundstück gesichert war, war es Zeit, in die Bauphase überzugehen. Die Hälfte eines dieser langen Schuppen wurde abgerissen, um Platz für eine neue und geräumige Kindertagesstätte mit einer Kapazität für bis zu 90 Kinder im Alter von sechs Monaten und bis zur ersten Klasse zu schaffen. Der hintere Teil sollte als überdachter Spielbereich, Aktivitätsräume und vor allem als Küche genutzt werden. Die Kinder verbrachten den ganzen Tag hier und gesunde Mahlzeiten und Zwischenmahlzeiten waren genauso wichtig wie die andere Pflege.

Dietrich Klassen und das Gemeindekomitee beschlossen, fast auf wundersame Weise, den Neubau zu finanzieren. Emanuel hatte sein dauerhaftes Zuhause gefunden.

El Abrigo war immer noch ohne Lösung. Das Grundstück, auf dem sich das neue Emanuel-Zentrum befand, bot viel Platz für weitere Gebäude. Und tatsächlich bestand der Hauptzweck für Peter und Else bei der Finanzierung des Grundstücks darin, ein dauerhaftes Zuhause für El Abrigo zu schaffen. Aber die

Baukosten für die Unterbringung von bis zu 80 Kindern Tag und Nacht, mit allem, was benötigt wurde, schienen unerschwinglich. Und so trat der Bau eines neuen Hauses für El Abrigo als Gebetsgegenstand für alle bei SERVOME in den Vordergrund.

Ich weiß nicht, welche Umstände Ben Sawatzky an einem Wochenende zu einem Besuch in El Abrigo geführt haben. Richard und Levina Doerksen, das Direktor-Ehepaar, empfingen ihn und führten ihn durch die Einrichtung. Ben hinterließ eine beträchtliche Spende und seine Visitenkarte, mit dem Kommentar, dass die Leitung von SERVOME ihn kontaktieren könne, wenn sie es wünsche. Der Wunsch war da; der Kontakt wurde hergestellt.

Ben Sawatzky stammte ursprünglich aus dem Chaco, der sogenannten grünen Hölle. Seine Familie war nach Kanada gezogen. Ben war jetzt der Präsident des Familienunternehmens Spruceland Lumber aus Edmonton, Alberta. Und er war bereit, zu helfen.

Wir erzählten ihm von unseren Plänen, El Abrigo an einen neuen Standort neben der Kindertagesstätte Emanuel zu verlegen. Es wäre ein riesiges Bauprojekt mit 0 Prozent Finanzierung. Darauf antwortete Ben, dass er 50 Prozent von allem finanzieren würde, was wir bauen wollten. Da wir überhaupt keine Finanzierung hatten, schien dies viel und fast unglaublich. Da wir aber keine Aussicht auf weitere Finanzierung hatten, schien der Bau von El Abrigo immer noch außer Reichweite. Er muss meine Beklommenheit gespürt haben. "Siehst du", sagte er am Telefon, "ich kenne euch nicht so gut. Wenn ich euch eine 100-prozentige Finanzierung gebe, könntet ihr, je nach Charakter, entweder zu groß oder zu klein bauen. Wenn ihr also 50 Prozent der Finanzierung selbst suchen müsst, ist dies die beste Versicherungspolice für mich, dass ihr tatsächlich euren Bedürfnissen entsprechend baut."

Nun, da steckte Weisheit drin. Und er war sehr freundlich zu uns, indem er zuließ, dass die Kosten für den Kauf des Grundstücks als Teil unserer 50-prozentigen Beteiligung an der Finanzierung einbezogen wurden.

Die neue Herberge für bis zu 80 Kinder

Nicht lange danach übernahm die Schweizerische Mennonitische Organisation (SMO) dieses Projekt für ihre Weihnachtskampagne. Mit diesen Informationen präsentierte Dietrich Klassen dieses Projekt dem Gemeinde Komitee und es wurde genehmigt, einschließlich der Finanzierung des verbleibenden Teils der Baukosten.

Unsere Gebete waren auf wundersame Weise beantwortet worden. Der Pilot hatte viele verschiedene Menschen benutzt, und er hatte sie alle geführt.

Bald nach Abschluss der Bauarbeiten war der große Tag gekommen, um den gesamten Betrieb von El Abrigo von der Innenstadt an den neuen Standort zu verlegen. Und mit diesem Schritt tauchte die Herausforderung, diesen Kindern Schulbildung zu bieten, erneut auf. Die Grundschule in der Nähe war so schlecht, dass die Kinder, die die sechste Klasse abgeschlossen hatten, nicht lesen und viel weniger schreiben konnten. Das Grundstück, das wir gekauft hatten, um die Kindertagesstätte Emanuel zu verlegen und auch die Herberge El Abrigo darauf zu errichten, hatte noch Platz zum Bauen, aber wir hatten kein Geld mehr und wir spürten, dass unsere Spender eine Pause brauchten.

Die Anlaufstelle in der Nähe der Innenstadt gewann an Bedeutung, da El Abrigo sich jetzt etwas vom Stadtzentrum entfernt befand. Es war ein Ort der

Unterstützung für die Kinder, die noch auf der Straße lebten oder dort ihren Lebensunterhalt verdienten. Mit der Absicht, Kinder nach Möglichkeit daran zu hindern, auf die Straße zu gehen, haben wir das Drop-in-Zentrum mitten ins Herz von Pelo Pincho verlegt. Pelo Pincho war der Ort, aus dem die meisten dieser Kinder kamen. Unsere Lage dort gab uns die Möglichkeit, ein bisschen proaktiver zu sein, um zu verhindern, dass Kinder das Haus verließen, um auf den Straßen von Asunción zu leben.

Doch was tun mit der Schulbildung der Kinder in El Abrigo? Wir haben uns an das Amt für soziale Hilfe der Zentralregierung (SAS) gewandt, um Hilfe zu suchen. Uns wurde mitgeteilt, dass ein Schulstart ihrerseits nicht finanziert werden könne. Aber wenn es sich um eine Erweiterung der Kindertagesstätte Emanuel handele und wenn sich das neue Gebäude auf demselben Grundstück wie die Kindertagesstätte befinde, können sie uns möglicherweise helfen. Wir waren von der Notwendigkeit einer christlichen Schule für die Arbeit von SERVOME mit Kindern, die von extremer Armut betroffen sind, überzeugt. Jetzt nahm unser lang gehegter Wunsch Gestalt an. Wir hätten uns nie vorstellen können, dass eine Aktion der Regierung uns dahin bringen würde. Im Jahr 2001, ein Jahr bevor wir unsere Arbeit bei SERVOME beendeten, öffnete die PROED-Schule ihre Türen mit 35 Schülern.

Heute sind El Abrigo, Centro Maternal Emanuel und die PROED-Schule auf Ersuchen der Regierung zum Centro Integral de la Niñez (Integriertes Kinderzentrum) zusammengeschlossen. Sie können jetzt an irgendeinem Tag hineingehen und das Lachen, die Aufregung, den Lärm und das Geschrei von mehr als fünfhundert Kindern hören. Gott hatte uns auf sehr kleine Weise benutzt, aber er hat diejenigen, die folgten, auf sehr große Weise benutzt, um diese Kinder zu segnen. Tausende sind durch dieses Zentrum gegangen und haben bessere Gelegenheiten im Leben bekommen als die Generation vor ihnen. Und sie gingen mit dem Wissen weiter, dass Jesus sie liebt und für sie da ist, egal, was passiert.

Einige der Kinder, die in der Herberge ein sicheres Heim fanden, viele von ihnen mit Missbrauch und Vernachlässigung in ihrer Vorgeschichte.

# Kapitel 22

## Und dann waren es vier

### Die Familie, mit der mich Gott gesegnet hat

Jeder Mensch wird mit der Sehnsucht nach Gemeinschaft geboren. Ich glaube, dass dieses Innere Gefühl, das Bedürfnis nach Zugehörigkeit, ob wir uns dessen bewusst sind oder nicht, die treibende Kraft bei unserer Suche nach Freundschaft ist. Wir wissen möglicherweise nicht immer, wie wir unsere Suche richtig gestalten sollen und machen vielleicht sogar lebensverändernde Fehler. Für diejenigen, die sich darauf verlassen, dass Gott sie zur richtigen Wahl führt und ihn vielleicht sogar bitten, auf konkrete Weise zu bestätigen, dass sie die richtige Wahl getroffen haben, kann diese Erfahrung manchmal ein wenig Angst hervorrufen. Das Gehirn allein kann das nicht. Gottes Führung ist für uns nicht immer sofort sichtbar. Und dann gibt es die wesenseigenen Wege der Liebe – in der Tat eine starke Anziehungskraft.

Meine Suche endete, als Nicole nach Yalve Sanga kam. Das war es, und ich wusste es sofort. Ich habe vielleicht nicht gewusst, wie wir beide zum gleichen Ergebnis kommen, aber ich wollte daran arbeiten und darauf vertrauen, dass Gott dabei auf meiner Seite ist.

Wir haben an einem angenehmen Wintertag, dem 29. Januar 1983, in Nicoles Heimatkirche Holee in Basel, Schweiz, geheiratet. Unser Hochzeitsvers war Psalm 32.8: „Ich will dich unterweisen und dir den Weg zeigen, den du wandeln sollst; Ich werde dich mit meinem liebevollen Auge leiten."

Wir hatten dem Pastor diesen Bibelvers als Predigttext für unsere Trauung gegeben. Er war der langjährige Älteste von Nicoles Gemeinde. Er hatte Nicole gesegnet, als sie geboren wurde; er hatte Nicole als junge Erwachsene getauft. Er wollte also nicht Nein sagen, obwohl er es etwas ungewöhnlich fand, dass wir ihm den Text zum Predigen geben würden. Er stellte auch fest, dass unser Text nicht der Übliche war, über den er bei Hochzeiten zu predigen pflegte. Nachdem er ein wenig über den Text nachgedacht hatte, stellte er fest, dass dies doch ein sehr passender Text für uns wäre und dass er gerne darüber sprechen würde.

Vielleicht, um Zweifel an der Textauswahl auszuräumen, begann er seine Predigt mit den Worten: „Der Text, der mir zum Predigen gegeben wurde, stammt aus Psalm 32: 8. Das Paar, das heute vor uns getraut werden soll, hat ihn ausgewählt." Die Hochzeitsgäste lächelten amüsiert und Ältester Daniel Wenger fuhr ohne weitere Probleme fort.

Ungefähr einen Monat später kehrten wir nach Yalve Sanga zurück, um etwa anderthalb Jahre danach in die Schweiz zurückzukehren. Ich wollte an der neu gegründeten Hochschule für Mission in Korntal studieren. Nicole blieb in Basel, um als Krankenschwester im Merian Iselin Krankenhaus zu arbeiten, und ich pendelte. Das Krankenhaus stellte uns eine kleine Wohnung direkt gegenüber von Nicoles Arbeitsplatz zur Verfügung. Das ermöglichte uns, finanziell zu überleben. Psalm 32: 8 bestätigte sich wahr und klar.

In der vom Studium freien Zeit fuhr ich einen Lieferwagen für ein Genossenschaftsgeschäft und Lager. In Paraguay konnte man zu diesem Zeitpunkt einen Führerschein ohne Prüfung erhalten. Kein schriftlicher Test, kein Fahrtest, kein Sehtest, kein Hörtest. Man musste nur angeben, welche Kategorie von Führerschein man ausgestellt haben wollte. Ich hatte gesagt, dass ich einen professionellen Führerschein haben möchte. Als wir in die Schweiz abreisten, bat ich um einen internationalen Führerschein. Im internationalen Führerschein sind die Kategorien angegeben, die als Grundlage für den internationalen Führerschein dienen. Eine internationale Praxis bis heute. Ich wusste nicht, dass ich damit in der Schweiz jetzt einen Führerschein der Klasse 1 erhalte.

Ich hatte während meiner Studienzeit in den USA größere Lastwagen gefahren. Aber in der Schweiz zu fahren war etwas anderes. Es verursachte mir viele schlaflose Nächte. Einmal träumte ich, ich hätte ein Kind angefahren. Das andere Mal hatte ich in meinem Traum ein Moped mit seinem Fahrer platt auf dem Asphalt ausgerollt. Zum Glück waren es nur Träume.

Aber ich hatte einige erschütternde Erfahrungen, die keine Träume waren, sondern wahrscheinlich die Ursache meiner Albträume. Einmal hatte ich im Herzen von Basel einen schwierigen Lieferstopp. Die Firma gab mir einen Assistenten für diese Lieferung. Er war ein älterer Alkoholiker, der seinen Führerschein wegen seines Trinkens verloren hatte. Aber er kannte die Stadt gut und sollte mich führen. Damals gab es kein GPS. Er führte mich fachmännisch in die Innenstadt, bis wir den Aeschenplatz erreichten. Es war ein großer Kreisverkehr für Fahrzeuge, aber auch ein Kreuzungspunkt für alle großen Straßenbahnlinien.

Der Mann sagte mir, ich solle mich in den Kreisverkehr begeben und dann etwas weiter unten in der ersten Kurve links abbiegen. Und genau das habe ich getan. Die erste Öffnung, die ich links sah, zog ich am Lenkrad und fuhr geradewegs darauf zu. Keine Autos da, also war es einfach. Zu meinem Entsetzen stellte ich fest, dass ich nicht mehr im Kreisverkehr war und mitten auf dem Kreuzungspunkt der Straßenbahnen stand. Straßenbahnen kamen auf mich zu und läuteten eindringlich ihre Glocken. Mein Assistent fluchte mit Worten, die ich noch nie zuvor gehört hatte, geschweige denn auf mich angewandt.

In meiner Frustration fing ich an, ihn anzuschreien. Die Straßenbahnglocken läuteten noch dringlicher. Mit Hilfe von Umstehenden und der Geduld der Straßenbahnfahrer konnte ich mich endlich aus dem Durcheinander zurückziehen, bevor die Polizei eintraf. Das Gesicht meines Assistenten war rot wie Feuer und er fluchte, ohne dass ein Ende in Sicht war. Ich fühlte mich auch schrecklich. In meinem Schweizer Führerschein stand, dass ich mit Ausnahme von Straßenbahnen jedes motorisierte Fahrzeug fahren durfte. Warum hatte ich den LKW direkt auf deren Schienen gefahren? Das war eine Frage, die mich eine Weile verfolgte.

Als wir zum Genossenschaftszentrum zurückkamen, ging mein Assistent direkt zum Chef und ließ ihn wissen, dass er nie wieder mit diesem verrückten Fahrer fahren werde. Und wenn der Chef ihn trotzdem wieder mir zuweise, bitte er um eine Flasche Schnaps, um seine Nerven zu beruhigen. Ehrlich, ich konnte ihn verstehen.

Ein weiteres LKW-Erlebnis, das meine Dummheit bewies, war eine Lieferung in die alte Basler Innenstadt. Ich hatte die Karte gut studiert und war mir sicher, dass ich wusste, wie ich zum Kunden komme, um die Ware zu liefern. Es war ein Restaurant und mein Lastwagen war mit Getränkflaschen beladen. Ich machte es eine Weile gut, bis ich in eine kleine Seitenstraße einbog. Sie war klein, kurvenreich und ging bergauf. Und sie wurde enger, je weiter ich fuhr. Etwas sagte mir, dass dies nicht richtig war. Die Gebäude kamen meinen Seitenspiegeln furchtbar nahe. Aber ein paar hundert Meter vor mir konnte ich einen kleinen Platz sehen, zu dem diese Straße führte. Wenn ich es nur so weit schaffen könnte. Aber ungefähr zehn Meter vor dem Platz kratzten meine Spiegel links und rechts an den Gebäuden. Ich musste mit einem voll beladenen Lastwagen auf einem Hügel anhalten, die Bremsen sichern und aussteigen, um beide Spiegel einzuklappen.

Würde es gehen?

Es musste gehen, denn es gab keinen anderen Weg. Auf einer kurvenreichen, schmalen Straße, die vor Hunderten von Jahren für Pferdewagen und Fußsoldaten entworfen wurde, bergab zu fahren, wäre dem Selbstmord nahe gekommen. Als ich auf den Platz kam, wurde klar, dass dies eine verkehrsfreie Zone war, da mein LKW das einzige motorisierte Fahrzeug weit und breit war. Ein paar ältere Schweizerinnen kamen vorbei und kommentierten mir etwas in ihrem Dialekt, das ich nicht verstehen wollte.

Der Platz war groß genug, dass ich darauf umdrehen könnte. In der Mitte befand sich ein schöner Springbrunnen mit einem altmodischen Trog. Ich achtete darauf, diesen nicht zu treffen und fuhr so schnell ich konnte die kleine kurvenreiche Straße hinunter. Ich wünschte mir, meine Lkw-Fahrertage in der Schweiz hätten ein Ende.

Während dieser Zeit in der Schweiz wurde Rafael Enrique, unser ältester Sohn, im Dezember 1985 geboren. Nicole hatte das Methodistenkrankenhaus für die Geburt ausgewählt. Sie hatte hier ihre Krankenschwesterausbildung vom Roten Kreuz erhalten. Als die Geburtswehen regelmäßiger einsetzten und die Schmerzen zunahmen, machten wir uns auf den Weg ins Krankenhaus. Es war ein Sonntagabend. An der Rezeption bekamen wir einen Hauch von Schweizer Gründlichkeit zu spüren. Wie wird das Baby heißen, wenn es ein Junge ist, und wie wird es heißen, wenn es ein Mädchen ist? Ich sagte, ich würde es ihnen mitteilen, nachdem das Baby da war. "Auf keinen Fall ", sagte sie. "Sie können nicht fortfahren, ohne dass wir die richtigen Informationen haben." Nachdem sie meine Antwort notiert hatte, fuhr sie mit der nächsten Frage fort.

„Welche Religion wird das Kind haben?"

"Nun, egal was Sie für Ihre Akte brauchen, diese Frage kann ich wirklich nicht beantworten."

"Nun, Sie müssen es wissen, denn ich muss dieses Formular korrekt ausfüllen."

Ich sagte ihr, dass das Kind das entscheiden würde, wenn es erwachsen werde. Ich war nicht mehr allzu freundlich, denn Nicole hatte Schmerzen. Die Rezeptionistin schrieb etwas auf und nach ein paar weiteren Fragen wurde Nicole schließlich ein Raum zugewiesen, in dem eine Krankenschwester/Hebamme sofort an ihrer Seite war. Sie erhielt die beste Pflege aller Zeiten.

Rafael wurde am nächsten Morgen geboren - ein süßer kleiner Junge mit dem neugierigsten Blick in seinen Augen, den ich je gesehen habe. Nicole hatte ihn neben sich liegen. Er sah sie nur an und sah sie an. Es war fast so, als würde er sagen: "Aha, so siehst du von außen aus." Ein kleines Wunder in Bearbeitung.

Er war unser Weihnachtsgeschenk. Als wir ihn nach Hause brachten, hatten wir das Gefühl, dass wir unsere wenigen Cents nicht ausgeben sollten, um einen Weihnachtsbaum zu kaufen. Aber am vierundzwanzigsten fühlte es sich doch irgendwie nicht recht an, keinen Weihnachtsbaum zu haben. Das wäre für uns beide die erste Weihnacht in unserem Leben ohne einen Baum. Also ging ich raus und brachte einen kleinen Baum nach Hause. Wir haben ihn mit ein paar einfachen Sachen geschmückt. Wir hatten keine Geschenke, nicht für Rafael und nicht für uns. Also wickelten wir Rafael in eine bunte Decke, legten ihn unter den Baum und sangen ein paar Weihnachtslieder.

Unser Erstgeborener, Rafael Enrique, vor dem Weihnachtsbaum in Basel, Schweiz

Die beste Weihnacht aller Zeiten!

Wir kehrten im April 1986 nach Paraguay zurück, um unsere Arbeit in Yalve Sanga wieder aufzunehmen, bis wir Ende 1991 zurücktraten. Zu diesem Zeitpunkt war in Yalve Sanga keine Unterkunft verfügbar und so mieteten wir ein Haus in Filadelfia. Nicole führte ihre Mutterrolle zu Hause aus und ich pendelte nach Yalve Sanga. Bald wären die Lkw-Erlebnisse in der Schweiz vergessen, aber nicht die guten Zeiten, die wir dort erlebt hatten, besonders mit Nicoles Familie in der Schweiz. Gott war wirklich gut zu uns gewesen.

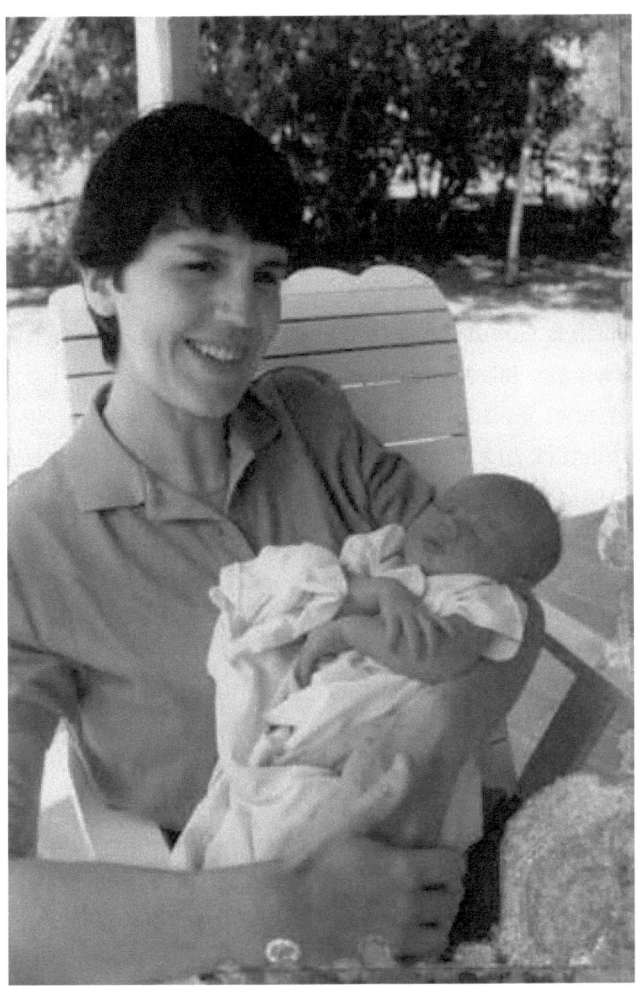

Eine glückliche Mutter mit neugeborenem Sohn Micael Jerome in Filadelfia, Paraguay

Während unserer Tätigkeit in Yalve Sanga wurde unser zweiter Sohn, Micael Jerome, im April 1988 geboren. Um nicht von seinem älteren Bruder übertroffen zu werden, ließ er uns früh wissen, dass er eine eigene Persönlichkeit hatte. Unsere Erfahrungen als Eltern, die wir mit Rafael gesammelt hatten, schienen auf ihn nicht zuzutreffen. Bei der Geburt hatte er fast keine Haare auf dem Kopf, bis auf eine dichte und gelbe Haarsträhne mit einem Durchmesser von vielleicht zwei Zoll. Rafael war immer gut gelaunt und hat die ganze Nacht gut geschlafen. Nicht so Micael. In den ersten zwei Jahren verlangte er ungefähr acht Mal pro Nacht unsere Aufmerksamkeit.

Wir wohnten noch in gemieteten Quartieren, als Micael geboren wurde. Jetzt, wo wir Kinder hatten, dachten wir, dass wir vielleicht doch ein eigenes Haus haben sollten. Die Mieten in Filadelfia waren hoch und Miethäuser schwer zu bekommen.

Als Nicole nach Micaels Geburt im Krankenhaus war, teilte sie sich ein Zimmer mit einer Frau, die wir aus Yalve Sanga kannten. In wahrer mennonitischer Weise tauschten sie sich in einer Vielzahl von Fragen frei miteinander aus. Nicole teilte mit, dass wir ein Grundstück zu kaufen suchten. Die Dame wusste genau das richtige Stück, das zum Verkauf stand, und so reservierte Nicole das Grundstück, bis sie mit ihrem Ehemann sprechen konnte. Manchmal können Krankenhausaufenthalte lebensverändernde Folgen haben. Dieser war positiv: Sie kam mit einem Baby und einem Baugrundstück nach Hause.

Um Kosten zu sparen, haben wir unseren eigenen Bauplan erstellt und verschiedene Auftragnehmer für verschiedene Phasen des Projekts eingestellt. In kürzester Zeit konnten wir vier in unser eigenes Haus umziehen.

Das Grundstück war groß. Der Boden war sandiger Lehmboden und sehr gut für einen Familiengarten geeignet. Wir pflanzten Obstbäume wie Mangos, Orangen, Mandarinen, Guaven und vor allem die köstlich süßen, großen, gelben und rubinroten Grapefruits. Wir bauten Gemüse, Bohnen, Wassermelonen, Honigmelonen, Süßkartoffeln, Maniok an, und ja, viel Kürbis, auch die großen gelben Kürbisse, die schließlich auf den Lastwagen kamen, als wir 1992 nach Asunción zogen.

Wir waren damals eine sehr glückliche Familie - und ja, wir sind es auch noch, viele Umzüge später. Was ist eine glückliche Familie? Wir hatten zwei Kinder; meine Eltern hatten zehn gehabt und begruben einen von ihnen. Meine Großeltern hatten vierzehn Kinder gehabt und hatten sieben als Kinder im alten Land begraben. Nicoles Eltern hatten vier Kinder gehabt und eines als Kind begraben. Ich weiß, dass meine Eltern mit ihrer Familie (uns) glücklich waren. Gleiches gilt für Nicoles Familie. Nach dem, was meine Eltern uns erzählt haben, waren ihre Eltern eine glückliche Familie, obwohl sie große Schwierigkeiten und Verluste durchgemacht haben.

Vielleicht kann eine Familie auch in Zeiten des Verlusts und der Schwierigkeiten glücklich sein, weil die Familie auf einer bestimmten Ebene unser inneres Streben nach Zugehörigkeit erfüllt. Unsere angeborene Sehnsucht nach etwas Größerem als wir selbst kommt in unserer Familie zum Ausdruck, egal wie groß oder klein die Familieneinheit ist.

Die Familie ist also wichtig für alle, ob gläubig oder nicht. Es ist so, weil die Familieneinheit seit Beginn der Menschheit von Gott geschaffen wurde. Genau wie das Leben selbst. Sie darf daher nicht verletzt werden.

Meine eigene Familieneinheit begann mit zwei; dann waren es drei und schließlich vier. Das führte dazu, dass wir sechs wurden. Jetzt sind wir neun und nur Gott weiß, wie viele weitere in Vorbereitung sind. Ich bin sehr dankbar für meine kleine, aber glückliche Familieneinheit. Möge Gott uns bewahren und beschützen.

Während einer unserer Reisen nach der Schweiz, um Nicoles Eltern zu besuchen

# Kapitel 23

## Kanada

### Wo Fuchs und Hase sich Gute Nacht sagen

Während meiner Zeit bei SERVOME erlaubte mir das Gemeindekomitee, mit anderen Entwicklungsinitiativen zusammenzuarbeiten. Eine von ihnen war MEDA-Paraguay oder MEDA-PY. Bei unserer Arbeit in Yalve Sanga hatten wir viel Kontakt zu MEDA International. Das war eine christliche Entwicklungsorganisation mit verschiedenen Projekten in vielen Teilen der Welt. In den fünfziger Jahren hatten sie die Entstehung einiger wirtschaftlicher Projekte im Chaco unterstützt. Calvin Miller leistete nun wichtige Entwicklungsarbeiten in Bolivien für MEDA. Er besuchte uns gelegentlich in Asunción.

Einmal kam er mit einer Frage auf, die er als wichtig bezeichnete. Ob es in Paraguay Interesse gebe, eine legale und unabhängige Entwicklungsorganisation zu gründen? Und wenn ja, wäre ich bereit, mich zu engagieren? MEDA International plante ein großes Engagement für die Entwicklung von Mikrokrediten in Paraguay. Ein lokaler vertrauenswürdiger Partner wäre, laut Calvin, für ein solches Unterfangen von großem Nutzen.

Ich habe diese Idee einigen Geschäftsleuten in Asunción vorgestellt. Es gab sofort ein reges Interesse für eine solche Initiative. Bemerkenswert unter ihnen war Rudolf Loewen. Er besaß ein Geschäft und eine Reparaturwerkstatt für Kameras und Elektronik.

Rudolf Loewen war eine bekannte Persönlichkeit in der christlichen Geschäftswelt. Neben seinem eigenen Geschäftsbetrieb engagierte er sich tatkräftig für Gemeinde, Mission und Bildung. Seine Begeisterung breitete sich schnell auf andere Gleichgesinnte aus. Wir haben eine kleine Gruppe von Personen gebildet, um die Durchführbarkeit und Akzeptanz eines solchen Projekts nicht nur unter Geschäftsführern, sondern auch unter Lehrern, Predigern und einer Vielzahl anderer Berufsgruppen zu prüfen. Die meisten Leute, die wir angesprochen haben, schienen sehr interessiert zu sein, wussten aber einfach nicht, wie sie vorgehen sollten.

Andere, insbesondere Gemeindeleiter, zögerten. Wenn dies eine christliche Organisation war, argumentierten sie, dann wäre es wie eine Missionsarbeit. Und Mission ist bis zu diesem Zeitpunkt immer von einer Gemeinde oder einer Gemeindekonferenz begonnen und gefördert worden.

Jedoch niemand war gänzlich gegen die Idee. Es war nur so, dass die Idee neu war und etwas Zeit brauchte, um verarbeitet zu werden.

Innerhalb eines Jahres haben wir ein Gründertreffen einberufen. Ein guter Querschnitt der Asuncioner Geschäftswelt und Gemeinde war vertreten, ebenso wie eine angemessene Vertretung der Kolonien im Chaco und auch Ost-Paraguay. Neununddreißig Personen haben sich als Gründungsmitglieder angemeldet. Rudolf Loewen wurde zum Präsidenten gewählt und ich wurde unentgeltlich zum Geschäftsführer ernannt, da ich bei SERVOME angestellt war.

MEDA-PY hat sich drei Hauptziele gesetzt. Erstens, die Förderung der wirtschaftlichen Entwicklung von Kleinbauern durch eine Vielzahl von Projekten und Initiativen. Zweitens sollte ein Forum für den Austausch von Ideen und Anliegen zwischen diversen Fachleuten geboten werden, seien es geschäftliche oder auch andere. Dies sollte durch Frühstückstreffen, Konferenzen, Seminare oder Schulungen für seine Mitglieder geschehen, aber auch für alle, die an solchen Formen der Fortbildung interessiert sind. Und drittens wollten wir einen Raum für Geschäftsleute schaffen, die auf der geschäftlichen oder auch persönlichen Ebene Probleme hatten.

Das erste Ziel startete praktisch von selbst. Die Mennoniten, die immer praktisch waren, wollten etwas Greifbares sehen. Infolgedessen gründete MEDA-PY eine Handelsfirma namens CODIPSA. Mit CODIPSA wollten wir Kleinbauern in Ostparaguay helfen, auf ihren kleinen Farmen zu bleiben, um zu produzieren und ihren eigenen Lebensunterhalt zu verdienen. Viele verkauften ihre Grundstücke an riesige Sojabohnenproduzenten und zogen in die Großstadt. Sie hatten wenig Berufsvorbereitung für die Stadt und viele lebten in den Slums um Asunción. Ironischerweise waren es die Kinder dieser einst stolzen Kleinbauern, die den Anstieg der Straßenkinderbevölkerung in Asunción verursachten.

CODIPSA war eine gewinnorientierte Aktiengesellschaft. Es sollte eine Verarbeitungsanlage zur Gewinnung von Stärke aus der essbaren Knollenwurzel von Maniok errichtet werden. Maniok war das Grundnahrungsmittel aller Kleinbauern. Sie alle wussten, wie man es produziert und erntet. Und alle aßen es täglich mit Wohlgeschmack. Unsere Absicht war es, die Produktion über den Familiengarten hinaus zu fördern, indem wir einen ganzjährig stabilen Markt für ihre Maniokproduktion schafften. Damit hofften wir, die Flucht in die Großstadt einzudämmen.

Da CODIPSA eine Aktiengesellschaft war, suchten wir nicht aktiv nach Spenden. Um die Fabrik zu finanzieren, verkauften wir Aktien. Die lokalen Mennoniten kauften Aktien im Paket. Ein begeisterter Käufer erklärte: „Ich kaufe diese Aktien nicht, um auf eine Wertsteigerung oder Dividendenausschüttung zu hoffen. Ich kaufe sie, weil eine Fabrik gebaut wird und Familien von ihrem Land leben können. Dieses Projekt hat so viele verschiedene Aspekte, aber vor allem freue ich mich, weil es die Entwicklung der Kleinlandwirtschaft fördert. Es hält die Familie und die Kinder in der Schule zusammen. Wenn ich jemals Gewinne aus meinen Aktien mache, werde ich sie sofort wieder in ein ähnliches Projekt investieren." Das war die Einstellung der meisten Leute, die Aktien kauften.

Innerhalb eines Jahres nach der Gründung von CODIPSA war die Anlage in Betrieb. Herman Rempel wurde als Geschäftsführer von CODIPSA eingestellt. Er hat hervorragende Arbeit geleistet, indem er ungefähr achthundert Kleinbauern in kleinen Produktionsgruppen organisiert hat, die die Fabrik kontinuierlich mit dem Rohstoff versorgen würden.

MEDA-PY und CODIPSA haben sich positiv auf das Wirtschaftswachstum an den Orten ausgewirkt, an denen sie tätig sind, und beide haben wesentlich dazu beigetragen, das Problem der zunehmenden Zahl von Straßenkindern in Paraguay anzugehen, indem sie den Zustrom von Menschen mit niedrigem Einkommen in die Stadt eindämmten. Anstatt zu migrieren, hatten diese Kleinbauern nun die Möglichkeit, auf ihrem Land zu bleiben und ein Einkommen für die Versorgung ihrer Familien zu erwirtschaften.

Ja, es gibt immer noch Straßenkinder in Paraguay. Man kann jedoch eindeutig sagen, dass es noch viel mehr geben würde, wenn MEDA-PY und CODIPSA nicht existieren würden.

Straßenkinder sind nicht das Ergebnis von Eltern, die sterben und Waisen zurücklassen. Sie sind auch nicht das Ergebnis zu vieler unehelicher Kinder. Straßenkinder sind das Ergebnis massiver und extremer Armut, der nicht entgegengewirkt wird.

Inmitten all unserer Aufgaben haben wir immer versucht, Zeit für unsere Familie zu haben. Mindestens dreimal im Jahr fuhren wir in den Chaco, um meine Eltern zu besuchen, die nicht mehr reisen konnten, und etwa alle zwei bis drei Jahre besuchten wir Nicoles Familie in der Schweiz. Wir haben aber auch viele Ausflüge ins Innere von Paraguay gemacht.

Während eines dieser Ausflüge übernachteten wir in einem Hotel in Santa Rita im Osten Paraguays. Es gab nicht viel in der Umgebung zu tun, aber die Landschaft war schön und das Hotel hatte ein großes Schwimmbad. Wir hatten zwei Zimmer, aber mit einem gemeinsamen Bad. Die Jungs mussten unser Zimmer durchqueren, um die Toilette zu benutzen. Zu diesem Zeitpunkt bemerkten wir zum ersten Mal, dass Micael, der jüngste, die ganze Nacht über ständig auf die Toilette musste.

Unsere Jungs hatten immer auf sehr gesunde Weise ein bisschen Wettbewerb miteinander betrieben. Am nächsten Tag forderte ich sie ohne weitere Überlegungen zu einem Schwimmwettbewerb von ein paar Längen über den Pool heraus. Sie waren beide gute Schwimmer und Micael hielt im Allgemeinen mit Rafael Schritt. Diesmal fiel er weit zurück, unterbrach das Rennen und erklärte, dass er sich müde fühlte. In dieser Nacht wiederholte sich das Waschraumszenario. Wir waren beide sehr besorgt, aber Nicole war eine vom Roten Kreuz ausgebildete Krankenschwester aus der Schweiz.

Sie wusste instinktiv, dass etwas entschieden nicht stimmte.

Am Morgen nach dem Frühstück haben wir unseren Urlaub abgebrochen und sind direkt zurück nach Asunción gefahren, um einen Arzt aufzusuchen. Bei Micael wurde Typ-1-Jugenddiabetes diagnostiziert. Zu diesem Zeitpunkt haben wir nicht die volle Bedeutung dieser Diagnose erkannt. Micael auch nicht. Als ich ihn am ersten Abend im Krankenhaus besuchte, sagte er mit strahlendem Gesicht: "Papa, für dich und mich hat das Leben gerade erst begonnen. Der Arzt sagte, ich soll kein gebratenes Fleisch essen, aber gegrilltes Fleisch ist für mich erlaubt. Du und ich", schloss er, "können jetzt so viel grillen, wie wir wollen."

Ich ahnte, dass dies wahrscheinlich nicht der Fall sei, war aber erleichtert, zu sehen, dass er gewillt war, die hellere Seite der Dinge zu sehen.

Unser Leben veränderte sich. Alles wurde jetzt geplant. Wir hatten einen sehr strengen Diabetes-Arzt, der keine Ausreden duldete. Essenszeit, Ernährung, Reisen, Injektionen - alles wurde zu einem wichtigen Faktor. Es kam soweit, dass wir Einladungen zum Abendessen nur annahmen, wenn die Gastgeber das Abendessen gegen 18:00 Uhr einplanten, wie der Arzt es gesagt hatte. In Paraguay wird normalerweise gegen 20:00 Uhr oder später zu Abend gegessen. Einige Freunde haben aufgehört, uns einzuladen, aber die meisten waren sehr zuvorkommend. Dafür seien Freunde da, sagten sie.

Auf diese Weise konnten wir, unter Anleitung des Arztes, den A1C-Blutspiegel von Micael bei etwa 6 halten. Keine Kleinigkeit, aber mit der Beharrlichkeit des Arztes und der Zusammenarbeit von Micael wurde dies erreicht.

Die Krankenversicherung wurde für uns zu einem großen Problem. Während wir in Asunción waren und für SERVOME arbeiteten, durften wir zunächst in der Krankenversicherung der Kolonie bleiben, die mit nur einem kleinen Eigenbeitrag eine sehr gute Deckung für alles hatte.

Dann wurden die Regeln in den Kolonien geändert und wir hatten keinen Anspruch mehr auf diese Versicherung. Unsere Gesundheitsversorgung musste aus eigener Tasche finanziert werden. Später wurden die Regeln nochmals geändert und wir wurden wieder aufgenommen, solange wir für eine Organisation arbeiteten, die eng mit der Kolonie verbunden war, entweder die Genossenschaft, die Bibelschulen oder eine Missionsorganisation. SERVOME qualifizierte sich dafür. Das war eine große Hilfe. Insulin und verwandte Produkte sind in Kanada nicht billig und in Paraguay noch viel weniger.

In den Jahren, in denen wir vom Versicherungssystem ausgeschlossen waren, drehten sich unsere Gedanken oft um die Zukunft von Micael. Sicherlich war Micael nicht das einzige Kind in Paraguay mit Diabetes. Und darüber haben wir auch oft nachgedacht. Aber am Ende lag unsere Verantwortung in erster Linie bei unserer eigenen Familie. Und wir wollten tun, was wir konnten, um uns zuerst um sie zu kümmern.

Alles Insulin in Paraguay wurde importiert. Oft gingen den Apotheken und sogar dem Importeur die Vorräte aus. Das bedeutete, dass wir immer Vorrat für zwei bis drei Monate in unserem Kühlschrank lagern mussten. Bei dem heißen Klima konnte es leicht passieren, dass die Medizin schlecht wurde, wenn es längere Stromausfälle gab. Und die kamen in der Hauptstadt häufig vor. Wir mussten immer Insulinvorräte wegwerfen, die ihre Wirksamkeit verloren hatten.

Unsere Gedanken drehten sich also immer um die Zukunft. Wir könnten in die Siedlung zurückkehren, in der die medizinische Versorgung und alles, was mit der Gesundheitsversorgung zu tun hat, besser war. Aber wäre das unsere Zukunft, und vor allem die Zukunft für unsere beiden Söhne?

Mit Gebet und Nachdenken begannen wir, alle Optionen abzuwägen, die wir sehen konnten. Da Nicole Schweizer Staatsbürgerin war, konnten wir alle einen Schweizer Pass bekommen. Nicole hatte ihre Familie dort und so schien die Schweiz fast eine natürliche Option. Aber das Krankenversicherungssystem wandelte sich dort zu einem privaten und kostspieligen System. Als nächstes besuchten wir auf Einladung Freunde in den USA. Während wir dort waren, kontaktierte ich einen Anwalt für Einwanderungsfragen und einen Makler für Krankenversicherungen. Der Anwalt sagte, wir hätten gute Chancen, aber der Versicherungsmakler drückte deutlich aus: „Sie werden aufgrund seiner bereits bestehenden Erkrankung niemals eine Krankenversicherung für Ihren Sohn abschließen können." Und so fiel das Land meiner Träume, das Land, das ich während meiner Studienzeit kennen und lieben gelernt hatte, aus.

Während des gleichen Besuchs in den USA erwähnte Nicole Kanada. Kanada? Ist das nicht das Land weit im Norden, wo sich Fuchs und Hase Gute Nacht sagen? Außerdem friert dort oben alles ein - sogar die Niagarafälle! Aber Nicole bestand darauf, dass Kanada schön sei. Sie war mit Freunden aus Quebec und Alberta, die sie an der Bibelschule in der Schweiz kennen gelernt hatte, durch Kanada gereist.

Zu unserer Überraschung erfuhren wir, dass Kanada eines der besten Gesundheitssysteme der Welt hat. Und der Gipfel davon: Die Krankenversicherung ist universell. Alle sind eingeschlossen - Bürger, legale Einwanderer und sogar Personen mit einem Arbeitsvisum. Und das von der Geburt bis zum Tod - ohne Ausnahmen. Das bedeutete, dass Micael und auch wir sie in Anspruch nehmen könnten.

Wenn wir nur dahin gelangen könnten.

Der Einwanderungsprozess war kompliziert und langwierig. Es beinhaltete eine sehr umfassende medizinische Untersuchung für uns alle vier. Es gab einen von der kanadischen Botschaft bestimmten Arzt. Er lebte in einer der Kolonien und konnte genug Englisch, um das Vertrauen der Botschaft zu haben. Vielleicht verstand er jedoch nicht alle Nuancen der Fragen auf den Formularen, die er für uns ausfüllen musste.

Eine der Fragen war, ob die betreffende Person besondere Bedürfnisse hatte. Für Micael hat er "Ja" abgehakt. Monate später erhielten wir einen Brief von der Botschaft, in dem es hieß, wir müssten Micaels ärztliche Untersuchung wiederholen. Aber jetzt müsste ein anderes Formular verwendet werden. Das Formular war beigefügt.

Die Fragen schienen uns seltsam. Sie bezogen sich alle auf Micaels körperliche und geistige Fähigkeiten. Konnte er sein Hemd selbst zuknöpfen? Konnte er sich selbst ernähren? Konnte er einen vollständigen Satz sagen? Konnte er ohne Hilfe vom Auto zur Haustür unseres Hauses gehen? Die Fragen gingen weiter und weiter. Und alles musste durch ordnungsgemäße Dokumentation oder medizinische Berichte gesichert werden. Wir waren verblüfft. Vielleicht war es doch nicht Gottes Wille?

Und war dies seine Art, uns dies zu verstehen zu geben?

Jemand wies uns darauf hin, dass „besondere Bedürfnisse" auf einem medizinischen Formular sich wahrscheinlich nicht auf besondere Umstände, sondern sich auf geistige oder körperliche Behinderungen bezog. Nun machten die Fragen in dem neuen Formular Sinn.

Was auch immer der Fall war, wir beschlossen, die neue ärztliche Untersuchung durchzuführen und die begleitenden Anweisungen sorgfältig zu befolgen. Auf die Frage, ob er sein Hemd alleine zuknöpfen könne, antworteten wir: „Ja, immer." Die Frage, ob er alleine vom Auto bis an die Haustür gehen könne, beantworteten wir mit: „Ja, und er liebt es, stundenlang Fußball zu spielen." Auf die Frage, ob er einen vollständigen Satz formulieren könne, sagten wir: „Ja, und er gehört zu den Top 10 Prozent seiner Klasse", und wir legten seine Noten dazu.

Und dann kam der Tag für eine erneute Blutuntersuchung. Am Abend zuvor war sein Blutzuckerspiegel normal. Wir standen am nächsten morgen früh auf. Das Labor im Baptistenkrankenhaus (Hospital Bautista) öffnete um sieben Uhr morgens. Micael wollte keinen Schultag verpassen. Er maß seinen Blutzucker und er war hoch. Er gab sich etwas Insulin, um das zu korrigieren, und wir fuhren ins Krankenhaus.

Bevor wir hineingingen, maß er noch einmal. Der Zuckerspiegel war gestiegen, anstatt zu sinken. Wir fühlten uns beide etwas angespannt. Warum jetzt, wo es so wichtig war, sank der Zuckerspiegel nicht? Warum stieg er stattdessen an? Wir wussten beide aus Erfahrung, dass Bewegung manchmal das Niveau schnell senken kann. Und wir hatten alles dabei, um die Situation zu korrigieren, falls der Spiegel plötzlich zu sehr sinken sollte. Micael verstand das alles und lief Runden auf dem Krankenhausgelände. Pünktlich um 7:00 Uhr morgens betraten wir den Laboreingang und Micael ließ sein Blut testen.

Alles ist gut gegangen. „Manchmal muss man dem Herrn helfen, deine Gebete zu erhören", dachte ich.

Das Warten auf die letzten Papiere war lang. Es forderte einen emotionalen Tribut von uns, aber wir wussten, dass wir warten mussten, und wir konnten einfach auf Gott vertrauen.

In der Zwischenzeit haben wir unser Haus und die meisten unserer Sachen verkauft. Wir hatten eine laufende Reservierung für einen Flug nach Winnipeg,

Manitoba, Kanada. Unser Reisebüro war unser enger Begleiter während dieser Tortur. Wir hatten uns in der Kolonie von meiner Seite der Familie verabschiedet, und wir hatten uns von unserer Gemeinde und unseren Freunden in Asunción verabschiedet. Und wir hatten uns schweren Herzens von den Kindern in El Abrigo und unseren Mitarbeitern bei SERVOME verabschiedet. Ich hatte meine Pro-Bono-Arbeit bei MEDA-PY und CODIPSA an einen Nachfolger übergeben.

Alles war bereit, nur hatten wir noch keine Einwanderungspapiere. Und jetzt wurde das Warten zu einer Art Test. Und dann passierte es. Das DHL-Büro in Asunción rief an und sagte, dass ich ein Paket der kanadischen Botschaft in Buenos Aires, Argentinien, bei ihnen abholen könne. Ich bin in Höchstgeschwindigkeit dorthin gefahren. Ich habe das Paket nicht geöffnet. Zu Hause mit Nicole und unseren anwesenden Söhnen öffneten wir den dicken gelben Manila-Umschlag.

Und dann wurde mir bewusst, dass dies sowohl ein Nein als auch ein Ja sein könnte. Mein Herz begann zu rasen, wie ich es noch nie zuvor erlebt hatte. Wir zogen den Inhalt aus dem gelben Umschlag und sahen sofort, dass unsere Einwanderungspapiere an unseren Pässen befestigt waren. Mein Herz schlug noch einmal höher. Ich musste mich setzen, um mich zu beruhigen.

Das war es. Unsere Gebete waren auf sehr greifbare Weise beantwortet worden. Ich war fünfundfünfzig Jahre alt und das hier hätte die größte Veränderung in unserem Leben zur Folge. Ich spürte, - nein, ich wusste es - dass uns allen weitere Schwierigkeiten in dem neuen Land bevorstehen würden. Aber wir waren alle glücklich. Wir alle mussten für den Weg, der vor uns lag, einfach auf Gott vertrauen. Einen Tag später saßen wir alle im Flugzeug in Richtung Sao Paulo, Brasilien, für unseren Anschlussflug nach Kanada.

Es war ein milder Septembernachmittag, als wir in Winnipeg, Manitoba, Kanada, mit einem Flug von Chicago landeten, kaum ein Jahr und einen Tag nach dem schrecklichen 11. September 2001.

Dies sollte unser neues Zuhause sein, und wir wussten, dass wir hart arbeiten mussten, um uns zu etablieren. Wir haben dies als eine Gelegenheit aus Gottes Hand angenommen. Einige meiner Handlungsweisen in der ersten Woche nach unserem Umzug ließen meine Söhne sich fragen, ob bei mir noch alles stimme. Ich hatte dieselbe Frage.

Wir waren bei meinem Cousin Gerhard und seiner Frau Tina untergekommen. Also machten wir uns am ersten Tag nach unserer Ankunft auf den Weg nach Haussuche. Wir fanden eine Wohnung in der Nähe der Schule, in die unsere beiden Söhne gehen würden.

Wir haben sie sofort gemietet und einen einjährigen Mietvertrag unterschrieben. Dann suchten wir nach einem kleinen Haus zum Kaufen. Und wir fanden eines, nicht weit von der Wohnung entfernt, die wir gerade für ein ganzes Jahr gemietet hatten. Also machte ich ein Kaufangebot, für welches eine Anzahlung erforderlich war. Viele Ereignisse an unserem ersten vollen Tag in Kanada. Als wir zurück zum Haus meines Cousins kamen, baten unsere Söhne um einen Bericht des Tages. Sie wollten alles über die finanziellen Auswirkungen wissen und wann wir herausfinden würden, ob unser Angebot für das Haus angenommen wurde oder nicht. Ich kannte auch nicht alle Antworten auf diese Fragen.

Sie sahen mich nur mit großen Augen an und gingen ins Bett. Aber bevor er ging, fragte mich Micael, der Jüngste, ob es mir gut gehe.

Das war eine Frage, die ich mir selbst bald stellen würde.

In dieser Nacht klingelte das Telefon gegen elf. "Herzlichen Glückwunsch", sagte der Immobilienmakler am anderen Ende der Leitung. "Sie sind die stolzen Besitzer des Hauses, für das Sie ein Angebot gemacht haben." Ich hatte noch nicht einmal eine Hypothek beantragt und war jetzt schon der stolze Besitzer eines Hauses? Als mein anderer Cousin Frank von meinem Drehen und Handeln hörte, rief er an, um mich zu warnen: "Wenn du eine Hypothek hast und die Zahlungen nicht leisten kannst, wird die Bank euer Haus pfänden, ohne darüber nachzudenken." Andere wollten wissen, ob wir schon Arbeit hätten.

Hätte in dieser ersten Woche - so erzählte ich später meiner Familie und meinen Freunden - mich jemand bei der Hand genommen und mir gesagt: „Rudolf, du hast hier ein paar Gänge verpasst, und vielleicht sollten wir zu einem Spezialisten gehen, um das zu überprüfen", ich wäre blind mitgegangen. Aber irgendwann haben sich die Dinge geklärt und mit Gottes Hilfe konnten wir uns etablieren.

Nicole und ich fanden beide eine sinnvolle Arbeit. Für mich ist jede Arbeit sinnvoll und würdevoll. Was ich in unserem Fall mit "Sinn" meine, ist, dass die Arbeit, die wir gefunden haben, so beschaffen war, dass wir anderen dienen konnten, während sie unseren Lebensunterhalt sicherte.

Die endlose Prairie und die blauen Himmel Manitobas genießen

Nach sechzehn Jahren, immer noch glücklich in Manitoba

# Kapitel 24

## Ein neuer Beginn, eine neue Herausforderung

Kanadische Freunde dafür gewinnen, Kindern in Lateinamerika zu helfen

Als wir uns im neuen Land besser etablierten, kehrten unsere Gedanken nach Paraguay und hauptsächlich zu den Straßenkindern und der PROED-Schule zurück. Als wir Paraguay verließen, war die gesamte Arbeit, an der wir beteiligt waren, in sehr guten Händen. Ob SERVOME, El Abrigo, die PROED-Schule oder MEDA-PY und CODIPSA - die Übergänge waren reibungslos gewesen und wir waren zufrieden.

Die einzige Ausnahme war vielleicht die PROED-Schule. Das Gemeindekomitee, das den rechtlichen Schirm für SERVOME bildete, hatte die Schule nach langem Zögern genehmigt. Es wurde erwartet, dass die Schule sich selbst finanzieren sollte. Ich hatte mir große Mühe gegeben, das Gemeindekomitee zu überzeugen, dass es möglich sein sollte. Aber das Konzept allein ist ohne genügend Finanzen bedeutungslos. Würden immer genug Schulgebühren erhoben werden können, um die Kosten zu decken? Würde es genug Paten für die Kinder geben, deren Familien die Gebühren nicht bezahlen konnten? Der Bedarf an Klassenzimmern und Patenschaften würde nur steigen, sobald die Kinder von einer Klasse in die nächste versetzt wurden.

Verstandesmäßig begriff ich, dass dies nicht mehr meine Verantwortung war. Wir hatten getan, was wir konnten. Als wir abreisten, hatten El Abrigo und die PROED-Schule eine sehr komfortable Reserve. Gut verwaltet, könnte diese Reserve eine Dürrezeit überbrücken.

Gab es aber trotzdem eine Gelegenheit, von Kanada aus etwas zu unternehmen? Nachdem wir nun schon seit einiger Zeit mit den Problemen der Armut nicht direkt konfrontiert waren, konnten wir eine breitere Sicht auf Armut entwickeln und einige Möglichkeiten finden, um etwas zu initiieren, das nachhaltig wäre und es den Menschen ermöglichen würde, für sich selbst zu sorgen. Was für eine großartige Idee! Fast utopisch, wie es scheint. Ich glaube, es gibt niemanden auf dieser Welt, der so eine gute Idee nicht haben möchte. Aber es gibt kein Zaubermittel, um Armut aus dem Weg zu räumen.

Das Thema Armut ist äußerst komplex und ihre Auswirkungen sind für Familien und sogar Gesellschaften verheerend. Es gibt kein Zaubermittel, aber einige Wege sind besser als andere. Als wir anfingen, unsere Sorgen und Visionen mit Freunden und Mitgliedern der Gemeinde zu teilen, waren wir überrascht, so viel Interesse vorzufinden. Gottes Volk ist gut und zu Seiner Zeit wird Er Menschen immer zum Handeln motivieren, wenn sie Ihn nur lassen.

Im Sommer 2008 traf sich eine kleine Gruppe von fünf Familien, um Gottes Willen in dieser Angelegenheit zu erforschen, und im Oktober desselben Jahres gründeten wir die Global Family Foundation, die später in Generation Rising umbenannt wurde. Nur fünf Familien mit weniger als fünf Broten und ohne Fisch, die darauf vertrauten, dass Gott sie vermehrte. Ein Jahr später erhielten wir den Status einer registrierten kanadischen Wohltätigkeitsorganisation.

Unser Ziel war und ist es, Kindern, deren Eltern nicht in der Lage sind, auf der ersten Stufe der Wirtschaftsleiter Fuß zu fassen, eine qualitativ hochwertige Ausbildung in einem christlichen Umfeld zu bieten; Kindern, die ohne fremde Hilfe möglicherweise nie eine Schule, geschweige denn eine christliche Schule, besuchen könnten.

Armut kann wie ein Teufelskreis sein. Es gibt das Konzept der Generationenarmut, und für zu viele Menschen ist das ihre tägliche Realität. Unter diesen Umständen ist es manchmal einfacher, aufzugeben als - wie es ihnen vorkommt - einen verlorener Kampf zu kämpfen. Apathie, Trägheit und Mattigkeit setzen häufig ein. Dies führt leicht zu einem Leben voller Hoffnungslosigkeit, Resignation, Promiskuität, sexueller Degeneration, Prostitution, Obdachlosigkeit und Kriminalität. Enge, arme und ungesunde Lebensbedingungen verschärfen das Problem. Am Ende des Tunnels ist kein Licht zu sehen. Warum also sich bemühen?

Gott, unser Schöpfer, hat alle Völker mit Unmengen von Talenten ausgestattet. Talente sind somit gleichmäßig verteilt. Aber nicht die Chancen. Unser Ziel bei Generation Rising ist es, dazu beizutragen, dass die Geringsten auch Chancen bekommen.

Heute (2018) feiert Generation Rising sein zehnjähriges Bestehen. Seit seiner Gründung ist viel Wasser den Bach runtergeflossen. Es waren erstaunliche zehn Jahre unter der Hand Gottes. Weitere Personen haben sich der Organisation angeschlossen. Alle brachten etwas Brot und sogar Fische. Wir können das Brot und die Fische brechen, um sie zu teilen. In unseren Partnerschulen in Paraguay, Honduras und Nicaragua besuchen mehr als zweitausend Kinder den Unterricht und hören täglich das Evangelium. Hinter jedem dieser Kinder steht eine Familie mit vier bis sieben Personen. Gott ist der Multiplikator. Gottes Wort wird niemals leer zurückkehren.

Neue Schule, in Chamelecon, Honduras gebaut, 2018

# Kapitel 25

## Was ist ein Leben?

### Gottes Odem in uns

John wurde im Kaukasus des Russischen Reiches geboren. In dieser Region gab es zu dieser Zeit nur eine Grundschulausbildung für John. Seine Eltern sahen einen klugen und begabten Jungen in John und schickten ihn nach der 6. Klasse in die Tausende Kilometer entfernte Ukraine zur Berufsausbildung. John enttäuschte nicht und studierte schließlich als Lehrer an einer Universität in Moskau. Er kehrte in die Ukraine zurück, um an einer angesehenen weiterführenden Schule zu unterrichten. Er heiratete und das Ehepaar bekam ein Kind.

Als seine Eltern 1929 aus Russland flohen, versprach er, dass er folgen würde, sobald das Schuljahr vorbei wäre. Die russische Revolution und die Entstehung des kommunistischen Staates hatten zu diesem Zeitpunkt das Leben aller Menschen verändert. John dachte an die Kinder, die er unterrichtete. Er liebte sie und dachte, es wäre nicht richtig, sie einfach zu verlassen. Er hatte einen tiefen Sinn für Gerechtigkeit. Er versprach seinen Eltern, dass er und seine junge Frau nach Ablauf des Schuljahres folgen würden.

Er hat es nie geschafft.

Aus dem Arbeitslager, zu dem er verurteilt worden war, weil er sich weigerte, den Kindern in seiner Schule die Bibel nicht zu unterrichten, schrieb er einige Briefe an seine Eltern im neuen Land. Es war nicht leicht für ihn, ein Gefangener in einem Zwangsarbeitslager zu sein. Sein starker Sinn für Gerechtigkeit erlaubte ihm nicht, immer zu schweigen. Das brachte ihn oft in Schwierigkeiten, aber er schrieb: "Ich lerne wie nie zuvor zu beten." Und dann herrschte Stille. Eine Stille, die über zwanzig Jahre andauerte.

Zwanzig Jahre Schweigen sind eine lange Zeit für das gebrochene Herz einer Mutter. Zwanzig Jahre Schweigen sind eine lange Zeit für einen Vater, der an seiner Entscheidung zweifelt, die er in jener schicksalhaften Nacht traf, als er mit Gott haderte und rang und am Ende Gottes Segen fühlte, ohne seinen ältesten Sohn zu fliehen. Das Flüchtlingsleben, der harte Neuanfang in einem fremden

Land, aber vor allem der ungelöste Schmerz in ihren Herzen über einen zurückgelassenen Sohn brachten sie früh ins Grab.

1957, lange nachdem Johns Eltern in Paraguay und seine Frau in Russland gestorben waren, erhielt die Tochter als einzige Überlebende einen Brief von der Chruschtschow-Regierung, in dem ihr mitgeteilt wurde, dass ihr Vater zu Unrecht wegen Hochverrats angeklagt und zum Tod durch Erschießen verurteilt worden war. Das Urteil war unmittelbar nach der Verurteilung vollstreckt worden, wie es damals üblich war. In dem Dokument hieß es jedoch weiter, dass Johns Urteil erneut überprüft worden war und festgestellt wurde, dass er zu Unrecht verurteilt worden war. Er wurde jetzt rehabilitiert, wie sie es ausdrückten. Ein neuer Anfang auf einem sauberen Blatt, und dass sie, die Tochter, zwei Monatsgehälter als Entschädigung erhalte. Zwei Monatsgehälter für ein vermisstes, nicht gelebtes Leben in Familie, Gemeinde und Gesellschaft. Zwei Monatsgehälter für ein verfehltes Leben. Zwei Monatsgehälter und die Kosten für eine Kugel - das war alles. Das Leben kann manchmal billig sein.

John war mein Onkel Hans Dürksen oder J. J. Dirksen, wie es im Todesurteil lautet. Das geschah 1937.


*****

Moses wurde in einer Familie in Sklaverei geboren. Seine Familie hatte eine gloreiche Vergangenheit. Sie waren Teil eines Volkes, das ein ganzes Land produktiv und respektiert gemacht hatte. Sogar ihr Gott war mehr geachtet worden als alle anderen Götter. Aber ihr Gott wurde nicht der Gott ihres Gastlandes und schließlich wurden ihr Gott und sein Volk verachtet und zurückgewiesen. Das Leben von Menschen wie Moses und seinen Mithebräern zu beenden, sollte sein Volk und dessen göttlichen Einfluss in Schach halten. Aber Gott hatte andere Pläne für Moses. Er würde verschont bleiben und als Instrument Gottes eingesetzt werden, um sein Volk aus der Sklaverei zu befreien.

Moses hatte, wie wir alle, viele Fehler. Als er anfing, an Gott zu zweifeln und nach eigenen Lösungen suchte, handelte Gott nicht indem er ihn ablehnte, sondern seine Mission einschränkte. Er sollte sein Volk bis zum verheißenen Land führen. Aber jetzt nicht ins gelobte Land. Diese Aufgabe würde einem anderen von Gott gewählten Führer zufallen. Aber Mose blieb immer der Mann Gottes. Ein gut gelebtes Leben. Ein Tod, der mit Gnade und Vertrauen in Gott angenommen wurde. Wie eine reife Garbe, die den Vorfahren hinzugefügt wurde.

Moses ist natürlich der alte Moses in der Bibel.

******

Albertito verbrachte seine Kindheit meist auf den Straßen von Asunción. Seine Mutter lebte ein promiskuitives Leben in einem der ärmsten Slums Lateinamerikas. In ihrem Leben war kein Platz für ein Kind, das Pflege brauchte. Stattdessen erwartete sie, dass Albertito auf die Straße ging und bettelte, um für sich selbst zu sorgen. So wurde Albertito eines der Millionen Straßenkinder dieser Welt.

Albertito, einmal ein glücklicher Junge in der Herberge

Er wurde bald missbraucht und Drogen ausgesetzt. Er war erst sechs Jahre alt und sehnte sich nach einem besseren Leben, einem Leben, wie er es bei anderen Menschen sah, sogar bei anderen Kindern. Er sah diese glücklichen Kinder in ihren weißen Uniformen zur Schule gehen, während er um Essensreste bettelte, um sich selbst zu ernähren. Und so fing er an zu suchen. Eines Tages stieß er auf die Herberge für Straßenkinder, El Abrigo, von der ihm andere Straßenkinder erzählt hatten. Eifrig trat er ein und bat zu bleiben.

Albertito schien sich schnell anzupassen. Er verstand sich gut mit den anderen Kindern und mit Mitarbeitern. Er ist in die Schule gekommen und hat gut gelernt. Und dann ging er eines Tages weg und kehrte bei Einbruch der Dunkelheit nicht zurück. Mitarbeiter und die anderen Kinder der Herberge verbreiteten in der Straßenszene die Nachricht, dass Albertito vermisst werde – er war nicht in die Herberge zurückgekehrt.

Monate vergingen ohne Nachrichten über seinen Aufenthaltsort. Und dann kam eines Tages die Nachricht, dass Albertito nicht weit von der Herberge entfernt Opfer eines Unfalls geworden war. Ein Krankenwagen hatte ihn in eine nahe gelegene Leichenhalle gebracht. Das Personal der Herberge konnte den Krankenwagenfahrer ausfindig machen und zeigte ihm ein Foto von Albertito. "Ja, das ist er", sagte der Fahrer. "Ich erkenne ihn. Er war sofort tot." Für die Herberge war dies ein düsterer Abschluss, aber zumindest gab es einen Endbericht, und das Leben musste weitergehen.

Ein Jahr verging und wie aus dem Nichts kam von der Straße die Nachricht, dass Albertito nicht tot sei. Er war nicht der Junge dieses tödlichen Unfalls gewesen. Die Straße war immer voller Informationen. Viele Male genaue Informationen, aber ihre Richtigkeit war schwer zu bestätigen. Niemand vertraute dem anderen, daher wurden Informationen – gute oder schlechte – immer streng gehütet.

Schließlich erfuhren wir, dass Albertito wohl in einer von der Regierung geführten Einrichtung zur Rehabilitation gefährlicher Kinder und Jugendlicher, etwa 40 Kilometer außerhalb von Asunción, festgehalten wurde.

Es war ein milder, aber sonniger Nachmittag im Mai, als wir dorthin fuhren. Der Eingang hatte schwere Tore und ein Wachmann mit einer schweren, automatischen Waffe um die Schulter befahl uns anzuhalten. "Wer sind Sie und was möchten Sie?", murmelte er knapp, aber höflich. "Wir sind gekommen, um ein Kind zu besuchen, einen Jungen namens Albertito, wenn er hier ist", informierten wir ihn. Nachdem er Funkkontakt mit seinem Chef aufgenommen hatte, wurden wir eingelassen. Es war ein riesiges Grundstück mit einer ovalen Grünfläche in der Mitte, die von einer Schotterauffahrt gesäumt war, und vielen Gebäuden mit Blick auf die Grünfläche.

Als wir um das ovale Grün herum in Richtung des Gebäudes fuhren, bei dem uns der Wachman angewiesen hatte anzuhalten, hörten wir plötzlich eine Jungenstimme, die uns nachrief. Es war Albertito. Er hatte unseren Van von seinem Zimmer aus auf der anderen Seite der Grünfläche erkannt. Sein Lächeln war so breit, dass eine Fliege, die von einem Mundwinkel zum anderen wollte, einen kürzeren Weg hätte, nur um seinen Hinterkopf zu fliegen. Er rannte jetzt die ganze Zeit neben unserem Van und schrie: "Tios, Tios (Onkel, Onkel)!"

Der Direktor der Institution beobachtete uns von seinem Bürofenster aus. Er war freundlich, aber neugierig, warum wir uns für Albertito interessierten. "Er ist ein Junge, der kriminell ist", murmelte er in Albertitos Gegenwart. Die Polizei hatte ihn abgeholt, als er ein Geschäft ausraubte. Sie hatten ihn einige Tage im Polizeipräsidium festgehalten und ihn dann zur Rehabilitation in diese Einrichtung gebracht.

Wir erklärten ihm, wer wir waren und dass Albertito eine Weile in unserer Herberge gewesen war, bevor er auf die Straße ging. Wir erzählten ihm von der Geschichte, dass Albertito angeblich bei einem Autounfall ums Leben gekommen war. Und Albertito jetzt zu sehen, war für uns wie ein Wunder. Alles, was wir heute hier wollten, war, zu sehen, ob Albertito wirklich lebte und, wenn ja, ihm ein Angebot zu machen, in die Herberge zurückzukehren. Inzwischen flehte Albertito ihn an, ihn gehen zu lassen.

Nachdem der Direktor uns lange Zeit in tiefer Stille angesehen hatte, gab er an, dass Albertito aufgrund eines Gerichtsbeschlusses in seiner Anstalt war.

Aber er sagte: "Ich bin auch nicht aus Stein. Ich interessiere mich vielleicht genauso für Albertito wie Sie, also werde ich die Entlassungspapiere vorbereiten."

Albertito wuchs zu einer ausgeglichenen Person auf. Aber dann passierte etwas. Als junger Erwachsener besuchte er eine christliche Hochzeitsfeier in der Nähe des Flusses. Viele seiner Freunde aus der Herberge waren auch da. Aus einem Ort in der Nähe dröhnte laute Musik. Allen war klar, dass dies keine christliche Party war. Albertito sagte seinen Freunden, dass er dorthin gehen würde, um es zu überprüfen. Seine Freunde flehten ihn an, nicht zu gehen. Aber Albertito ging in die Dunkelheit der Nacht hinaus in Richtung der anderen Party.

Am nächsten Tag erhielten seine Freunde einen Anruf von der Wasserrettungspolizei, um eine Leiche zu identifizieren. Es war Albertito. Die Zeitungen am folgenden Montag zeigten ein Bild mit einem Boot und einem steifen Bein, das über eine Seite des Bootes herausragte. Einige der jungen Männer aus der Herberge unterstützten die Polizei beim Entladen der Leiche.

Die Beschriftung darunter lautete: "Betrunkener junger Mann ertrank im Fluss."

\*\*\*\*\*\*

Joa war während meiner Studienzeit in Texas eine Weile mein Mitbewohner. Er war ein bisschen introvertiert. Zumindest kam es mir zuerst so vor. Bald fand ich heraus, warum er vorsichtig war, sich anderen Menschen zu öffnen. Er war seit frühester Kindheit gemobbt und misshandelt worden. Niemand hatte Potenzial oder Wert in ihm gesehen. Nicht einmal seine Eltern. Ihm zufolge waren seine Eltern auch Niemande. Joa war aus Brasilien.

An der Texas A&M University gab es eine große Anzahl von Studenten aus Mittelamerika und einigen anderen südamerikanischen Ländern. Die meisten, wenn nicht alle, hatten ein sehr komfortables Stipendium durch ein panamerikanisches Hilfsprogramm, das über die Interamerikanische Entwicklungsbank, kurz BID, geleitet wurde. Es war ein Programm, das darauf abzielte, die zukünftigen Führungskräfte für diese sogenannten Bananenrepubliken auszubilden. Buchstäblich. Chiquita Banana - vielleicht haben Sie von dieser Markenfirma schon gehört. Alle großen amerikanischen Obstfirmen machten dort riesige Geschäfte mit hohen Umsätzen. Sie wollten, dass die zukünftige Führung nicht nur Englisch spricht, sondern auch die amerikanische Denkweise und ihre Art, Geschäfte zu machen, versteht. Vor allem wollten sie, dass sie Amerika schätzten - in diesem Fall die USA. Deshalb waren die Stipendien so saftig, kommentierten die Empfänger.

Es war sehr offensichtlich, dass nicht nur die guten Noten ihnen so viel Glück gebracht hatten. Familienstand, Verbindungen und politische Einflüsse waren ebenfalls Faktoren, die ins Gewicht fielen. Während ihres Studiums hatten sie Autos, machten Urlaub und flogen zu Weihnachten und anderen wichtigen Feiertagen nach Hause. Sie brauchten während des Studiums keinen Teilzeitjob und auch keinen Sommerjob. Stattdessen reisten sie nach Hause. Joa hatte das gleiche Stipendium, aber sein Verhalten stimmte nicht mit dem der anderen überein.

„Also, Joa", sagte ich eines Tages zu ihm, „du hast das gleiche saftige Stipendium wie die anderen, aber du verwendest das Geld anders. Du fährst nicht nach Hause und du sparst. Vor allem, Joa, hast du gesagt, du bist ein Niemand und deine Eltern seien auch Niemande. Wie konntest du ein solches Stipendium bekommen?"

Weil er sich seit seiner Kindheit verachtet fühlte, hatte er schon früh einen starken Drang entwickelt, allen das Gegenteil zu beweisen und setzte sich selbst unter enormen Druck. Er wollte immer die besten Noten in der Schule erreichen. „Ich habe dieses Stipendium nur durch akademische Leistungen erhalten. Ich habe nichts, weder hier noch zu Hause. Ich spare", schloss er, "um etwas zu haben, wenn ich nach Hause komme, damit die Leute mich nicht mehr auslachen." Selbst bei Texas A&M machten sich die anderen lateinamerikanischen Studenten manchmal erniedrigend über ihn lustig.

Joa und ich wurden gute Freunde und als er seinen Abschluss machte, bereitete er sich darauf vor, nach Brasilien zurückzukehren. Wir haben uns gegenseitig versprochen, in Kontakt zu bleiben. Bald ließ er mich wissen, dass er einen sehr guten Job in seinem Fach gefunden hatte. Als nächstes gab es ein Bild mit seiner jüngsten Freundin. Und dann ein Hochzeitsbild. Die Braut sah umwerfend aus und seine ganze Haltung strahlte Freude aus. Beide sahen so glücklich aus, und ich freute mich für Joa. Trotz der erfahrenen Ablehnung hat sich seine Ausdauer ausgezahlt, dachte ich. Und einige Jahre später vervollständigten zwei Kinder das Familienbild.

Bald danach verstummte die Kommunikation von seiner Seite.

Durch einen gemeinsamen Freund erfuhr ich, dass Joa irgendwann Ablehnung von seiner schönen Frau empfunden hatte. Er hatte hart gearbeitet, um Hindernisse in seinem Leben zu überwinden. Aber dieses war eines zu viel für ihn. Er konnte die Vergangenheit nicht abschütteln. Die alten Dämonen verfolgten ihn wieder. Und so beschloss er, die ultimative Rache zu suchen, die man an denen üben kann, die man am meisten liebt. Er rief seine Frau ins Wohnzimmer, hielt eine Pistole an seine Schläfe und drückte ab.

Joa, mein brasilianischer Freund, hatte das Leben auf Erden endgültig verlassen.

*****

Das namenlose Kind lag in der heißen afrikanischen Wüstensonne und stützte sich gegen die Leiche seiner Mutter. Es wusste nicht, dass seine Mutter bereits tot war. Tatsächlich wusste es nichts, denn die sengende Hitze und der Wassermangel haben es für seine Umgebung bereits teilnahmslos gemacht. Überall wirbelten Fliegen herum. Bald würden es Bussarde sein. Und dann würden Mutter und Kind endlich im Tod vereint sein.

Fernsehkamerateams gingen vorbei, zu einer größeren Geschichte. Ein Besatzungsmitglied berichtete später über den Vorfall und sagte, sie hätten versucht, dem Kind etwas Wasser zu geben, aber das Kind habe es nicht genommen. Sie hatten keine Zeit mehr, sich mit diesem Kind zu beschäftigen, da sie bei einer größeren Geschichte weitermachen mussten, und außerdem wollten die westlichen Nachrichtensender alle zuerst dabei sein. Sie nennen das einen Fang.

Es waren Krieg und Hunger in ihrer schlimmsten Kombination. Das Leben wurde scheinbar fast gedankenlos ausgelöscht.

Dieses namenlose Kind und seine Geschichte wurden bald vergessen.

******

Das unbekannte Kind. Im Krieg wird ein nicht identifizierter gefallener Soldat mit dem Grab des unbekannten Soldaten geehrt. Kränze werden niedergelegt, um das Leben und den Dienst dieser nicht identifizierten Person zu ehren. Obwohl er nicht identifiziert wurde, sollte er nicht vergessen werden, denn sein Leben hatte jemandem die Welt bedeutet. Aber dann gibt es buchstäblich unzählige Leben ungeborener Kinder. Sie sind die unbekannten Kinder, sie haben keinen Namen und niemand wird jemals in der Lage sein, ihre Geschichte zu erzählen. Sie würden es auch nicht wollen. Sie sind Opfer von Abtreibungen. Einige auch wegen In-vitro-Fertilisation und Embryotransplantation. Diese Verfahren produzieren - ohne beabsichtigte Bosheit - oft mehr Embryos als verwendet werden. Opfer menschlichen Handelns. Millionen über Millionen von ihnen sind gestorben, aber weitere Millionen leben noch in flüssigem Stickstoff bei minus 196 Grad Celsius und warten darauf, dass ihre Erzeuger sie in Zukunft verwenden. Manchmal werden sie nicht mehr verwendet oder benötigt und schließlich werden sie für Laboruntersuchungen freigegeben, anderen Benutzern zur Verfügung gestellt oder ganz weggeworfen.

Einige behaupten, diese eingefrorenen Embryos seien eine andere Form von Leben. Aber sie alle sind ein eigenständiges Leben, wie es von Gott geschaffen wurde.

Es wird kein Grab geben, um das unbekannte Kind zu ehren. Je früher sie vergessen werden, desto weniger abscheulich wird die Erinnerung sein.

Was ist dann ein Leben?

Während ich mich meinem zweiundsiebzigsten Geburtstag nähere, ist dies eine Frage, die mich oft beschäftigt. Weil das Leben eine individuelle Sache und nicht für alle gleich ist. Und weil das Leben so zerbrechlich ist, wie die obigen Geschichten erzählen.

Es ist ziemlich einfach für mich, der ich in einem sicheren Land lebe, allen Komfort habe, den jemand braucht, eine Ehepartnerin habe, die mich schätzt und liebt, Kinder, auf die man stolz sein kann, und Enkelkinder, die vor Überschwang des Lebens sprühen, zu sagen: Ja, das ist das Leben, und ja, ich könnte sagen, das Leben ist gut.

Mose, ja der alte Mose, der Mann Gottes, bietet uns ein Gebet, wie es in Psalm 90 aufgezeichnet ist, das zu allem Leben spricht, nicht nur zu meinem eigenen. Er erinnert uns daran, dass alles Leben eine Schöpfung Gottes ist und dass niemand die Kontrolle über sein eigenes Leben hat. Nur Gott hat das Recht zu bestimmen, wann das Leben wieder zu Staub verwandelt werden soll, von wo es herkam. Zurück zum Schöpfer: Unsere Tage können auf siebzig oder achtzig Jahre kommen, wenn unsere Stärke anhält; doch die besten von ihnen sind nur Trauer und sie vergehen schnell.

Und mit Mose bete ich: "Die Freundlichkeit des Herrn, unseres Gottes, sei über uns und festige das Werk unserer Hände! Ja, das Werk unserer Hände, festige Du es!"

Das Leben ist also der Odem Gottes in uns, in jedem Menschen. Für uns zu gebrauchen und für andere zu respektieren. Jemandem diesen Atemzug zu nehmen, sei es im Krieg oder im Frieden, ob auf der Straße oder über das Gerichtssystem, ob aus Rache oder aus Barmherzigkeit, sei es in Bezug auf Gesundheit oder Krankheit, missachtet Gottes Plan für dieses Leben. Es respektiert Gott nicht.

Die Bibel erinnert uns daran, dass das größte Gebot darin besteht, zu lieben. Nur aus dieser Perspektive können wir den Sinn, das Leben, den Tod und die Auferstehung Christi vollständig verstehen. Andernfalls würden wir ihn seiner Behauptung berauben, dass er die Verkörperung der Liebe und der höchste Schöpfer ist.

# Kapitel 26

## Was ist der Tod?

### Leben in Fülle

Während ich diese Zeilen schreibe, werden meine Gedanken von der Trauer über den Verlust meines Neffen Eldo vor zwei Wochen im Alter von nur zweiundfünfzig Jahren und den Tod meiner Schwester Eleonore in der letzten Woche im Alter von zweiundsiebzig Jahren überschattet. „Tod, wo ist dein Stachel?", fragt die Bibel. Und ja, der Tod hat einen Stachel wie nichts anderes. Ich nehme an, weil er so endgültig ist.

Eldo kämpfte gegen Süchte und diese brachten ihn ins Grab. Eleonore erlitt das grausame Schicksal des Brustkrebses, und das brachte auch sie ins Grab. Beide starben sehr friedlich mit voller Kenntnis und Akzeptanz des Weges Gottes für sie. Beide ruhen jetzt in den Armen Jesu, ihres Erlösers. Die zurückgelassenen Familien, ja, sie spüren den Stachel und er wird nicht einfach so verschwinden. Aber der Herr behält den Sieg. Und das macht sie glücklich inmitten des Schmerzes und des Verlustes.

Wenn wir fragen können, was das Leben ist, können wir wohl auch fragen, was der Tod ist. Das Leben ist aufs allerwenigste eine physische, emotionale und spirituelle Sache. Es gibt Freude, es gibt Glück, es gibt Schmerz und es gibt Tränen. Es gibt Wachstum und Ausdauer. Es gibt Gottes Gegenwart und manchmal auch das Gefühl der Abwesenheit Gottes in unserem Leben. Und da ist dieses angeborene Gefühl in uns, leben und nicht sterben zu wollen. Wir möchten lieber überleben als erliegen. Im Leben gibt es so viel, worauf man sich freuen kann.

Das Leben ist so voller Beschwingtheit.

Gibt es eine Beschwingtheit im Tod?

Das ist komplex und schwer vorstellbar. Im Leben gibt es so viel, worauf man sich freuen kann. Und wir machen es die ganze Zeit. Der Tod wird zu uns allen kommen.

Also habe ich ein kleines mentales Spiel mit mir selbst gespielt. Gibt es etwas, auf das ich mich im Tod freuen werde? Und je länger ich mich zwang, dieses Spiel zu spielen, desto besser konnte ich mir Dinge vorstellen. Aufregende und neue Dinge, die ich nur durch den Tod erleben kann.

Ich freue mich also darauf, meinen ältesten Bruder Willy zum ersten Mal zu sehen. Wird er mich erkennen? Werde ich ihn erkennen? Ich habe ihn auf einem Foto gesehen. Was ist mit dem kleinen Lengua-Jungen, der in den Grashütten gestorben ist? Sein Tod und Willys Tod zusammen haben dem Leben meiner Eltern für immer eine bestimmte Richtung gegeben. Werde ich sie jetzt zusammen spielen sehen? Und meine Eltern. Was ist mit meinen Eltern? Beobachten sie die beiden, wie sie zusammen spielen, und lächeln sie, während sie sie beobachten? Was ist mit Eldo und Eleonore? Sie sind dort jetzt ziemlich neue Bewohner. Onkel John, der in Russland zum Tode durch Erschießen verurteilt wurde. Nicoles ältere Schwester Jane, die in ihrer Kindheit in Frankreich gestorben ist. Nicoles Eltern. Ich könnte noch einige aufreihen.

Der Tod bringt neues Leben. Und ja, es gibt Beschwingtheit, es gibt Vorfreude, und ja, es gibt Freude im Tod. Wir müssen es nur erfassen. In Jesus gibt es nur Leben und Leben im Überfluss.

Meine Schwester Eleonore schrieb nur wenige Wochen vor ihrem Tod - da der Krebs bereits ihre Handschrift behinderte - akribisch diese Worte:


Meine Schmerzen?

- Ein Bohren, ein Spicken, ein Kribbeln, Krampfen, Klopfen, Ziehen...

- Sehnsucht nach Christus steigt empor zum Himmel

- Vom Meister empfangen...

- Restlos glücklich...

- Zeitloses Halleluja

- Zufriedenes Jauchzen

- Rühmen ohne Ende

- Einzug mit Ehren

- Als mutige Mitstreiter heimwärts zu Christus


Versuchen wir doch, Eleonore zu sagen, dass der Tod keinen Stachel hat…

Versuchen wir, Eleonore zu sagen, dass es nichts Vorstellbares gibt, keine Freude, keine Beschwingtheit, keine Vorfreude und kein Leben im Tode.

Und meine Schwester wird uns sagen, wie falsch wir in Bezug auf beide Aussagen sind.

Kapitel 27

## Zum Schluss

### Was Gnade bewirken kann

Kanada war für uns die Antwort auf unsere Gebete. Kanada hat sich als gut für uns erwiesen. Letzten Sonntag haben wir den kanadischen Nationalfeiertag, *Canada Day,* gefeiert. Der Prediger im Gottesdienst dankte Gott in seinem Gebet für das Privileg, in Kanada zu leben. Er benutzte das deutsche Wort "bevorzugt". Dies wird ins Englische mit *preferred* übersetzt.

Ich zuckte zusammen.

Ich erschrecke immer, wenn ich höre, wie jemand die Wörter "privilegiert" oder "bevorzugt" in Bezug auf unseren Wohnort, unsere Gesundheit und unseren Wohlstand verwendet. Was ist mit all den anderen Völkern, die an gefährlichen Orten der Welt leben oder die unter Verfolgung oder schwerer Krankheit leiden oder in extremer Armut leben? Sind sie nicht privilegiert? Werden sie nicht von Gott bevorzugt?

Im Laufe der Jahre habe ich viele verschiedene Menschen aus vielen verschiedenen Ländern und aus allen möglichen Lebensbereichen getroffen. In Kuba leben die Menschen immer noch unter einem repressiven Regime und sehr begrenzten wirtschaftlichen Möglichkeiten und religiösen Freiheiten. Und doch wächst die Gemeinde exponentiell. Gott ist mit ihnen. Er privilegiert sie. Er bevorzugt sie. Gleiches gilt für Honduras, Nicaragua, Paraguay und viele andere Orte der Welt.

Gottes Gunst ruht auf allen Völkern der Welt, einschließlich Kanada, aber insbesondere auf denen, die an ihn glauben und Jesus nachfolgen und ihn lieben. Also ja, es gibt keinen Grund sich zu verwundern wenn jemand glaubt, dass wir als Gläubige privilegiert und bevorzugt sind. Es ist egal, wo und unter welchen Bedingungen wir leben.

Das Leben in einem guten und sicheren Land ist für uns also nicht unbedingt ein Privileg, das Gott für uns vorgesehen hat - obwohl wir alle das vorziehen würden. Es ist weit mehr als das. Viel, viel mehr. Es ist ein Privileg, von Gott die Verantwortung erhalten zu haben, Menschen auf der ganzen Welt zu helfen, die sich nicht selbst helfen können. Es ist ein Privileg, zur Verbreitung des Evangeliums auf der ganzen Welt beizutragen, indem man für die weltweite Gemeinde da ist. Es ist ein Privileg, herausgefordert zu werden, über unseren eigenen Tellerrand hinauszuschauen und die Welt so zu sehen, wie Gott sie vielleicht sieht.

Und ja, Kanada war sehr gut zu uns. Wir konnten gedeihen. Wir haben eine gute Gemeinde gefunden, wir haben Freunde gefunden und das Gesundheitssystem ist gut und universell. Keine Ausschlüsse mehr an dieser Front. Und dafür sind wir sehr dankbar. Unsere beiden Söhne haben einen höheren Abschluss erreicht und stehen im Dienst.

Wenn wir auf unser Leben zurückblicken, ist es leicht, die Hand Gottes in ihrer unendlichen Gnade zu sehen. Rückblick, wie man sagt, ist immer 20/20. Auf dem Weg durch das Leben war es jedoch nicht immer leicht, den Weg vor uns zu erkennen.

Ich erzähle gerne Geschichten. Meine Söhne sagen mir, dass sie einige von ihnen schon ein paar Male zu viel gehört haben. Nicole ermutigte mich gelegentlich, sie aufzuschreiben.

Ich wollte diese Geschichte schreiben. Es ist nur so, dass ich es mir nicht zutraute. Wissen Sie, ich bin Computer-Analphabet. Nein, es ist schlimmer, ich bin Analphabet auf der Tastatur. Ich kann mit beiden Händen gleichzeitig und koordiniert arbeiten. Ich kann mit beiden Händen Fahrrad fahren. Ich kann sogar mit Messer und Gabel koordiniert Essen in meinen Mund bekommen. Aber ich kann nicht mit beiden Händen tippen. Ich kann nicht einmal meine Finger koordinieren. Also mussten die Zeigefinger hinhalten. Und jetzt, da das Buch fertig ist, bin ich froh, dass ich es gewagt und angefangen habe.

Es ist meine Hoffnung und mein Wunsch, dass gewöhnliche Menschen auf diesen Seiten sehen können, dass Gott gut ist und dass er uns so gebrauchen kann, wie wir sind, wenn wir den Wunsch und die Geduld haben, zuzuhören und auf seine Führung zu warten.

Unsere Werke hier auf Erden werden uns niemals retten können. Gnade, und Gnade allein, kann und wird das für uns vollbringen. Aber wenn wir die Bedeutung der Worte von Marie Bouchard: „Herzen zu Gott, Hände an die Arbeit" erfassen können, können wir Instrumente Gottes in seinem erlösenden Werk der Liebe und Gnade hier auf Erden werden.

Wir alle können! Jeder von uns kann.

Ich machte mich an den Versuch, die Geschichte der ersten Generation russischer Flüchtlinge, die sich in der grünen Hölle von Paraguay niedergelassen hatten, zu schreiben. Ich wollte das tun, weil mein älterer Bruder Hans, der Redakteur des Mennoblatts war, es als seine Aufgabe angesehen hatte, die Erfahrungen der ersten Generation in einem neuen Land mit feindlichen Umweltbedingungen und fast keinen wirtschaftlichen Aussichten für zukünftige Generationen zu dokumentieren. Er wollte das tun, indem er seine eigene Lebensgeschichte erzählte. Die schwächenden Auswirkungen seiner Parkinsonkrankheit stoppten ihn schon um Seite 14.

Hans, in seiner Rolle als Großvater

Schon nach wenigen Seiten wurde mir klar, dass meine Geschichte weder repräsentativ für die Zielgeneration ist noch sein kann. Und sicher konnte es die beschwingte Geschichte, die Hans geschrieben hätte, nicht ersetzen. Trotzdem bin ich ein Teil derselben Generation. Schließlich beschloss ich, fortzufahren, auch wenn meine Geschichte die Geschichte meines Bruders Hans nicht ersetzen konnte.

Und obwohl die Geschichte jeder Person dieser ersten Generation einzigartig ist, gibt es einige Gemeinsamkeiten, denen sich alle auf die eine oder andere Weise stellen mussten. Wie jeder von uns damit umgegangen ist und wie es vom Einzelnen wahrgenommen wurde, könnte eine andere Geschichte sein.

Im Kern waren dies die Umstände, die das Leben unserer Generation bestimmten:

- Armut war für uns alle die Lebenswirklichkeit und von uns allen wurde erwartet, dass wir hart arbeiteten, um das Überleben unserer Familien und Kolonien zu sichern.

- Von allen wurde erwartet, dass sie das Wohlergehen und das Gemeinwohl der Kolonie über ihr eigenes Interesse und ihr eigenes Wohl stellten.

Für alle galt:

- Man folgte mit fast blindem Respekt der Führung der Eltern.

- Alle gingen in eine Dorfschule mit nur einem Raum, wo mehrere Klassen gleichzeitig unterrichtet wurden.

- Diejenigen, die eine Ausbildung über die Grundschulstufe hinaus wollten, mussten etwas dafür opfern. Und alle, die eine Bildung über die Sekundarstufe hinaus anstrebten, mussten sogar noch härter kämpfen und mehr opfern.

- Es gab den sozialen Druck, sich einer nach Innen geschlossenen Gesellschaft anzupassen.

- Das richtige Spanisch zu lernen, die Sprache unseres Geburtslandes, war mangels des spanischsprachigen Umfelds sehr schwierig.

- Die ersten Ackerbau-Erfahrungen waren für alle in den ersten dreißig Jahren auf die Nutzung von Tierzugkraft beschränkt.

- Man träumte von einer besseren Zukunft mit mehr und besseren Möglichkeiten.

- Es entwickelte sich der nähere Kontakt mit der umliegenden indigenen Bevölkerung und eine freundschaftliche Beziehung zu den Enlhet- und Nivaclé-Gemeinschaften wurde aufgebaut.

- Die Angst vor den Moros wurde allgemein erlebt und alle waren erleichtert, als die Moros von sich aus beschlossen, sich mit den Kolonisten anzufreunden.

In großen Schritten kamen dann Veränderungen:

- Übergang vom Ackerbau mit Tierzugkraft zur mechanisierten Landwirtschaft;

- von eingeschränkter Bildung hin zu uneingeschränktem Zugang zur Bildung;

- von einer nach Innen geschlossenen Gesellschaft zu einer quasi offenen Gesellschaft;

- von *keiner* nationalen Integration zu einer zögerlichen, aber wachsenden Integration in die nationale Gesellschaft;

- von soliden Familienstrukturen bis hin zu Familienzusammenbrüchen für viele, und

- von extremer Armut zu relativem Wohlstand und in einigen Fällen zu üppigem Reichtum.

Die Liste könnte fortgesetzt werden. Gemeinde und Gesellschaft wussten oft nicht, wie sie mit all den Veränderungen umgehen sollten. Einzelpersonen sind gescheitert, einige sind unter dem schweren Gewicht der Umstände zusammengebrochen, und andere sind durch all diese Veränderungen gewachsen und konnten gedeihen. Das Los, das uns widerfuhr, war das gleiche. Die Art und Weise, wie jeder damit umgegangen ist, ist sehr unterschiedlich.

Ich stellte mir diese Aufgabe, über unsere Geschichte zu schreiben, im Bewusstsein, dass höchstwahrscheinlich keines meiner Geschwister, die noch übrig sind, dort weitermachen würde, wo Hans aufgehört hat. Unsere Generation als Gruppe altert und für einige von uns ist jeder neue Tag nicht mehr eine Selbstverständlichkeit.

Dieses Buch sollte dann nicht als historischer Bericht der ersten Generation, die im Chaco den mennonitischen Flüchtlingen aus Russland geboren wurde, interpretiert werden. Es handelt sich vielmehr um einen Bericht aus erster Hand einer Person dieser Generation, der auf Fakten und realen Umständen basiert.

Mein Wunsch für Sie, den Leser, ist Gottes Segen und dass Sie inspiriert werden, dort zu dienen, wo Gott Sie hingestellt hat.

Rudolf Duerksen

Winnipeg, MB, Canada

Juli 2018


**Leserzuschriften über die englische Ausgabe von „Tod bei den Grashütten: Eine Geschichte von Gottes Gnade und menschlicher Bestrebung".**

Grüße aus Dorf Nr.11, Paraguay. Ich möchte Dir meinen Dank aussprechen, dass Du ein Buch über Gottes Gnade in Deinem Leben geschrieben hast. Es ist noch mehr: es geht um Familie, Gemeinschaft und die Geschichte einer Siedlung und auch um Mission. Es ist ein Beitrag für Fernheim! Deine Wortwahl und der Humor spornten mich an, das Buch in einem Zuge durchzulesen. Ich gratuliere! Eine gute Arbeit. **Arnold Boschmann**, Missionar bei den Enlhet

Ich hatte keine Ahnung, dass das alles im Chaco vor sich ging in einer Zeit da ich praktisch nur über der Grenze in Bolivien in der Pilotfarm des Projektes Abapo Izozog war. Vor allem das mit den Indigenen ist faszinierend, den friedlichen und den Moros, eure Bemühungen um diese und das Wachstum Eurer Kolonie. Ich habe Dich mal später in meiner Zeit bei der IDB(BID) besucht und ich glaube Du hast mich damals mal nach Yalve Sanga mitgenommen. Ich sehe jetzt auch Deine Zeit an der Texas A&M viel klarer. Wir studierten damals beide dort. Auch Eure Geschichte von Russland bis in den Chaco sehe ich jetzt viel klarer. Ich kannte die groben Umrisse, aber jetzt sind sie mit Leben gefüllt. Für die Asphaltierung der Ruta Trans Chaco habe ich mich Anfang der 80er Jahre sehr bei der Bank (BID) eingesetzt.     **Friedrich G. Mack** PhD, ehemaliger Ökonom bei der Interamerican Development Bank (BID).   Autor verschiedener Bücher, darunter "Bomben und Kinder".

Danke für Dein Buch! Ich begann am Wochenende, es zu lesen und habe es heute fertig. Was für eine faszinierende Lektüre! Der erste Teil der Geschichte, wo Deine Familie aus Russland flieht, ist etwas, das mir sehr bekannt ist. Mit unterschiedlichen Einzelheiten ist es doch die Geschichte einer Flucht aus dem kommunistischen Russland in den spät-Zwanzigern. Da hören dann die Ähnlichkeiten auf … Dein Buch wirft ein ganz neues Licht in mein Verständnis über das Leben dort.     **Alice Harder**, Lehrerin im Ruhestand

Ich nahm das Buch und konnte es fast nicht mehr ablegen. Bei all dem Schmerz und Durcheinander in der Welt, schätzte ich es, dass Du doch immer eine humorvolle Seite im Leben sehen konntest, und ich habe einige Male laut gelacht, was der Seele in den heutigen Tagen Balsam ist. Es gab auch Dinge, die ich durch das Buch gelernt habe, wie zum Beispiel, dass die Piloten die fliegenden und unruhigen Rinder durch ihre Fliegerkunst zum Stillstehen bringen konnten. Es war eine Wohltat, die Inklusion, die Akzeptanz und den Respekt zu erkennen, die Du allen unterschiedlichen Menschen entgegenbringst. Danke, dass du dieses Buch geschrieben hast. Es ist wahrlich eine Geschichte über Gottes Gnade und menschlicher Bestrebung!     **Virginia Thiessen**, Gründungsmitglied der Thiessen Dedicated Foundation

Ich möchte einfach sagen, dass ich Dein Buch „Tod bei den Grashütten" sehr genossen habe. Es bot einen reflektierten, zum Denken anregenden und sehr interessanten Bericht über das ‚Mögliche' unter ‚unmöglichen' Umständen, bei denen der „Pilot "zuständig und führend ist.   **Peter Dyck** FCPA FCGA ICD. D, Praesident der Oakwood Strategy Group Inc.

Gestern habe ich das Buch fertiggelesen. Es hat nicht lange gedauert, das ganze Buch durchzulesen. Du schreibst gut; Ich schätze Deinen Sinn für Humor; Du hast sehr gute Hintergrundinformation für deine Erfahrungen mit eingeschlossen.     **Ruth Klassen**, Lebenslange Missionarin in Kolumbien, Spanien und Kanada (im Ruhestand)

„Tod bei den Grashütten" ist ein sehr lesenswerter Bericht aus erster Hand über das Aufwachsen im paraguayischen Chaco, das Erkunden von Möglichkeiten in anderen Ländern und die Rückkehr zur Arbeit mit kommunalen und wirtschaftlichen

Entwicklungsprojekten im Chaco und in Asunción. Bemerkenswert für einen nordamerikanischen Leser ist, dass wir, als wir dachten, wir hätten die Modelle für die Zusammenarbeit mit unseren Nachbarn auf der ganzen Welt entwickelt, nicht begriffen haben, dass die paraguayischen Mennoniten dies seit Jahrzehnten erfolgreich getan haben und es von Anfang an getan haben, dieweil sie sich um ihr eigenes Überleben bemühten. Die Entwicklung autarker Entwicklungsmodelle ist eines der Geschenke, die die paraguayischen Mennoniten dem Rest von uns gemacht haben. **Tom Friesen**, Ehemaliger MEDA Vertreter für Bolivien und Paraguay

Rudolfs Buch ist nicht nur unterhaltsam und voll seines trockenen Humors. Es ist auch geschichtlicher Beitrag, indem es das Zusammenspiel und Interaktion zwischen verschiedenen ethnischen Volksgruppen beschreibt: die deutsch-russisch-paraguayischen Mennoniten, die Indigenen Völker des paraguayischen Chaco, die Straßenkinder in Asunción und zuletzt die Schulkinder in Paraguay, Nicaragua und Honduras. Rudolf gibt der führenden Hand Gottes in allen Situationen Anerkennung. **Frank Duerksen**, Arzt und Orthopädischer Chirurg. Missionsarzt und Experte in Lepra-Behandlung. Autor des Buches „A Mission with Passion"

## Über den Autor

Rudolf Duerksen wurde in den 1940er Jahren in Paraguay, Südamerika, geboren. Seine Eltern waren Flüchtlinge, die 1929 aus dem kommunistischen Russland flohen und staatenlos wurden, bis sie schließlich in Paraguay landeten. Rudolf verbrachte seine frühen Jahre damit, den Pionier-Lebensstil in einer mennonitischen Kolonie im rauen Klima des Gran Chaco zu leben. Die Umstände brachten ihn in den 1960er Jahren in die USA, wo er einen Abschluss in Tierwissenschaften machte. Später studierte er Missiologie in Korntal, Deutschland. Rudolf heiratete Nicole Widmer aus Basel, Schweiz. Zusammen leben sie in Winnipeg, Manitoba, in der Nähe ihrer Kinder und Enkelkinder.

Der Autor kann unter folgender Adresse kontaktiert werden: rduerksen1@gmail.com